IL CUORE DELLA STREGA

LE STREGHE DI KEATING HOLLOW, VOLUME 2

DEANNA CHASE

Traduzione di
ERNESTO PAVAN

TRAMA

Benvenuti a Keating Hollow, il villaggio incantato dove amore, cupcake e magia si incontrano.

Solo tre cose hanno mai avuto importanza per Noel Townsend: l'amore, la famiglia e la magia. Due su tre non è malissimo. Noel ha ricevuto in dono una famiglia molto unita e la sua magia non è mai stata più forte. Ma l'amore? Quello è finito tre anni fa, quando suo marito ha abbandonato lei e sua figlia senza guardarsi alle spalle.

Ormai, Noel ha spazio nel suo cuore a pezzi solo per sua figlia di sei anni. Ma quando Drew Baker si presenta sulla soglia della sua locanda con notizie di suo marito, la sorte ha altri piani. E lo stesso vale per Drew. Se riuscirà a oltrepassare le difese di Noel, farà tutto il possibile per guarire il cuore di una strega.

CAPITOLO 1

*D*rew Baker si incamminò lungo la Main Street di Keating Hollow. In quanto vicesceriffo, cercava sempre di mantenersi visibile, di entrare in contatto quotidianamente con i cittadini e gli imprenditori locali. Non c'era modo migliore di scoraggiare il crimine che tenere aperta la comunicazione.

Non che Keating Hollow fosse un ricettacolo di criminalità. Tutto il contrario. Semplicemente, Drew preferiva fare in modo che la situazione non cambiasse.

"Buongiorno, agente Baker," disse alle sue spalle una voce familiare.

Drew trattenne una smorfia e cercò di mantenere un'espressione neutra mentre si voltava. "Buon pomeriggio, Shannon. Come vanno gli affari?"

"Bene. A Spoonful of Magic tiene occupate me e la signorina Maple durante le feste." La bella rossa si avvicinò a Drew e gli passò una mano lungo il braccio. Lui si irrigidì quando lei aggiunse: "Speravo che avresti avuto il tempo di aiutarmi ad aggiustare il gusto della nuova cioccolata alla cannella."

Drew si schiarì la voce e fece un passo indietro mentre si dava una pacca sul ventre. "Sto cercando di andarci piano coi dolci. Mi sa che non è una buona idea."

Lo sguardo di Shannon si posò sui suoi addominali piatti. Inarcando un sopracciglio scettico, la donna disse: "Non sei così vanesio, vero, Andrew? Non starai cercando una scusa per non uscire di nuovo con me, eh?"

Drew arrossì mentre scuoteva la testa. "Sono solo molto occupato, Shannon. Non vorrei mai far aspettare una bella ragazza come te."

La donna sbuffò e aprì la bocca, senza dubbio per mettere in discussione la sua debole dichiarazione di non avere il tempo per frequentare una donna, quando un'altra donna lo chiamò da dietro le spalle. "Vicesceriffo Baker. Eccola qua."

Drew si voltò e vide Noel Townsend, la donna che gestiva la locanda locale. Sembrava diversa dal solito. Non era stata rossa fino a qualche giorno prima? Sembrava che si fosse tinta i capelli di biondo. E, a essere onesti, stava molto bene. Era sempre stata bella, ma ora era elegante. "Qualcosa non va, Noel?"

"No, no. Tutto a posto," rispose la donna, con l'ombra di un sorriso. "Ma speravo di poterti parlare della sicurezza del paese, in modo che possiamo essere pronti per la festa dell'anno nuovo."

"Sicurezza?" chiese Shannon, arricciando il nasino perfetto. "Da quando Keating Hollow ha bisogno di sicurezza? È un paese di streghe."

Drew si accigliò, incerto su cosa volesse dire Noel. Nessuno gli aveva detto che ci fosse bisogno di sicurezza per la festa dell'anno nuovo.

Noel inclinò la testa e fissò Shannon con la fronte aggrottata. "Non sai che nuovi incantesimi di protezione vengono lanciati tutti gli anni?"

"Incantesimi di protezione?" ripeté a pappagallo Shannon, aggiustandosi gli occhiali mentre la confusione balenava nei suoi occhi color del whisky.

Drew aprì bocca per chiedere a Nora di cosa stesse parlando, ma lei lo batté sul tempo.

"Non preoccuparti, Shannon," disse Noel mentre prendeva Drew sottobraccio e gli dava un colpetto sulla spalla. "L'agente Baker ha tutto sotto controllo." Noel gli lanciò un'occhiata, rivolgendogli un sorrisetto complice. "Vero, Andrew?"

"Ehm, sì?" disse lui, che finalmente aveva capito e si sentiva un idiota per il fatto di essere due passi indietro rispetto a lei nella conversazione.

"Non mi sembri tanto sicuro," disse Shannon, stringendo gli occhi.

"Probabilmente, ha solo bisogno del mio aiuto per lanciare gli ultimi incantesimi," disse allegramente Noel. "Adesso ho tempo." La donna sollevò lo sguardo, scoccandogli un'occhiata eloquente. "Possiamo tornare alla locanda e io posso preparare il tè mentre decidiamo i dettagli."

"Certo. Adesso va benissimo," disse Drew, sollevato di essere sfuggito a Shannon. Era una brava donna, ma un po' troppo aggressiva per i suoi gusti.

Una volta che ebbero percorso mezzo isolato e Shannon fu rientrata in A Spoonful of Magic, Drew si chinò su Noel e disse: "Grazie."

La donna sfilò il braccio dal suo e si ficcò le mani in tasca. "Nessun problema. Sembravi un cervo davanti ai fari di un'auto quando lei ti ha messo all'angolo. Ho pensato che potessi aver bisogno di aiuto."

Drew sussultò. "Era tanto ovvio?"

La donna si strinse nelle spalle. "Probabilmente no, almeno non per chiunque non ti conosca bene come ti conosco io."

Le parole rimasero sospese nell'aria per un istante mentre Drew ripensava all'estate subito dopo il diploma, quando entrambi avevano lavorato come animatori in un campo estivo. L'estate dopo che il cuore di Drew si era spaccato in due e Noel Townsend era riuscita ad aiutarlo a rimetterlo insieme.

"Comunque," disse Noel, facendo breccia fra i suoi ricordi, "ti dicevo della sicurezza per il festival dell'anno nuovo. Non era solo una scusa per aiutarti a sfuggire alle grinfie di Shannon, ma prego. Stavo pensando che potrebbe essere una buona idea essere pronti, dato che Pansy Parker ha scritto quell'articolo riguardo a quell'evento che è diventato virale nella comunità paranormale qualche settimana fa. La locanda è stracolma e lo stesso vale per tutti gli alberghi lungo la costa."

"Davvero?" chiese Drew, ora interessato. Sebbene Keating Hollow ricevesse ogni tanto qualche turista, non era mai *così* frequentata. Era un paesino della California settentrionale, piuttosto lontano dalle strade più trafficate. "Probabilmente, dovremmo fare due conti."

Noel aprì la porta della locanda e lui la seguì. "Li ho già fatti," disse, mettendosi dietro il banco dell'accoglienza.

Drew si tolse il cappello e aspettò, ammirando la linea aggraziata del collo della donna mentre si ravviava una ciocca di capelli biondi dietro l'orecchio. Non si poteva negare che Noel Townsend fosse una bella donna. Era alta e magra, snella come una modella, ma non altrettanto alta. Era di una quindicina di centimetri più bassa di lui, il che la poneva attorno al metro e sessantasette. Ma erano i suoi profondi occhi azzurri che di solito lo ammaliavano; quelli e l'intensità con cui lei gli restituiva lo sguardo.

"Ecco," disse la donna, porgendogli un post-it senza rompere il contatto di sguardi. "Sembrerebbe che un migliaio di forestieri abbia intenzione di calare su di noi."

Drew si massaggiò la nuca con una mano e distolse lo sguardo, all'improvviso a disagio per l'occhiata fissa della donna. "Sembra che dovrò chiedere rinforzi."

"Sembrerebbe una buona idea. Ho preparato degli incantesimi che dovrebbero essere d'aiuto con la sorveglianza."

Drew abbassò di nuovo lo sguardo su di lei e inarcò un sopracciglio. "Davvero?"

Noel mise entrambe le mani sul banco e si sporse in avanti. Il suo maglione si tese sul petto, rendendo impossibile a Drew concentrarsi. "Sono incantesimi di individuazione e rendono più facile evocare le tracce energetiche," disse. "Fammi sapere se ti interessano. Li lancio regolarmente attorno alla locanda. Gli ospiti, di solito, percepiscono le tracce di energia e questo fa sì che si comportino bene."

"Sono interessato. Agli incantesimi, voglio dire," blaterò Drew, facendo un passo indietro per evitare di fissare la scollatura della donna. L'ultima persona che era il caso di mangiare con gli occhi era Noel Townsend. "Mi farò sentire."

Prima che la donna potesse aggiungere altro, Andrew uscì in fretta e furia in strada e trasse un respiro profondo della fresca aria del tardo autunno. "Cristo, Andrew, datti una calmata," borbottò sottovoce.

"Tutto a posto, Drew?" chiese una donna alle sue spalle.

Drew si voltò e vide la signorina Maple. La donna indossava un berretto di lana rosso e bianco sui riccioli grigi, delle calze verdi, ed era infagottata in un cappotto di lana rossa. Da che lui aveva memoria, la donna indossava la stessa uniforme durante tutto il mese di dicembre. Quando Drew era bambino, si era convinto che lei fosse uno degli aiutanti di

Babbo Natale. E forse lo era davvero, pensò. Gli occhi della donna brillavano di birbanteria mentre lo fissava.

"Problemi di donne?" chiese la signorina Maple, ravviandosi qualche ciocca di capelli dietro l'orecchio.

"Cosa glielo fa pensare?" chiese lui, rivolgendole un sorriso spontaneo.

"L'esperienza mi insegna che gli uomini borbottano fra sé solo quando sono confusi da una persona da cui sono attratti. E dato che io non ti ho mai visto frequentare uomini, immagino si tratti di una donna. È Shannon?"

"Come?" Drew scosse la testa. "No, direi proprio di no."

"Come pensavo," disse la signorina Maple, il tono di voce perfettamente tranquillo. "È una ragazza dolce, ma la sottigliezza non è il suo forte. Forse dovresti essere più chiaro riguardo alle tue intenzioni."

"Io non ho nessuna intenzione."

"Lo so, caro. È proprio quello che devi chiarire." La donna lanciò un'occhiata all'ingresso della locanda. La sua bocca si aprì per la sorpresa, dopodiché uno sguardo complice le apparve negli occhi. "Ma tu guarda. Che cosa interessante."

"Non capisco a cosa illude," disse Drew, infilandosi le mani nelle tasche dei pantaloni. "Senta, signorina Maple, devo proprio tornare in ufficio. Posso accompagnarla al suo negozio?"

La donna si limitò a ridacchiare e scosse la testa. "No, caro. Non preoccuparti. Ma grazie."

"Di nulla." Drew si toccò la visiera del cappello e fece per attraversare la strada.

"Buona fortuna coi tuoi problemi di donne," esclamò la signorina Maple.

Senza guardarsi alle spalle, Drew sollevò una mano per prendere atto del consiglio e allungò il passo. La signorina

Maple era troppo perspicace. E dava per scontate troppe cose. Non c'era nulla fra lui e Noel Townsend. E non ci sarebbe mai stato. Quella non era una strada che Drew fosse disposto a ripercorrere.

Drew trasse un sospiro di sollievo quando rientrò nell'ufficio dello sceriffo. Quello era il suo dominio. Erano trascorsi cinque anni da quando lui aveva accettato l'incarico a Keating Hollow. Cinque anni in cui aveva tenuto il suo paese al sicuro.

"Ah, eccola, vicesceriffo Baker," esclamò Clarissa, l'impiegata dell'accoglienza. "C'è una chiamata urgente per lei sulla linea uno."

Drew lanciò un'occhiata al telefono sulla scrivania e alla luce rossa lampeggiante. "Chi è?" chiese, mentre già si incamminava verso il suo ufficio.

"Lo sceriffo Barnes," disse Clarissa, mordendosi il labbro inferiore. "Ha detto solo che è importante."

"Grazie." Drew entrò nel suo ufficio e prese il telefono. "Parla Baker."

Rimase immobile mentre ascoltava il suo capo all'altro capo della linea. Un brivido lo attraversò nel ricevere la notizia. Cinque minuti dopo, appoggiò la cornetta, raddrizzò le spalle e uscì dall'ufficio, diretto verso l'ingresso.

"Vicesceriffo Baker?" chiese Clarissa, che irradiava preoccupazione. "Va tutto bene?"

Drew si fermò e la guardò.

"Sembra che lei abbia visto un fantasma," disse la donna, alzandosi e premendo le mani sul piano. "Cos'è successo?"

Drew scosse la testa. "Va tutto bene, Clarissa. Devo solo comunicare una brutta notizia. Ti dirò tutto quando torno."

L'impiegata tornò lentamente a sedersi e gli rivolse un piccolo cenno del capo. Era abbastanza professionale da non fare altre domande. Non prima che venisse informata la famiglia. Quella era la parte del lavoro che Drew odiava più di tutte, ma procrastinare non avrebbe migliorato la situazione.

Dopo essersi fatto forza, partì e tornò alla Keating Hollow Inn. Attese con pazienza oltre la soglia mentre Noel Townsend faceva il check-in a una coppia matura che festeggiava il cinquantesimo anniversario di matrimonio. Il marito tenne tutto il tempo la mano in fondo alla schiena della moglie e i due brillavano di tale felicità che Drew non riuscì a trattenere un sorriso.

"Non è bellissima?" chiese l'anziano. "È splendida ora come quando aveva sedici anni."

"Oh, George." La donna gli sorrise radiosa. "C'è da stupirsi che io abbia sposato il mio fidanzato delle superiori?"

Il dolore colpì Drew al petto quando immagini di Charlotte gli riempirono la mente, ma lui si costrinse a sorridere e rivolse un cenno del capo alla coppia. "Buon anniversario."

"Grazie." La donna gli appoggiò una mano piccola sul braccio e strinse. Poi, mentre gli passava accanto, bisbigliò: "Non preoccuparti, caro. La persona giusta per te ti sta già aspettando."

Una volta che i due furono svaniti nell'ascensore, Noel gli rivolse un sorriso ammiccante. "Probabilmente, si riferiva a Shannon."

Ma Drew era freddo quando si rivolse a lei, lo sguardo serio mentre si toglieva il cappello. "Noel, ho brutte notizie."

Il sorriso della donna svanì e lei si immobilizzò. "È successo qualcosa a mio padre?"

"No." Drew scosse la testa, quindi trasse un respiro profondo. "Si tratta di tuo marito Xavier. Lo hanno trovato."

CAPITOLO 2

"*K*eating Hollow Inn, come posso aiutarla?" disse Noel Townsend al telefono mentre finiva di inserire i dettagli di una prenotazione.

"Mamma, indovina!" gridò Daisy, la sua dolce bambina di sei anni, spingendola ad allontanare di scatto la cornetta dall'orecchio.

Noel sussultò, ma sorrise, mentre la gioiosa esuberanza di sua figlia le riempiva il cuore. "Cosa c'è, tesoro?" chiese. "Tua zia ha finalmente accettato di portarti a fare le corse con le auto da golf?" La sorella minore di Noel era tornata a vivere in paese un paio di mesi prima e aveva subito comprato un'auto da golf. Daily vi aveva dato un'occhiata e si era innamorata completamente delle sue luci lampeggianti e del sistema audio surround. E dopo aver udito una conversazione riguardo alle corse di auto da golf, Daisy non aveva smesso di dire che voleva partecipare.

"No," disse Daisy, mettendo il broncio. "Zia Abby doveva lavorare. Ha detto che possiamo farla questo fine settimana, se tu sei d'accordo."

"Capisco. Ma allora perché mi hai chiamato?"

"Posso?" chiese Daisy.

"Puoi cosa?"

"Posso andare sull'auto da golf con zia Abby?"

"Giusto," disse ridacchiando Noel. Sua figlia era proprio in fissa. "Certo, tesoro."

Daisy lanciò un gridolino di gioia. Un attimo dopo, Noel udì sua sorella maggiore, Yvette, dire: "Non dimenticare la cagnolina."

"Cagnolina?" chiese allarmata Noel, passando lo sguardo sulla locanda ristrutturata di fresco. "Quale cagnolina?" I pavimenti lucidi erano stati rifiniti alla perfezione. Tende nuove erano appese alle finestre a parete e ricadevano sul pavimento. Noel aveva ricoperto i mobili antichi, creando l'atmosfera perfetta per la sua locanda vittoriana di fine secolo. C'erano voluti tre anni, ma l'albergo era finalmente proprio come lo voleva lei. Una cagnolina era l'ultima cosa di cui aveva bisogno. Se Yvette aveva regalato un cane a Daisy, Noel l'avrebbe uccisa. Fra il prendersi cura di Daisy e la gestione dell'unica locanda del paese, Noel aveva a malapena il tempo di andare dal parrucchiere. Prendersi cura di un cucciolo era fuori questione. Daisy tubò e disse: "Cagnolina, fa' la brava, così la mamma ti lascia venire a vivere con noi."

L'intero corpo di Noel avvampò dal fastidio. Abbassò lo sguardo sul banco, alla ricerca del suo cellulare. Quando non lo trovò subito, mosse la mano, la magia che scintillava sulle punte delle dita. L'aria crepitò, reagendo immediatamente quando lei disse: "A me il mio iPhone." Il mucchio di scartoffie all'estremità del banco si sollevò a mezz'aria, rivelando soltanto la superficie di legno. La magia grezza proseguì e la carta cadde a terra. Un risultato simile si verificò quando la magia cercò sulla sua scrivania, spargendo brochure e pubblicità dappertutto prima di passare alle fatture.

"Porca miseria," borbottò Noel, osservando mentre la reception passava dal caos organizzato a un luogo dov'erano passati i diavoli della Tasmania. Finalmente, la sua magia rimase sospesa sopra la borsetta aperta.

"Oh, no," disse Noel, spalancando gli occhi. Se la magia avesse rovesciato la sua borsa, la sua intera vita si sarebbe sparsa sul pavimento. Ma con suo stupore, la magia calò ed estrasse con cura il telefono della borsa. Il cellulare le volò ordinatamente in mano.

Noel selezionò il numero di Yvette mentre sua figlia esclamava: "Il nonno mi ha preso una cagnolina. E io le voglio taaaanto bene."

"Non è colpa mia!" disse Yvette nell'istante in cui rispose al telefono.

"Ho sentito. È stato papà? Ha perso la testa?" disse Noel a Yvette. Poi si riportò alla bocca la cornetta della linea fissa e disse: "Il nonno terrà la cagnolina a casa sua?"

"No. È mia. Lo ha detto il nonno," piagnucolò sua figlia.

Noel accentuò la presa sulla cornetta. "Non ricordo che qualcuno me lo abbia chiesto, Daisy. Dovremo parlarne quando vengo a prenderti."

"Maaaaamma. Lei ha bisogno di me."

"So che la pensi così, tesoro. Ma ho già detto che ne parleremo quando arriverò lì."

"Ma–"

"Se insisti, Daisy, la risposta sarà no." Noel fissò il soffitto, detestando il fatto che suonava proprio come sua madre quando lei aveva chiesto un cagnolino da bambina. Ricordava ancora i capricci quando le era stato negato il cane che avrebbe voluto adottare. Ma lei e Daisy non vivevano in una fattoria vicino al bosco. Vivevano in una locanda e avevano degli ospiti da soddisfare. Adottare un cane sarebbe stato un impegno gravoso. "Hai capito?"

"Sì, mamma," disse sua figlia. Un attimo dopo, un frastuono risuonò nell'orecchio di Noel, seguito da Daisy che si lamentava ad alta voce che la vita era ingiusta.

L'atteggiamento drammatico di Daisy fece ridacchiare Noel mentre si portava l'iPhone all'orecchio e chiedeva a Yvette: "Che genere di cucciolo mi ha generosamente conferito papà?"

"Non ne sono sicura," disse sua sorella maggiore. "Ora come ora, è solo un'adorabile palla di pelo. Due cuccioli si sono presentati alla porta di papà. Faith ne terrà uno e papà ha dato l'altro a te."

"Com'è che tu sei rimasta senza?" chiese Noel, stringendo gli occhi.

"Isaac è allergico ai cani."

"A quello può pensare Abby," disse Noel in tono ragionevole, riferendosi alla loro sorella minore, che era una strega della terra di talento. "Sono sicura che una delle sue pozioni potrebbe dare una bella sistemata a tuo marito."

Cadde il silenzio all'altro capo della linea. "Eddai, Yvette," disse Noel. "Lo sai che non ho tempo per un cane. Fra lo stare dietro a Daisy e l'occuparmi dei clienti–"

"Sai, se i cuccioli fossero arrivati il mese scorso, io ne avrei preso subito uno. Ma la situazione è… un po' stressante a casa, adesso. Non è un buon momento."

C'era qualcosa, nella voce di Yvette, che zittì Noel. Sua sorella maggiore era la più forte e la più sicura di tutte loro, quella con il marito perfetto e il matrimonio perfetto. Tutti adoravano Isaac. Se la situazione a casa era stressante, voleva dire che stava succedendo qualcosa di serio. "Vette? Tutto bene?"

Sua sorella esalò un lungo sospiro. "Non lo so ancora."

"Vuoi parlarne?"

"Non al telefono," disse Yvette.

"Ci prendiamo un caffè più tardi?"

"Magari domani. Ti chiamo in mattinata, va bene?"

"Certo. Ma se hai bisogno di qualcosa, sai dove trovarmi," disse Noel, rimpiangendo di non poter abbracciare sua sorella.

Yvette ridacchiò. "A inseguire un cagnolino per la locanda?"

"Dea, no. Così non va bene. Abbiamo degli ospiti, questa settimana. Papà dovrà tenere il cane fino a quando non sarà addestrata."

"Buona fortuna. Ci vediamo domani."

Noel stava scuotendo la testa, chiedendosi cosa diamine se ne sarebbe fatta di un cane, quando suonò il campanello. Una donna anziana, vestita con dei pantaloni di lino e una camicia di seta, entrò. I capelli tinti di rosso erano arricciati e acconciati alla perfezione. Un uomo anziano, leggermente più basso di lei, la seguì. L'uomo le mise una mano in fondo alla schiena e sorrise a Noel mentre i due raggiungevano il banco della reception.

"Il signore e la signora Vincent?" chiese Noel, che li aspettava.

"Siamo noi." Gli occhi azzurro chiaro della donna brillavano di contentezza.

"Benvenuti a Keating Hollow." Noel sorrise ai due e rivolse un cenno del capo ad Alec, il suo assistente part-time, che stava prendendo il bagaglio dei due. "Porta i bagagli alla suite nuziale."

La signora Vincent ridacchiò e premette la mano contro il petto del marito. "Hai preso la suite nuziale?"

"Qualunque cosa per la mia sposa." L'uomo ravviò una ciocca di capelli della moglie dietro l'orecchio. Era un gesto così dolce che Noel si voltò rapidamente verso il computer, perché aveva la sensazione di intromettersi in un momento intimo. Si diede da fare con il check-in, quindi sorrise di nuovo mentre porgeva alla dolce coppia la chiave della loro stanza. "Non combinate guai, capito?" Noel ammiccò. "La Keating Hollow Inn è un albergo rispettabile."

"Non faccio promesse," disse il signor Vincent, sorridendo alla sua sposa da cinquant'anni. "La mia signora dice che si aspetta un fine settimana romantico. Non posso certo deluderla, no?"

"Direi proprio di no," disse Noel, appuntandosi mentalmente di inviare un cesto con cioccolato e champagne nella stanza dei due. I Vincent erano sposati da mezzo secolo, ma si comportavano ancora come due sposini. Emozioni dolceamare colmarono il cuore di Noel mentre distoglieva lo sguardo. Quello era il futuro in cui aveva sperato quando si era sposata, poco prima della nascita di sua figlia. Ma quel sogno era morto nel momento in cui suo marito se n'era andato senza guardarsi alle spalle. Il dolore acuto che Noel provava di solito quando pensava a Xavier si era attenuato, riducendosi a un indolenzimento sordo, e lei ne era grata. Era giunto da tempo il momento di voltare pagina.

Sollevò lo sguardo, osservando la coppia che si recava all'ascensore, e vide il vicesceriffo Baker in piedi accanto alla porta, con le braccia incrociate sul petto. Quand'era entrato? La campanella aveva suonato? Lei non aveva sentito.

Alto, snello e dalle spalle larghe, l'uomo era fin troppo attraente. Ed era anche fuori portata. Lo aveva messo perfettamente in chiaro anni prima, dopo un'estate durante la quale loro due si erano avvicinati anche troppo. Erano finiti l'uno fra le braccia dell'altra, impegnati in una notevole sessione di limone duro, quando l'uomo si era tirato indietro e le aveva detto che mettersi insieme sarebbe stato un grosso errore. Il rifiuto era stato un duro colpo, ma Noel se n'era fatta una ragione. La cosa più dolorosa era l'amicizia che si era raffreddata. A ogni modo, lei era fuori mercato, ormai. Dopo che suo marito era sparito, aveva giurato di lasciar perdere gli uomini. La sua attenzione era riservata esclusivamente a sua figlia Daisy.

Noel fece per chiedere al vicesceriffo cosa poteva fare per lui, ma mentre la coppia matura passava accanto all'uomo, udì la donna bisbigliare: "Non preoccuparti, caro. La persona giusta per te ti sta già aspettando."

Se Noel non fosse stata una strega dell'aria, non avrebbe nemmeno sentito il commento. Ma l'aria trasportava le voci, conferendole un udito molto acuto, capacità di cui a volte Noel si risentiva. Sapeva che non avrebbe dovuto fissare, che avrebbe dovuto concedere a Drew almeno una parvenza di riservatezza, ma quando l'espressione dell'uomo si fece cupa, quasi tormentata, le dolette il cuore per lui. Noel conosceva quell'espressione. Era quella che Drew faceva sempre quando qualcuno menzionava la sua ragazza defunta, Charlotte. Noel non dubitava che l'uomo stesse pensando a lei. Ovviamente. Charlotte sarebbe sempre stata *quella giusta*, che gli era stata portata via troppo presto.

"Probabilmente, si riferiva a Shannon," scherzò Noel, cercando di alleggerire l'atmosfera. La procace rossa che lavorava da A Spoonful of Magic aveva messo in chiaro le proprie intenzioni nei confronti del vicesceriffo di fronte all'intera città, anche se era palese che Drew non era interessato. Tutte le volte che Noel lo vedeva cercare di schivare quella vivace volpe, non riusciva a non ridacchiare. Era colpa dell'uomo, che era troppo carino e cortese per mandare Shannon a quel paese.

Drew si tolse il berretto e incrociò il suo sguardo. La sua espressione tormentata le mandò un brivido lungo la spina dorsale. "Noel, sono qui per lavoro."

All'improvviso, Noel trovò difficile respirare mentre la paura la afferrava. Si aggrappò al bordo del bancone e chiese d'istinto: "È successo qualcosa a mio padre?" Suo padre combatteva contro il cancro e, negli ultimi tempi, Noel portava sempre quella paura con sé. Ma la notizia di Drew non poteva riguardare Lincoln Townsend. Noel aveva appena finito di parlare con Yvette, che era a casa di papà. Di certo, se fosse successo qualcosa, sua sorella l'avrebbe informata.

"No, tuo padre non c'entra," confermò Drew, avvicinandosi. "Si tratta di tuo marito Xavier. Lo hanno trovato."

Ex-marito, pensò immediatamente lei. Xavier se n'era andato tre anni prima. Diciotto mesi prima, a Noel era stato concesso il divorzio per abbandono del tetto coniugale. Noel esitò mentre un nuovo genere di paura penetrava in lei. Doveva aver sentito male. "Non ho capito."

Drew Baker si schiarì la voce. "Mi hanno chiamato dall'ufficio dello sceriffo della contea. Hanno trovato una barca spiaggiata a una quindicina di chilometri da Trinidad. Era stata presa a noleggio da Xavier Anderson sette giorni fa."

CAPITOLO 3

Il mondo di Noel si fermò. Il suo campo visivo si ridusse al solo Drew e tutto ciò che udì fu un vago ronzio nelle orecchie. Vide la bocca di Drew muoversi, ma non riuscì a capire cosa stesse dicendo. E quando lei non gli rispose, l'uomo girò attorno alla scrivania e le appoggiò le mani sulle spalle.

"Forza, Townsend. Riprenditi," disse Drew, chinandosi a fissarla negli occhi. "Non crollare."

Il suono della voce profonda dell'uomo la riportò alla realtà e lei se lo scrollò di dosso. "Sto benissimo."

"Sei sicura?" chiese Drew, facendo un passo indietro per lasciarle spazio.

"Sono sicura." Noel trasse un respiro profondo e purificatore. "Dicevi che l'hanno trovato. Dov'è?"

Drew fece una smorfia. "A Eureka. Lo hanno identificato questa mattina."

Un dolore crudo penetrò il cuore di Noel mentre decifrava le parole dell'uomo. *Identificato.* Voleva dire che... "Allora è morto?"

"Mi dispiace, Noel," disse Drew, gli occhi chiari che irradiavano solidarietà. "Hanno bisogno che tu vada a confermare la sua identità."

Noel si aggrappò al bordo del banco, le unghie che affondavano nel pino. Il dolore, all'improvviso, si trasformò in una rabbia feroce. Il bastardo era venuto in paese la settimana prima e invece di passare a trovare sua figlia, aveva preso a noleggio una maledettissima barca. Cosa diavolo gli passava per la testa? "Dov'era?"

"L'hanno trovato nella barca, vicino a Trinidad."

"Voglio dire," si spiegò Noel, gli occhi che lampeggiavano di rabbia, "dove è stato per tutti questi anni? E cosa diavolo ci faceva a Trinidad?"

Drew si guardò attorno nella lobby, quindi avvolse le dita attorno al gomito di Noel e la guidò gentilmente verso l'ingresso. "Forse dovremmo parlarne fuori."

"Perché?" Noel puntò i piedi e liberò con uno strattone il braccio dalla presa dell'uomo. "Così che l'intero paese possa sentirmi urlare? Che differenza fa, Drew? Mia figlia crescerà sapendo che suo padre non solo l'ha abbandonata, ma che non si è preso nemmeno la briga di venire a trovarla quando era a meno di cinquanta chilometri da qui. Lo sai quanto le farà male?"

"Posso immaginarlo."

Noel sbuffò, la rabbia che prendeva il sopravvento e alimentava la sua crisi di nervi. "No che non puoi. I tuoi genitori vivono qui in paese. Mia madre se n'è andata quando io avevo dieci anni. Mi ha distrutto. Non è mai tornata, non ha mai chiamato, non gliene è mai fregato abbastanza delle sue bambine da mandarci anche solo un cavolo di biglietto di auguri. E da quando Xavier se n'è andato, io non ho mai smesso di pregare che tornasse. Non per me, ma per Daisy.

Lei non ha mai superato l'abbandono. Ora non so se lo farà mai."

Noel prese il telefono e mandò rapidamente un messaggio ad Alec, dicendogli di portare il cesto ai Vincent e informandolo che lei doveva allontanarsi per un po'. Senza attendere risposta, Noel prese la borsetta dal banco e uscì di corsa dalla locanda. La porta sbatté alle sue spalle, ma lei se ne accorse a malapena mentre attraversava la strada e si incamminava verso il veicolo da pattuglia del vicesceriffo Baker. Era un SUV bianco con le parole *Dipartimento dello sceriffo di Keating Hollow* tracciate sulle portiere.

Il freddo nell'aria di inizio dicembre, normalmente, l'avrebbe fatta a tremare, ma Noel era troppo stordita per accorgersene. Non aveva nemmeno pensato di prendere il cappotto. Udì il rumore dei passi pesanti di Drew alle sue spalle e allungò il passo. Non aveva fretta di identificare il corpo del suo ex-marito, ma doveva muoversi. Voleva lanciare cose, gridare a pieni polmoni. Invece, rimase ferma e in silenzio, le braccia incrociate sul petto mentre aspettava che Drew sbloccasse la portiera del passeggero.

L'uomo non disse nulla mentre le teneva la portiera aperta, né quando si sedette al posto di guida. Ma le prese silenziosamente la mano mentre accendeva il motore e usciva dal paese.

Noel fissò il punto in cui si toccavano, concentrandosi sulle dita forti e snelle di Drew. Quanto tempo era trascorso dall'ultima volta in cui aveva permesso a un uomo di tenerla per mano? Non da Xavier, ne era sicura. Era uscita con un paio di uomini nell'ultimo anno, ma nessuno dei due era andato oltre il primo, imbarazzante appuntamento. Si trattava, in entrambi i casi, di brave persone; semplicemente, lei non era stata pronta ad avere alcun genere di relazione. Nel suo cuore, aveva avuto posto solo per Daisy e per la sua famiglia. E mentre pensava che avrebbe dovuto essere strano e sgradevole permettere al vicesceriffo Baker di tenerla per mano, si rese conto che non era per nulla così. Nonostante il suo desiderio di mantenere una certa distanza, Drew restava comunque un amico e lo era stato per gli ultimi dieci anni.

Lei gli strinse delicatamente la mano e disse: "Grazie."

"Non c'è bisogno che mi ringrazi. Sto solo facendo il mio lavoro." L'uomo voltò la testa e le rivolse un piccolo sorriso.

Noel scosse la testa. "Dubito fortemente che tenermi per mano mentre mi accompagni all'obitorio facesse parte delle tue mansioni. Se vuoi far finta di niente, *vicesceriffo Baker*, fai pure, ma sappiamo entrambi che probabilmente sarei dovuta andare con la mia macchina."

"Assolutamente no, Noel. Non finché sei ancora sotto shock. E poi," aggiunse l'uomo, lanciandole un'occhiata, "mi hai praticamente ordinato di farlo."

"Non è vero." Noel cercò di liberare la mano, ma l'uomo accentuò la presa.

"Sì, invece. Sei andata alla mia macchina e aspettato alla portiera. Pensi davvero che ti avrei negato un passaggio a Eureka?" Drew le rivolse un'occhiata incredula.

"Avresti dovuto. In fondo, ho un SUV perfettamente funzionante parcheggiato alla locanda." Noel fissò ancora una volta la mano dell'uomo. "Puoi mollare la presa. Apprezzo il sostegno, ma credo di potercela fare da sola, adesso."

Lo sguardo dell'uomo si mosse sulle loro mani giunte e per un attimo, lei pensò che avrebbe rifiutato. Invece, Drew si accigliò e mollò la presa. "Scusami. Immagino di essere troppo protettivo."

"Direi," disse Noel, la mano che all'improvviso si sentiva fredda e abbandonata. Strinse i denti e si diede un piccolo scossone. *Ripigliati, Noel,* si disse. Drew era solo un amico. Niente di più. Ma anche quella era una menzogna. Erano stati *ottimi* amici, a un certo punto delle loro vite. E Noel era disposta a scommettere che l'uomo la conosceva ancora meglio di chiunque altro, anche se si erano sforzati di mantenere le distanze.

"Scusa," ripeté Drew, guidando con perizia l'auto lungo la tortuosa strada a due corsie che conduceva verso la costa.

Erano circondati da maestose sequoie e in lontananza si ergevano dolci colline, seguite dall'oceano Pacifico. L'immagine di Xavier che giaceva riverso in una barca presa a nolo la fece rabbrividire e Noel si circondò con le braccia.

"Hai freddo?" chiese Drew, che già si era allungato verso il riscaldamento. "Avresti dovuto portare una giacca."

"No." Noel scosse la testa, abbassando lo sguardo su di sé. Indossava un maglione verde, jeans e stivali di cuoio. L'uomo aveva ragione. Era dicembre sulla costa della California settentrionale. Noel avrebbe dovuto portare una giacca, ma la verità era che era sconvolta. Non sentiva quasi nulla. Una giacca non le sarebbe stata d'aiuto.

"Beh, io ho freddo," disse Drew, accendendo il riscaldamento.

Se Noel non l'avesse visto azionare i comandi, non si sarebbe accorta dell'aria calda. Voltò la testa e fissò fuori dal finestrino. Di solito, le splendide sequoie che crescevano ai bordi della strada la ammaliavano. Non quel giorno. Riusciva solo a pensare a Xavier, ai suoi capelli biondo sabbia, ai brillanti occhi verdi e al suo sorriso spontaneo. Noel si era innamorata nell'istante in cui l'uomo aveva posato lo sguardo su di lei. Xavier era stato un tipo alla mano, divertente, pieno di vita. L'aveva fatta uscire dal suo guscio in un periodo della sua vita nel quale le era sembrato di affogare. Yvette si era appena sposata. Abby viveva a New Orleans e non tornava a casa da tre anni. Faith era appena partita per andare all'università. E suo padre si era gettato nel lavoro al birrificio. L'unica persona ancora in città a cui lei fosse legata era Drew, e l'uomo aveva tirato il freno della loro amicizia dopo una serata alcolica che aveva condotto a una malaugurata sessione di baci infuocati.

Noel aveva pensato di lasciare Keating Hollow, ma poi Xavier era entrato nel birrificio e tutto era cambiato. Per quattro anni, la vita di Noel era stata un sogno. Dopodiché, si era trasformata in un incubo.

Noel serrò le mani a pugno, la rabbia che le ribolliva nel ventre. "Come ha osato?" disse ad alta voce, rivolta a nessuno.

"Come ha osato cosa?" chiese Drew.

Noel voltò la testa di scatto, le viscere che ribollivano di amarezza. "Come ha osato morire senza darmi risposte."

Drew aprì la bocca per dire qualcosa, probabilmente per tranquillizzarla, ma Noel sollevò una mano, zittendolo.

"Non provarci," disse, la voce bassa e duro come l'acciaio. "Tu non hai le risposte più di quanto le abbia io. Non c'è nulla da dire."

"C'è sempre qualcosa da dire, Noel."

Lei sollevò lo sguardo e scosse la testa. "Non questa volta."

Le mani dell'uomo accentuarono la presa sul volante e lei capì che moriva dalla voglia di contraddirla, ma quando Drew non aggiunse altro, dentro di sé, Noel capì di avere ragione. Non esistevano scuse per un uomo che aveva abbandonato la figlia di tre anni senza mai guardarsi alle spalle.

CAPITOLO 4

*D*rew era in piedi alle spalle di Noel di fronte all'ufficio del medico legale. La donna si era fermata a mezzo metro dalla porta, immobile come se non riuscisse a fare un altro passo. L'aria sembrava crepitare attorno a lei e i suoi capelli biondi erano carichi di elettricità statica. Era come se la sua magia fosse sovraccaricata dallo stress. Capitava. Le emozioni estreme avevano effetti diversi sulla magia. Drew sperava solo, per il bene di entrambi, che lei riuscisse a tenere la cosa sotto controllo.

"Puoi farcela, Noel," le disse all'orecchio, sperando che un piccolo incoraggiamento l'avrebbe tranquillizzata.

"N-non credo," disse la donna, la voce che tremava. "Era l'ultima cosa che mi aspettavo di fare oggi."

"Lo so," mormorò Drew. "Nessuno si aspetta di dover fare una cosa del genere. Ma prima entreremo, prima sarà tutto finito. Tu sei forte, Noel. So che puoi farcela. Lo farò con te. Pronta?"

Noel trasse un respiro profondo e lui esalò un lungo sospiro. "No. Non sarò mai pronta."

Drew si allungò a passarle le mani lungo le braccia. Il potere di Noel ronzava leggermente sotto i suoi palmi. La donna si irrigidì, palesemente non aspettandosi il contatto, dopodiché fece due decisi passi avanti e aprì la porta a vetri.

"Vieni?" Gli lanciò un'occhiata, un sopracciglio inarcato.

"Sì."

Drew la seguì di corsa nell'ufficio spoglio. Era tutto beige: le pareti, i pavimenti, le uniformi. Persino il suono della voce dell'addetta al ricevimento era spento.

"Nome?" disse la donna, senza sollevare lo sguardo dal computer.

"Noel Townsend, venuta per identificare il corpo dell'ex-marito Xavier Anderson," disse Drew.

Finalmente, l'addetta sollevò lo sguardo, osservò Drew e chiese: "E lei è?"

"Vicesceriffo Baker, di Keating Hollow."

La donna digitò con molta calma le informazioni nel computer. Drew la guardò zampettare come un pollo, usando solo i due indici. Porca miseria, pensò. Erano messi così male da non essere riusciti ad assumere un'addetta che sapesse battere al computer?

Noel tormentò l'orlo del maglione verde mentre ondeggiava sui talloni. Poi cominciò a battere il piede e a tamburellare con le dita sul piano.

"Può evitare?" chiese l'addetta, il tono infastidito. "Sto cercando di concentrarmi."

"Si dice così, adesso?" chiese Noel, fissandola.

L'addetta si infuriò, guardò storto Noel e cominciò deliberatamente a battere più lentamente. Drew strinse i denti. Se l'addetta avesse continuato a comportarsi in quel modo, si sarebbe ritrovata a chiedere la disoccupazione. Lui non riusciva a credere che il primo contatto che aveva il pubblico venuto a identificare una persona cara si risolvesse in quei termini. Anche se Xavier Anderson era l'ex-marito di Noel, restava comunque il padre di sua figlia e un tempo lei lo aveva amato. Scoprire che era morto era comunque un trauma.

"Per amor di–" esordì Noel.

"Ah, Baker, eccola," disse un uomo dal tono burbero alle loro spalle.

Drew si voltò e rivolse un cenno del capo al medico legale, Fisk. Sfortunatamente, non era la prima volta che lui aveva motivo di visitare l'ufficio dell'uomo. Drew annuì e indicò Noel. "Lei è Noel Townsend."

"Signorina Townsend. Mi dispiace per la sgradevolezza della situazione, ma è un onore conoscerla." Il medico strinse la mano di Noel. "Pronta?"

"Per quanto possa esserlo," disse la donna, stringendo le braccia di Drew così forte che lui temette di perdere la sensibilità alla mano. Ma non gliene importava nulla. Noel avrebbe potuto strappargli il braccio e lui non avrebbe detto una parola. Sapeva fin troppo bene come ci si sentiva a perdere una persona importante. Rimase appiccicato al fianco di Noel mentre tornavano all'obitorio.

"Riteniamo che sia rimasto sulla spiaggia per meno di dodici ore. Ma è morto da almeno tre giorni. Non c'erano traumi evidenti, per cui non sarà costretta a vedere un corpo martoriato."

Noel inciampò nel nulla quando il medico pronunciò le parole "corpo martoriato" e si aggrappò più forte con entrambe le mani al braccio di Drew per evitare di cadere. Drew allungò rapidamente l'altra mano e la sostenne.

"Va tutto bene," le bisbigliò all'orecchio, rimpiangendo di non poter fare qualcosa per prendere su di sé quel peso.

Noel annuì e raddrizzò le spalle mentre una fiera occhiata

25

di pura determinazione si posava sui suoi lineamenti delicati. Ecco la Noel Townsend che lui conosceva tanto bene.

"Naturalmente, questo significa che dovrò eseguire un'autopsia per scoprire cos'è accaduto," proseguì Fisk, ignaro di tutto. Voltò la testa a guardare Noel. "Suo marito aveva dei nemici? C'è motivo di sospettare un reato?"

Noel si strinse nelle spalle. "Non ne ho idea. Non lo vedevo da più di tre anni."

"Oh. Capisco." Fisk incrociò lo sguardo di Drew. "Aveva detto *ex-moglie*, vero?"

Drew annuì. "Il parente più prossimo sarebbe la figlia, ma ha solo sei anni. Xavier Anderson non aveva altri parenti di cui siamo a conoscenza."

"D'accordo." Fisk aprì la porta e li accompagnò nella sala sterile.

L'aria era freddissima e Drew non riuscì a trattenere il brivido che gli fece accapponare la pelle. Ma Noel non parve accorgersene. Rimase immobile al centro della stanza, lo sguardo fisso sul tavolo e sul corpo coperto da un lenzuolo.

"È pronta?" le chiese Fisk, mettendosi dalla parte opposta del tavolo.

Con voce strozzata, Noel disse: "Sì."

Solo allora Drew si rese conto che la donna stava tremando. Ma considerato che aveva la fronte coperta da un velo di sudore, lui non pensava che la causa fosse il freddo.

Fisk prese il lenzuolo e lo sollevò quanto bastava per mostrare a Noel il viso dell'uomo.

Noel emise un piccolo sussulto, sbatté le palpebre due volte, quindi scosse la testa mentre distoglieva lo sguardo. Il suo viso si fece così pallido che Drew fece un passo avanti, temendo che potesse perdere conoscenza.

"Non è Xavier," disse la donna.

"No?" chiese Fisk, le cui sopracciglia svanirono sotto i folti capelli scuri. "È sicura?"

I tremiti si fermarono quando Noel raddrizzò le spalle e fissò il medico legale negli occhi. Non c'era nulla di debole in lei quando disse: "Sicurissima. So riconoscere il padre di mia figlia, signor Fisk. Per cui, a meno che lei non abbia un altro cadavere da mostrarmi, credo che abbiamo finito."

Drew non riuscì a non ammirare la sua fierezza. Noel era sempre stata una forza della natura.

Fisk li accompagnò fuori dall'obitorio e fece loro cenno di accompagnarlo in un piccolo ufficio senza finestre. "Aspettate qui," disse il medico, svanendo all'interno. Un attimo dopo, riapparve e fece loro cenno di entrare. "C'è il vicesceriffo Reilly. Vorrebbe parlare con voi prima che andiate."

Il vicesceriffo Reilly? Cosa ci faceva lì quel cretino? Reilly lavorava alle dirette dipendenze dello sceriffo Barnes. Se Barnes aveva mandato Reilly, significava forse che c'era il sospetto che fosse stato commesso un reato? In tal caso, cosa poteva avere a che vedere tutto ciò con Noel, che non conosceva nemmeno l'uomo sul tavolo?

"Si sieda, signorina Townsend," disse Reilly a Noel. L'uomo magro e stempiato sedeva sulla sedia di cuoio, i gomiti appoggiati sulla scrivania di metallo.

"Preferisco stare in piedi, se non le dispiace," disse Noel, ficcando le mani nelle tasche dei jeans.

"Come preferisce." Reilly si mise comodo sulla sedia di cuoio, appoggiò i piedi sulla scrivania e incrociò le mani dietro la nuca. "Aveva mai visto quell'uomo?"

"No."

"È proprio sicura, signorina Townsend? Mentire potrebbe ritorcersi contro di lei." Reilly la fissò con uno sguardo duro, come se Noel fosse sospettata di qualcosa.

Il suo atteggiamento fece incazzare Drew. Stava per mandare a quel paese l'uomo quando Noel disse: "Le ho già detto che non lo conosco." Poi si rivolse a Drew e disse: "Devo per forza stare qui?"

Drew scosse la testa, tendendole la mano. "No. Possiamo andarcene."

Noel gli prese la mano e lui strinse le dita attorno a quelle di lei, gelide. Cominciò ad attirarla fuori dalla stanza.

Reilly si alzò, tirò fuori qualcosa dal primo cassetto della scrivania e lo sventolò di fronte a loro. "Lo sconosciuto di là è stato trovato con il portafogli di Xavier Anderson. Dentro c'è una foto che raffigura lei e una bambina." L'uomo aprì il portafoglio per mostrare la patente. "Vuole dirmi che l'uomo in questa foto non è l'uomo che giace su quel tavolo?"

Noel si sporse a osservare il documento. Quindi si ritrasse di scatto, gli occhi spalancati e colmi di qualcosa che Drew non riusciva a definire. Paura? Shock? Confusione? "Quella patente è ancora valida," disse infine.

Reilly la guardò. "È così. Ma lei non ha risposto alla mia domanda. L'uomo nella foto è suo marito?"

"Ex-marito," disse Noel a denti stretti. "Ma sì, è lui."

"E sta dicendo che l'uomo sul tavolo non è quest'uomo?" Reilly guardò la patente.

"Sì. È proprio quello che sto dicendo." Noel lo fulminò con lo sguardo. "Francamente, vicesceriffo, mi stupisce che lei non veda la differenza."

Reilly contrasse le labbra per la concentrazione, quindi si strinse nelle spalle. "Sì, forse ho capito. Ma lo sconosciuto gli somiglia molto. Sono entrambi biondi. Avrebbe potuto facilmente farsi passare per il signor Anderson."

Drew avvertì un forte bisogno di sferrare un pugno a Reilly. Cosa sta facendo? Non c'era motivo di credere che Noel sapesse nulla di quella situazione. Invece, lui si limitò ad accentuare la presa sulla mano di Noel, assicurandosi che lei capisse di non essere sola.

"Cosa sta cercando di dirmi, vicesceriffo?" chiese Noel. "Che qualcuno ha rubato l'identità di Xavier?"

"È fortemente possibile." Reilly si passò una mano sulla mascella angolosa. "Se suo marito dovesse contattarla o lei avesse idea di dove potrebbe essere, mi contatti il prima possibile. Può darsi che lui sia l'unico a poter gettare una luce sul nostro sconosciuto."

Noel strinse gli occhi e Drew avvertì l'ira emanare da lei. "*Ex-marito.* Le ho già detto che non lo vedo e non lo sento da tre anni. Non è una menzogna e io non ho motivo di credere che lui mi contatterà. Ma se dovesse trovarlo, me lo faccia sapere. Non mi dispiacerebbe farmi versare gli alimenti che mi deve."

"Oh, lo troveremo. Non si preoccupi. Ma avremo bisogno di una foto migliore di questa." Reilly tamburellò col dito sul portafogli. "Dovrà fornirci le foto più recenti che ha. Possibilmente dove si vedano chiaramente il viso e il profilo."

"Io non..." Noel scosse la testa, palesemente frustrata, quindi disse: "Va bene. Le darò al vicesceriffo Baker."

"Ottimo. La avverto: non sia reticente. I capoccia non saranno contenti e le assicuro che non le conviene. Abbiamo bisogno di quelle foto il prima possibile. Domani al massimo."

Il corpo di Noel si tese mentre lei ribolliva visibilmente di rabbia. Drew non poteva biasimarla. Perché la stavano trattando come una criminale?

"Andiamo," disse Drew, guardando storto Reilly. Sapeva che l'uomo aveva un lavoro da fare, ma non c'era motivo di continuare a tormentare Noel. Non dopo che aveva appena visto la morte negli occhi. "Abbiamo finito."

Reilly sollevò una spalla e tornò a sedersi come se non avesse alcun problema con il suo comportamento.

Drew esalò uno sbuffo di disgusto mentre portava Noel fuori dall'edificio. Una volta usciti, Noel liberò la mano da quella di Drew e attese in silenzio mentre Drew sbloccava e apriva la portiera del passeggero. Una volta che la donna si fu seduta, lui corse al posto di guida e balzò sul sedile. Avviò il motore, mise la retro e uscì a gran velocità dal parcheggio.

Serpeggiò nel traffico, frapponendo quanta più distanza possibile fra loro e l'ufficio del medico legale. Non voleva ammetterlo, ma era innegabile che l'esperienza lo aveva scosso. Essendo vicesceriffo, lui non era estraneo alla morte, ma guardare Noel che cercava di assimilare la possibile perdita di una persona cara gli aveva riportato alla mente ricordi da tempo sepolti. Immagini di Charlotte che giaceva senza vita nel capanno di Abby Townsend invasero il suo cervello e accelerarono il battito del suo cuore. Un abisso gli si formò nello stomaco mentre la bile gli risaliva in gola. Accentuò la presa sul volante e si diresse verso nord, perso nei suoi pensieri.

Entro breve, fu di nuovo sulla statale 299, diretto verso Keating Hollow. Tutti coloro che vivevano in quel villaggio magico conoscevano la statale come le loro tasche e Drew non faceva eccezione. Premette sull'acceleratore, prendendo le curve con precisione esperta.

Accanto a lui, Noel prese bruscamente fiato.

Senza distogliere lo sguardo dalla strada, Drew chiese: "Tutto a posto?"

"Dammi tempo."

Fu il tremito nella sua voce ad attirare l'attenzione di Drew. Le lanciò un'occhiata. La donna aveva assunto una sfumatura verde pallido e si stava tenendo il ventre. "Ehi." Drew si affrettò ad accostare.

Noel scese di corsa dal veicolo e barcollò nella direzione della riva del fiume. Drew la seguì, maledicendosi, e la raggiunse proprio mentre lei cadeva in ginocchio e cominciava a vomitare. "Mi dispiace tanto, Noel," disse, inginocchiandosi accanto a lei.

La donna cercò di scuotere la testa, ma i conati proseguirono.

Drew le tenne con attenzione i capelli e le massaggiò la schiena mentre attendeva con pazienza che lo stomaco della donna si svuotasse.

"Oddea," bisbigliò infine Noel, sollevando lo sguardo su di lui con occhi colmi di lacrime. "Sono io che dovrei chiederti scusa. Non riesco a credere di essermi comportata così."

"Non hai nulla di cui scusarti." Drew si alzò e le offrì la mano.

Noel si lasciò tirare su. Drew la condusse delicatamente fino al bordo dell'acqua, tirò fuori un fazzoletto dalla tasca posteriore e lo intinse nel fiume. Reggendo il fagotto fra le mani, bisbigliò: *"Vapos."*

La sua magia scaldò all'istante l'acqua gelida e del vapore cominciò a levarsi dal fazzoletto mentre lui lo porgeva alla donna. Pur essendo una potente strega dell'acqua, Drew non aveva bisogno spesso di usare il suo potere. Era contento di essere riuscito a lanciare l'incantesimo senza alcuna difficoltà, nonostante fosse fuori esercizio.

"Ti ringrazio," disse Noel, prendendosi un momento per ripulirsi. Una volta fatto, aveva le guance arrossate dal calore del fazzoletto di Drew. "Va tutto bene, ora."

Ma non era vero. Le sue guance potevano anche essere

calde, ma il suo corpo tremava e lei era incerta sulle gambe. Drew si tolse la giacca e gliela mise sulle spalle.

"Sto bene," disse Noel, cercando di scrollarsi di dosso la giacca.

"Noel," disse lui, il tono gentile. "Non c'è nulla di male nell'accettare l'aiuto di un vecchio amico."

Lei lo fissò, i grandi occhi azzurri che irradiavano emozione. Aprì la bocca per parlare, ma le parole sembravano intrappolate nella sua gola.

Drew spalancò le braccia e disse: "Vieni qui."

Noel abbassò la testa, ma fece un passo avanti e lo circondò con le braccia. Drew la abbracciò, appoggiando la guancia sulla sommità del capo di lei mentre le mormorava parole tranquillizzanti.

La mano di Noel gli afferrò la camicia e la sua presa si accentuò, come se lui fosse la sua ancora di salvezza.

"Ci sono qui io, Noel," bisbigliò Drew. "Non ti lascio andare. Te lo prometto."

La donna annuì e gli affondò la testa nella spalla.

Drew avrebbe dato qualunque cosa per cancellare il dolore di Noel. Per risparmiarle ulteriori traumi. Le era stato vicino, naturalmente, quando il marito era scomparso tre anni prima. Era stato lui a prendere la denuncia di scomparsa quando Noel era furiosa e spaventata e incredula di fronte al fatto che l'uomo se n'era andato senza nemmeno salutare. Nessuno, all'epoca, credeva davvero che lui si fosse allontanato di sua spontanea volontà. Noel e Xavier sembravano la coppia americana perfetta. Dall'esterno, Xavier sembrava un padre devoto e un uomo di casa. Non era raro vederli tutti e tre insieme in paese, vedere Xavier portare la figlia al Parco o da A Spoonful of Magic.

Ma quando era emerso che Xavier aveva fatto i bagagli e

che, una settimana dopo, aveva svuotato quasi del tutto il conto cointestato, non c'erano stati più dubbi sul fatto che Xavier Anderson se ne fosse andato di sua spontanea volontà. Non aveva lasciato biglietti, non aveva telefonato, niente di niente. E all'improvviso, Noel si era ritrovata a essere una madre sola senza risposte. Era cambiata, da quel momento in poi. I suoi sorrisi contagiosi si erano fatti rari, tranne che quando giocava con sua figlia, e non irradiava più quell'apertura che aveva attratto Drew dieci anni prima. Le si era spezzato il cuore ed era chiaro a tutti coloro che le volevano bene – Drew compreso – che esso non era mai guarito.

"Mi dispiace tanto, Drew," disse infine la donna, staccandosi dal suo abbraccio. "Non so cosa sia successo. Di solito non soffro il mal d'auto."

Drew le rivolse un sorriso compassionevole. "Forse, se io non avessi guidato come un pazzo, tu non avresti vomitato."

"Non è colpa tua e lo sai," disse lei, ficcandosi le mani nelle tasche. "È per via–"

Drew sollevò una mano, zittendola. "Lo so. È normale avere la nausea dopo essere stati all'obitorio. Non mi devi nessuna spiegazione."

Noel tacque per un istante, quindi gli rivolse un piccolo cenno del capo. "Grazie. Sono pronta a rimetterci in viaggio. Devo andare a casa a pulirmi prima che Daisy torni dalla casa di mio padre."

"Certo." Drew le prese di nuovo la mano e la sostenne mentre lei risaliva l'argine.

La portiera del passeggero del SUV era ancora spalancata e Noel fece una smorfia. "Scusa," ripeté una volta ripreso posto sul sedile.

"Se ti scusi ancora una volta, me la prendo," disse Drew con un finto cipiglio mentre avviava il motore e accendeva al massimo il riscaldamento.

"Giusto," disse lei, allacciando la cintura. "Basta scuse."

"Grazie." Drew si rimise su strada, questa volta badando a rispettare il limite di velocità.

Tacquero entrambi mentre la luce del giorno svaniva rapidamente e calava il crepuscolo. Quando raggiunsero Keating Hollow era ormai calata la notte e Main Street era illuminata dalle luci natalizie. Mentre passavano di fronte alla locanda, Noel disse: "Lasciami pure qui."

Drew scosse la testa mentre entrava nel piccolo parcheggio sul retro e spegneva il motore. "Devi ancora andare a prendere Daisy, giusto?"

"Ehm, sì," disse esitante la donna. "Ma è tutto a posto. Posso guidare da sola."

"Preferirei di no. Sarei più tranquillo se mi permettessi di accompagnarti a casa di tuo padre."

"Drew," disse Noel. "Per favore, non farne un dramma. Sto benissimo. Ero solo... Beh, ero sconvolta, immagino. Ma non dovrei, giusto? Voglio dire, non è cambiato nulla per quanto riguarda Xavier. Lui ci ha lasciate comunque; semplicemente, pare che qualcuno abbia rubato la sua identità. La cosa non mi riguarda e non mi interessa." Strinse gli occhi e la sua voce assunse una nota dura. "Ma il fatto che sia palesemente stato vicino a Keating Hollow e non sia venuto a trovare sua figlia—"

Noel chiuse bruscamente la bocca, scosse la testa e aggiunse: "Sto delirando."

Drew le rivolse un piccolo sorriso. "A me sembra che tu ti stia semplicemente sfogando."

Sospirando, lei annuì. "Immagino di sì."

"Dai. Entriamo, poi ti porto a prendere Daisy."

"Drew, laggiù ci sarà la mia famiglia. Non voglio dare

risposte, adesso. Non ancora. Devo riprendermi. Se ci sarai anche tu, mi tempesteranno di domande."

"Aspetterò in macchina. Di' pure che ti si è scaricata la batteria e che io ti ho fatto un favore." Drew scese, quindi aprì la portiera, deciso a non accettare una risposta negativa. Perché da quando lei gli aveva permesso di abbracciarla, di tranquillizzarla, qualcosa era cambiato dentro di lui. Era stato colto da un intenso bisogno di tenerla sicuro. E lasciare che lei guidasse per tutto il paese fino alla casa di famiglia dopo essere stata così scossa era fuori questione.

"La batteria?" Noel lanciò un'occhiata alla sua vecchia Honda e annuì. "Sì, funzionerà."

Il dolore al petto di Drew si alleviò mentre seguiva Noel nella locanda.

La donna lo condusse attraverso la porta dietro il banco della reception e nella casa al pianterreno che condivideva con la figlia. La suite di due stanze era calda e accogliente, coi pavimenti di legno scuro, mobili imbottiti e quadri dappertutto. C'erano gigli tagliati di fresco sul tavolino da caffè, assieme a una pila di libri e a delle candele. Noel si recò a una delle camere da letto e disse: "Esco subito."

"Fai pure con calma. Io sto bene qui," disse lui, ed era sincero. Ma poi si sedette e si appoggiò allo schienale del divano e il leggero profumo agrumato di Noel si levò tutto attorno a lui. Emozioni sepolte da tempo riemersero prepotentemente in superficie. E all'improvviso, lui non desiderò altro che sentirla di nuovo fra le sue braccia.

CAPITOLO 5

*D*i solito, le lucine che illuminavano il viale alberato della casa di famiglia davano un senso di pace a Noel. Ma non quella sera. Quella sera, provava soltanto ansia. Non sapeva come interpretare la rivelazione che Xavier era probabilmente passato da quelle parti. Il fatto che non l'avesse contattata.

Ora, lei non riusciva a levarsi dalla testa l'immagine dell'uomo morto in un vicolo. Lo sconosciuto, in qualche modo, aveva il portafogli di Xavier. Metà di lei avrebbe voluto balzare in macchina e dare inizio a una caccia all'uomo. Ma l'altra metà, quella che non desiderava altro che proteggere sua figlia, voleva cancellare quel giorno dalla sua mente e dimenticare che fosse mai accaduto.

E poi, se Reilly diceva sul serio, il dipartimento dello sceriffo avrebbe comunque condotto una caccia all'uomo. Noel aveva già fatto la sua parte riesumando delle vecchie foto di Xavier. Ora Drew le aveva e le avrebbe consegnate agli inquirenti.

"Sembra che ci sia Wanda," disse Drew, fermando il SUV.

"Eh?" Noel sollevò di scatto la testa, passando lo sguardo sul piccolo parcheggio di fronte allo splendido capanno di tronchi di suo padre.

"L'auto da golf. Mi sembra che faccia un po' troppo freddo per le gare."

Noel rivolse la propria attenzione all'auto da golf da sei persone che sua sorella aveva comprato qualche settimana prima e ridacchiò. "Oh, no. Quella è di Abby. Ne ha comprata una dopo che Wanda l'ha messa in panchina."

"Che significa che l'ha messa in panchina?" chiese Drew, aggrottando la fronte per la confusione.

Noel avvertì l'improvviso impulso di lisciargli le rughe e fece per allungare una mano prima di trattenersi e chiudere il pugno. Cosa stava facendo? Non aveva il diritto di toccarlo. Non in quel modo. Non si frequentavano, santo cielo. L'uomo era solo gentile con lei. "Abby stava guidando e per poco non è finita nel fiume. Naturalmente, Wanda le ha tolto il volante. Il giorno dopo, Abby si è presentata con questa cosa." Noel sentì un sorriso che le tirava le labbra. "Devo ammettere che è piuttosto divertente andare in giro con quella."

"Già," disse Drew, l'espressione inacidita mentre guardava l'auto da golf.

"Qualcosa non va? C'è una legge a noi sconosciuta che vieta di correre con le auto da golf, vicesceriffo Baker?"

"No." Drew scosse la testa, continuando a guardare l'auto da golf. I suoi occhi lampeggiavano di rabbia, ma quando lui sbatté le palpebre, l'emozione svanì, come se l'uomo avesse appena chiuso una finestra dalla quale lei stava sbirciando.

"Allora qual è il problema, Drew?"

"Nessun problema. Spero solo che lei e Wanda non combinino guai con quelle cose."

Noel gli rivolse un'occhiata perplessa. Che gli era preso?

Metà della gente del paese aveva un'auto da golf. C'era persino una strada speciale lungo il fiume, costruita appositamente. "D'accordo. Beh, io vado a prendere Daisy. Torno subito."

Lasciò Drew in auto e corse nella casa di suo padre. Riconobbe il suono della risata di sua figlia che proveniva dal salotto e il peso del pomeriggio svanì all'improvviso. Daisy era la gioia della sua vita e qualunque cosa la turbasse, quando era con sua figlia, veniva messa da parte.

"Vieni qui, bella!" chiamò Daisy, battendo le mani. "Puoi farcela. Brava cagnolina."

Noel gemette. Si era dimenticata della telefonata riguardo al cane. Facendosi forza in previsione di una dura lotta, entrò in salotto.

Daisy giaceva bocconi, il mento appoggiato a un cuscino mentre sorrideva alla piccola palla di pelo che saltellava di fronte a lei. Il cucciolo dal pelo striato si avvicinò titubante, quindi fece guizzare la lingua e leccò Daisy sul naso. Gli occhi di Daisy brillarono mentre rideva, un suono che Noel udiva raramente, ormai. Il suo cuore si sciolse in una pozzanghera d'amore.

Abby sollevò lo sguardo dal divano e incrociò lo sguardo di Noel. Un sorriso si allargò sul volto di sua sorella mentre mimava con le labbra *Sei finita*.

Noel trattenne un sospiro e annuì in segno di sconfitta. Certo che lo era. Come avrebbe potuto negare a sua figlia la palese gioia del cagnolino più adorabile che fosse mai esistito? "Questa cagnolina ha del cibo? Dei giochi? Una gabbietta? Qualcosa da portare a casa con noi? O mi toccherà implorare Randy di tenere aperto il negozio per animali qualche minuto in più?"

"Mamma!" Daisy raccolse la cagnolina da terra con

entrambe le mani e corse da lei, tendendo la creatura di fronte a sé come un'offerta. "Non è bellissima?"

"È stupenda, tesoro. Le hai già dato un nome?"

I grandi occhi castani di Daisy si colmarono di lacrime. "Posso tenerla?"

"Dipende," disse Noel, ondeggiando sui talloni.

Daisy si strinse la cagnolina al petto, cullandola protettivamente. "Che vuol dire?"

Noel si inginocchiò di fronte a sua figlia. Rivolto a Daisy un sorriso gentile, le scostò dagli occhi una ciocca dei sottili capelli scuri e disse: "Devi promettere che ti prenderai cura di lei. Che le darai da mangiare tutti i giorni, la porterai a passeggio e pulirai dove sporca."

"Prometto," disse Daisy, stringendo a sé la cagnolina mentre una grossa lacrima le rotolava lungo la guancia.

Noel aveva mal di cuore mentre asciugava con delicatezza la lacrima. "E devi promettere che le vorrai bene con tutto il cuore."

"È già così." Daisy girò sui tacchi e corse da Abby. "Hai sentito la mamma? Dice che posso tenere Buffy."

Abby rise. "Ho sentito, tesorino. Ora vai a dare al nonno la bella notizia e prendi le cose del cane. Domani hai scuola, vero?"

L'espressione di Daisy si rabbuiò. "Già. La scuola." La bambina abbassò lo sguardo su Buffy. "Credi che la signorina Quinn me la lascerà portare?"

"Dovrà restare alla locanda con me, Daisy," disse Noel, tamburellando sull'orologio che portava al polso. "Prendi le sue cose. Dobbiamo andare."

Daisy annuì, continuando a stringere la cucciola mentre correva verso la cucina.

"Attenta!" esclamò Noel. Daisy rallentò leggermente il passo e svanì dalla porta sul retro.

Noel si lasciò cadere sul divano accanto a sua sorella minore Abby e si premette una mano sul cuore. "Alla faccia dell'imboscata."

"Sì, ma Daisy è contentissima," disse Abby, dandole una pacca sul ginocchio. Quindi, la osservò per un istante. "Ehi, ti sei fatta bionda e hai messo le extension. Stai benissimo. Che fine ha fatto il rosso?"

"Ero stanca di farlo ritoccare ogni quattro o cinque settimane. E avevo davvero bisogno di un cambiamento," rispose Noel, stringendosi nelle spalle. Si sentiva irrequieta, negli ultimi tempi, e una sera si era guardata allo specchio e aveva deciso che odiava il taglio asimmetrico e il colore dei suoi capelli. Per cui, aveva fatto quello che faceva sempre: era tornata al suo colore naturale, quello che la faceva sentire più simile a come era un tempo. Alla persona che era stata prima che tutti la abbandonassero.

"Mi piace," disse Abby con un cenno di approvazione.

"Grazie. Pensavo di provare a tenere il mio colore naturale, per un po'." Noel si appoggiò ai cuscini del divano e lanciò un'occhiata insospettita a sua sorella. "Come hai fatto a schivare il cane?"

"Ehi," disse Abby. "Hai dimenticato quella casinista di Endora, il golden retriever di Olive?" Sollevò una mano al livello della fronte. "Sono piena fino a qui di peli di cane e caricabatterie masticati. Un altro potrebbe essere la mia fine."

Noel la gemette. "Già. Me l'ero dimenticato." Poi guardò il sorriso radioso di sua sorella e la sua postura rilassata. Abby era palesemente piena di gioia e all'improvviso Noel si sentì triste e vuota. Un tempo, anche lei era stata così felice. Aveva creduto di avere di fronte a sé una vita di amore, un futuro con una casa piena di bambini e tanto di quell'amore che sarebbero quasi scoppiati. Ora era una madre single con una figlia che trascorreva raramente una notte senza svegliarsi a causa di un incubo.

"Ehi, che succede?" le chiese Abby, una nota di panico nella voce.

"Niente. È stata una giornata lunga, tutto qui."

"Ho una nuova pozione energetica che–"

"Va tutto bene," disse Noel, alzandosi mentre Lin Townsend entrava dalla porta posteriore con un sacchetto marrone in una mano e una gabbietta per cani nell'altra. Daisy lo seguiva, chiacchierando di come lei e Buffy sarebbero diventate ottime amiche.

"Ma certo, tesoro," disse Lin alla nipotina. Quindi, rivolse a Nora un sorriso imbarazzato.

"Ho mandato Clair a prendere tutto il necessario," disse l'uomo, riferendosi alla sua ragazza di lunga data. Sollevò il sacchetto, negli occhi lo stesso barlume che Noel aveva appena visto in quelli della figlia. "Cibo per cani, biscottini, giocattoli da masticare, spazzola. C'è persino una coperta nella gabbietta."

Noel strinse gli occhi e guardò storto suo padre. "Non hai pensato che avresti dovuto chiedere il mio parere prima di promettere un cagnolino a chi-so-io?"

Lin lanciò un'occhiata a Daisy e la sua espressione si intenerì mentre diceva: "Privilegio da nonno."

Abby sbuffò e scosse la testa. "Papà, sei pessimo. Cosa avresti fatto se la nonna ti avesse fatto trovare un cane quando noi eravamo piccole?"

"Cosa ti fa pensare che non sia andata così?" chiese l'uomo, inarcando un sopracciglio. "Credi davvero che, se fosse stato per me, avrei preso Barky?"

L'immagine del bastardino spelacchiato che era stato così iperattivo e incontrollabile da distruggere tre staccionate in sei mesi lampeggiò nella mente di Noel. Il cane era arrivato con delle chiazze di pelo mancanti, una zampa zoppicante e un pessimo carattere. Erano riusciti a risolvere i problemi alla zampa e alla pelle, ma il carattere? Mica tanto. Il cane si era comportato male ogni singolo giorno della sua vita, compreso l'ultimo, quando aveva scavato la maggior parte dell'orto prima di addormentarsi e non svegliarsi più.

Alla fine, la vecchiaia aveva preso il sopravvento – ma Barky aveva vissuto una vita felice. Quel cane si era cacciato in tanti di quei guai, sfuggendone per miracolo, da essere come un gatto con nove vite.

"La colpa per Barky è della nonna?" chiese incredula Noel. "Era pazza?"

"Direi di sì," disse Lin, sorridendo a sua figlia. "Quel cane si presentò sulla sua veranda, un giorno, e quando nessuno volle prenderselo, se non un canile di Eureka che lo avrebbe soppresso, lei diede di matto, venne fin qui e lo diede a Yvette. Lei si illuminò come un albero di Natale e il resto è storia. Fine della pace a casa Townsend."

"Se *Buffy* si rivelerà essere come Barky, te la restituirò."

"Non temere, Noel," disse Lin. "Nessun cucciolo sarà mai pessimo come Barky. Lui si è preso il trofeo e lo ha sepolto nel frutteto."

Lin si trascinò in cucina e Noel non poté fare a meno di notare che i suoi movimenti erano più lenti rispetto a qualche mese prima. Inoltre, l'uomo sembrava più sottile, più fragile. *È la chemio*, si disse.

A Lin era stato diagnosticato il cancro tre mesi prima. Leucemia. E il fatto che i Townsend fossero una famiglia di streghe non significava un maledetto nulla. Abby poteva preparargli delle pozioni rinvigorenti, ma era tutto lì. Noel non poteva far altro, per lui, che manipolare la temperatura dell'aria. Non era altro che un condizionatore economico. In un altro momento, quella riflessione l'avrebbe fatta sorridere, ma dopo la giornata che aveva appena avuto, era tutto un po' troppo.

L'emozione le risalì in gola e minacciò di strozzarla. Non voleva vedere suo padre indebolirsi o anche solo pensare alla possibilità che Xavier fosse vicino e la stesse evitando di proposito... o, peggio ancora, che fosse morto in un fosso. Per quanto lei si risentisse non solo perché suo marito se n'era andato, ma anche perché se n'era andato in quel modo, non voleva comunque che gli succedesse qualcosa di brutto. E non solo per il bene di Daisy, ma anche per se stessa. Lei aveva *davvero* amato quell'uomo.

"Noel?" disse Abby, toccandola sul braccio. "Qualcosa non va. Che succede?"

"Va tutto bene," rispose lei, il tono un po' troppo brusco. L'espressione preoccupata di Abby si fece sofferente e Noel si maledisse. Il suo rapporto con Abby era già un po' teso. Quando Abby aveva fatto le valigie e se n'era andata poco dopo il diploma, Noel era quella che l'aveva presa peggio. Abby era stata la sua migliore amica e, quando era partita, non aveva semplicemente lasciato il paese. Aveva lasciato l'intera famiglia, facendosi sentire e venendo a trovarli solo di rado. Spesso, Noel aveva avuto la sensazione di aver perso un braccio e il fatto che Abby non fosse parsa condividere quel sentimento aveva sparso il sale sulla ferita. Da quando Abby era tornata a casa, due mesi prima, Noel aveva cercato di lasciarsi il passato alle spalle, ma non sempre ci riusciva.

Quella sera era uno di quei momenti. La giornata era stata

devastante e tutto ciò che lei desiderava era portare sua figlia a casa. "Daisy, tesoro, andiamo."

"Vieni, Buffy," disse Daisy alla cagnolina, continuando a stringersela al petto. Sua figlia fece strada fino alla porta d'ingresso mentre Lin dava a Noel il sacchetto con gli accessori del cane e la gabbietta.

"Mi ringrazierai." Lin strinse la figlia in un abbraccio più forte di quanto lei si era aspettata. Le vennero le lacrime agli occhi, ma lei le scacciò. Noel non piangeva. Non di fronte agli altri, comunque, soprattutto non di fronte a suo padre. Non voleva che lui si preoccupasse per lei mentre aveva già tante difficoltà da affrontare.

"Ne dubito," disse mentre ricambiava l'abbraccio, soffermandosi qualche momento in più.

Suo padre si staccò e la fissò. "Cosa c'è, Noel?"

"Nulla." Noel scosse la testa. "È stata una giornata lunga. Ora, devo portare Daisy e *il cane* a casa."

Lin la osservò ancora per qualche istante.

Noel lo baciò sulla guancia e gli sorrise. Lo lasciò andare e, mentre si allontanava, chiamò: "Buona notte, papà. Grazie per aver fatto divertire Daisy, oggi."

"Quando vuoi. Sai che adoro averla qui," disse suo padre.

Il calore sbocciò nel petto di Noel alle parole dell'uomo e lei gli rivolse un ultimo cenno di saluto prima di uscire dalla porta. Daisy era in veranda ad aspettare quando lei, finalmente, uscì. Noel mise in una mano il sacchetto e la gabbietta del cane e afferrò con l'altra la mano di sua figlia. "Da questa parte, tesoro."

CAPITOLO 6

*D*rew lanciò una nuova occhiata a Daisy e sorrise quando vide il cagnolino. Aveva immaginato che Noel avrebbe ceduto. "Chi abbiamo qui?" chiese a Daisy.

La bambina sbadigliò mentre accarezzava il cane sulla testa. "Si chiama Buffy."

"Buffy?" Drew rise. "Chi ha scelto il nome?"

"Zia Abby. Dice che la mamma adorava Buffy."

Drew guardò Noel con un'espressione divertita. "Buffy... l'Ammazzavampiri?"

"Esatto," disse qualcuno proprio mentre Noel stava per chiudere la portiera. Drew lanciò un'occhiata nell'oscurità e vide Abby, i cui capelli biondi erano tinti quasi d'argento dalla luce della luna.

"Porca miseria," mormorò Noel, stringendosi il petto con una mano. Palesemente, Abby l'aveva spaventata.

Abby si chinò e appoggiò una mano alla portiera aperta. "Guardava sempre quella serie. Ho pensato che il nome Buffy avrebbe potuto aiutarla ad affezionarsi alla cagnolina."

Drew strizzò gli occhi all'indirizzo di Abby nell'oscurità e sentì le sue viscere raggelare. Erano trascorsi più di dieci anni, ma lui trovava ancora difficile starle vicino. Non ne era orgoglioso; semplicemente, gli sembrava impossibile superare il vecchio trauma. Tutte le volte che la vedeva, non riusciva a pensare ad altro che al corpo senza vita di Charlotte in quel capanno nella proprietà dei Townsend.

"Ehi, Drew. Cosa ci fai qui?" chiese Abby, ignara del disagio di Drew oppure decisa a superarlo. Lui non era sicuro di quale fosse l'alternativa corretta.

Drew si schiarì la voce. "La batteria dell'auto di Noel si è scaricata. Le sto solo dando una mano da amico."

La donna inclinò la testa e passò lo sguardo fra lui e Noel. "Come no. Da amico."

"Abby," disse Noel in tono di ammonizione. "Hai bisogno di qualcosa? Sono esausta e Daisy dovrebbe essere già a letto."

Abby sollevò le mani e fece un passo indietro. "Scusa. Non volevo trattenerti. Ero solo uscita per vedere come stavi. Mi sembravi un po'... fuori forma."

Noel si irrigidì alle parole di sua sorella e a Drew prudettero le mani dalla voglia di prendere quelle di lei, di offrirle un sostegno silenzioso. Invece, lui accentuò la presa sul volante, tenendo le mani a posto.

"Sono 'fuori forma' da oltre un decennio, Abby. O non te n'eri accorta?" scattò Noel.

Ehi, pensò Drew. Cosa sta succedendo? Possibile che Noel fosse ancora in collera per il fatto che Abby aveva lasciato il paese, tanti anni prima? Aveva pensato che le due sorelle avessero fatto pace, ma forse non era così.

Abby prese bruscamente fiato, l'espressione che passava dalla preoccupazione a un misto di dolore e fastidio. "Come non detto. Fai come se non te lo avessi chiesto." Rivolse un cenno del capo a Drew. "Buona notte, vicesceriffo Baker."

"Buona notte, Abby," esclamò Drew mentre la donna si allontanava.

"Porco cane," mormorò Noel mentre guardava la sorella minore rientrare in casa con passo pesante.

Drew inserì la retromarcia e uscì nel viale. Guardò nello specchietto retrovisore e un'ondata di dolcezza lo travolse alla vista di Daisy e del cagnolino, entrambe addormentate.

"Vuoi parlarne?" chiese a Noel.

"No." Noel incrociò le braccia sul petto e fissò fuori dal finestrino.

"Ti capisco. Ma non è sano trattenere tutta quella rabbia. Prima o poi dovrai perdonarla."

Noel sbuffò. "Tu l'hai fatto?"

"Sì," disse semplicemente lui.

"È una cavolata e lo sai," ribatté la donna. "Non riesci nemmeno a guardarla negli occhi."

"Non hai torto." Drew svoltò a destra in fondo al viale e si diresse di nuovo verso il paese. "Ma questo non significa che io non l'abbia perdonata. Sappiamo entrambi che quello che è successo a Charlotte non è stato colpa di Abby. Lei non merita di pagare per sempre per il passato, Noel. Non ne ha vissute abbastanza? Non ne abbiamo vissute tutti?"

"Sì," disse la donna nell'oscurità, ma senza aggiungere altro.

Charlotte era stata la ragazza di Drew alle superiori, nonché la migliore amica di Abby. Nella primavera dell'ultimo anno, aveva contratto una qualche infezione e la convalescenza l'avrebbe costretta a saltare il ballo della scuola. Charlotte aveva implorato Abby di prepararle una pozione energetica in modo che non fosse costretta a perdersi i festeggiamenti. Dopo una certa quantità di persuasione da parte di Charlotte, Abby aveva acconsentito con riluttanza a soddisfare la sua richiesta.

Drew aveva portato Charlotte al ballo. Era stata una serata fantastica… fino a quando lei non gli aveva chiesto di fare una sosta a casa di Abby. Gli aveva detto che doveva prendere una cosa. Venti minuti dopo, quando era andato a cercarla, Drew l'aveva trovata senza vita nel capanno da lavoro di Abby, dopo che Charlotte aveva preso e bevuto una seconda dose della pozione.

Charlotte non aveva detto a nessuno di essere affetta da una malattia terminale, dalla quale non sarebbe mai guarita. La pozione era stata troppo per il suo fisico minato. Era morta alla vigilia del suo diciottesimo compleanno. Quella serata lo tormentava ancora.

Forse lo avrebbe fatto per sempre.

ERANO le nove passate quando Drew entrò nell'ufficio dello sceriffo. Si sedette alla sua scrivania e si passò una mano sulla testa. Aveva lasciato Noel, Daisy e la cagnolina alla locanda, aveva promesso di tornare a trovarle il giorno dopo ed era andato subito in ufficio. Dormire era fuori questione. Mentre aspettava Noel fuori dalla casa dei Townsend, era tormentato dal pensiero che doveva fare qualcosa per aiutarla. Sapeva che Noel faticava ad accettare il fatto che Xavier non aveva preso contatti con loro… e di non avere idea se l'uomo fosse ancora vivo.

Mentre se ne stava seduto al buio, Drew aveva deciso che avrebbe fatto tutto ciò che era in suo potere per trovare l'ex di Noel. In un modo o nell'altro, l'avrebbe aiutata a trovare le risposte che meritava. E sapeva che l'ufficio dello sceriffo non avrebbe dato la priorità a quel caso, nonostante ciò che diceva Reilly. Semplicemente, non avevano abbastanza uomini per dedicare tanto tempo a un caso dove le prove erano tanto scarse.

Drew preparò il caffè, accese il computer e si mise al lavoro. Mezz'ora dopo, aveva inviato la scansione delle foto di Xavier al dipartimento della contea e stampato delle copie della nuova patente di Xavier. Infilò le scartoffie e le foto in una cartelletta, chiuse a chiave l'ufficio e si diresse subito verso la Keating Hollow Brewery.

Il luogo era di proprietà di Lincoln Townsend, ma al momento era gestito da un amico di Drew, Clay Harrison. Clay era una strega della terra che sfruttava il proprio talento per produrre la birra migliore della Costa Ovest.

Drew aprì la porta del birrificio e si immobilizzò di fronte alla visione che gli si presentò. Il suo amico aveva inchiodato Abby Townsend contro il bancone in un incontro di labbra non adatto a un pubblico minorenne.

Drew si schiarì rumorosamente la voce.

La coppia si immobilizzò. Poi, Clay si guardò alle spalle e disse: "Vattene."

Abby ridacchiò e scivolò fuori dall'abbraccio dell'uomo. "Drew," disse, guardandolo insospettita. "Tutto bene con mia sorella?"

Drew esitò. Noel non aveva voluto che la sua famiglia sapesse cosa aveva passato quel giorno, preferendo non dover rispondere a eventuali domande. D'altra parte, prima o poi sarebbe giunta a tutti la notizia che un uomo era stato trovato morto a Trinidad. Ed era molto probabile che, poiché ci sarebbe stata un'indagine, il nome di Xavier sarebbe stato menzionato. Prima o poi, lo avrebbero scoperto. Tuttavia, Drew non voleva tradire la fiducia di Noel.

"Drew?" disse nuovamente Abby. "Che succede?"

"Dovresti parlarle." Drew si recò al bancone e si sedette.

La donna tacque mentre lo osservava, quindi annuì. "Lo farò."

Drew la guardò. Si era aspettato una reazione, una richiesta di spiegazioni approfondite. La Abby che conosceva alle superiori era inarrestabile. Non si arrendeva mai tanto facilmente, se voleva sapere qualcosa. Ma quando lui ricambiò il suo sguardo, vide una maturità e una silenziosa accettazione che non aveva notato da quando la donna era tornata in città. Dieci anni erano molto tempo. Lui non avrebbe dovuto stupirsi della trasformazione. Dio sapeva che lui non era assolutamente la stessa persona che era stato allora.

Abby si voltò, diede un ultimo bacio a Clay e disse: "Io vado... Magari mi farò un bel bagno prima che tu arrivi a casa."

Clay passò lo sguardo su di lei, senza dubbio immaginandola immersa nella vasca. Quindi la attirò a sé e le mormorò qualcosa nell'orecchio.

Abby gli rivolse un sorriso malizioso e promise di tenergli il letto in caldo.

Drew distolse lo sguardo e chiese: "Le spine sono ancora aperte?"

"Serviti pure," disse Clay mentre accompagnava Abby alla porta.

Quante volte Drew li aveva visti insieme alle superiori? Centinaia. Era stato proprio accanto a loro, con le braccia attorno Charlotte. Il dolore sordo gli pulsò nel petto mentre riempiva un bicchiere da venti once con la porter di stagione. Prese posto al bancone e tranguiò quasi metà della birra, deciso ad alleviare il dolore.

La porta d'ingresso si chiuse rumorosamente e Clay tornò al bancone. Lanciò un'occhiata a Drew, inarcando un sopracciglio alla vista del bicchiere mezzo vuoto, e cominciò a versarsi a sua volta una porter. "Giornata dura?"

"Diciamo così." Drew fece una smorfia e bevve un altro sorso di birra.

Clay e Drew erano amici dalle elementari. Avevano passato parecchi guai, insieme. Inoltre, erano rimasti l'uno accanto all'altro nei migliori e nei peggiori momenti della vita, per cui Drew non si stupì quando Clay prese posto accanto a lui e disse: "Tu sei nervoso per qualcosa. Scommetto cento dollari che c'è di mezzo Noel."

Drew digrignò i denti, il fastidio che gli faceva serrare le mani a pugno. "Scommessa abbastanza sicura, dato che sono certo che Abby ti abbia detto di averci visti insieme."

Clay ridacchiò. "Certo, quello aiuta, ma non è per questo che ho scommesso. L'unica volta in cui ti avevo visto così tormentato è stato dopo che l'avevi incrociata. Prendine atto, amico. Sappiamo entrambi che la vuoi."

"Non è..." Drew scosse la testa. "Noel e io non abbiamo quel genere di rapporto."

Clay ridacchiò. "Lo so. È proprio quello il problema."

Drew finì la birra, buttò una banconota da dieci sul bancone e si alzò. Non era dell'umore di avere una discussione personale. Non quella sera. "Grazie per la birra. Ci vediamo domani."

"Aspetta." Clay prese il bicchiere di Drew e lo riempì. Quindi, spinse la banconota verso il suo amico. "Offro io."

Drew guardò la birra e cedette. Non si poteva sprecare una cosa così buona, no? "Va bene. Ma smettila di rompere le scatole."

La bocca di Clay si curvò nell'ombra di un sorriso. "Certo,

amico. Come vuoi tu." Sollevò la birra in un brindisi. "Alle belle sorelle Townsend."

"Sei un cretino, sai?" disse Drew, sollevando il bicchiere.

"Lo so benissimo." Clay sorrise da un orecchio all'altro.

Scuotendo la testa, Drew fece tintinnare il bicchiere contro quello di Clay e disse: "Alle belle sorelle Townsend."

CAPITOLO 7

*N*oel era sulla soglia della camera di sua figlia, con una pozione calmante in mano. Daisy dormiva della grossa, mentre Buffy era seduta sul bordo del letto che guaiva in maniera patetica.

"Devi uscire?" bisbigliò Noel alla cucciola.

Il cane guaì di nuovo. Noel posò la pozione sul comodino di Daisy, sollevò la cucciola da terra e si incamminò verso il piccolo giardino fuori dalla cucina. Una volta lì, Noel appoggiò Buffy sull'erba e disse: "I bisogni si fanno qui."

Buffy si sedette ai piedi di Noel e la fissò con i suoi grandi occhi da cucciola.

Noel sospirò. "Davvero?"

Il cane scodinzolò e le saltò sulla caviglia.

"Maddai." Noel condusse il cucciolo nel piccolo giardino per quella che parve un'eternità, fino a quando il cane non si accovacciò. "Brava. Ti sei comportata benissimo." Noel tubò e riprese il cane in braccio. "Sempre così, mi raccomando."

Una volta rientrate, Noel premiò la cucciola con uno dei biscottini che le aveva procurato suo padre, poi la riportò nella stanza di Daisy. Mise il cagnolino nella gabbietta ai piedi del letto di Daisy e bisbigliò: "Adesso dormi. Ci vediamo domani mattina."

Non appena Noel ebbe chiuso la porta della gabbietta, Buffy cominciò a guaire. Noel diede un'occhiata a sua figlia, che dormiva pacifica, e liberò la cucciola. "Così non funziona," disse al cane. "Vieni qui."

Noel uscì dalla stanza con il cucciolo in una mano e la gabbietta nell'altra.

L'affaticamento la colpì e suoi occhi si inumidirono mentre sbadigliava. Tutto ciò che avrebbe voluto fare sarebbe stato collassare a letto, ma prima doveva levarsi di dosso i ricordi dell'obitorio. Le lampeggiò nella mente l'immagine del morto. I dettagli erano cristallini: i grandi occhi senza vita, le labbra blu e le guance gonfie. Non somigliava minimamente a Xavier, ma Noel aveva la sensazione che avrebbe ricordato il suo volto per il resto della vita.

Portò Buffy nel bagno e la posò a terra. Quindi, si spogliò rapidamente e si mise sotto la doccia, dove rimase immobile a lasciare che l'acqua calda le ripulisse l'anima. Una volta emersa, si avvolse in uno spesso asciugamano di cotone e si trascinò nel cucinino, con Buffy che la seguiva, a prepararsi una tazza di cioccolata calda.

Era al piano della cucina, che mescolava la cioccolata, quando udì un abbaiare sommesso da parte di Buffy. Noel si guardò attorno e trovò la cagnolina incuneata fra la parete e un vaso di ficus. Ridacchiò, liberò Buffy e si spostò sul divano in salotto. Abbassò lo sguardo sul cane. "Mi sa che bisognerà tenerti d'occhio."

Buffy rispose appallottolandosi in grembo a Noel e addormentandosi immediatamente.

"Ti pareva." Noel accarezzò il cane, dopodiché si appoggiò ai cuscini del divano.

Mentre sorseggiava la cioccolata, il suo sguardo si posò sul tavolino e sulla scatola aperta piena di foto. Le aveva lasciate lì dopo averne frettolosamente scelte un paio da consegnare a Drew perché le inviasse all'ufficio dello sceriffo. Era una scatola che non apriva da tre anni. Ora che l'aveva fatto, non riuscì a trattenersi dal fare un viaggio lungo il viale dei ricordi.

Fu un errore.

La vista della sua vecchia vita, della speranza e della gioia, di Xavier che sorrideva a Daisy con un amore palese negli occhi, la fulminò con un dolore che le mozzò il fiato. Si piegò in due, riuscendo a malapena a posare la tazza di cioccolata sul tavolo. Le dolevano le viscere e boccheggiava.

Maledizione! Cosa le era venuto in mente? Era esattamente quello il motivo per cui aveva chiuso la porta sul suo passato. Xavier le aveva già tolto abbastanza; lei non intendeva permettere al suo ricordo di toglierle ancora di più. Chiuse di scatto il coperchio della scatola, spaventando Buffy. Il cane sollevò la testa mentre lei ficcava la scatola sotto il divano. Lontano dagli occhi, lontano dal cuore.

Se solo fosse stato così facile.

Tranquillizzò la cagnolina. Quando Buffy si fu calmata, Noel si appoggiò ai cuscini e chiuse gli occhi stanchi.

Si svegliò di soprassalto, il cuore in gola al suono del pianto di sua figlia.

Il singhiozzare era più forte del solito, più disperato, quasi terrorizzato. Noel balzò giù dal divano e corse alla stanza di Daisy. Sua figlia era seduta sul letto che annaspava mentre cercava disperatamente in fondo al letto.

"Non c'è più! Non la trovo più." Daisy voltò lo sguardo colmo di lacrime su Noel. "Mamma, dov'è?"

Noel si strinse il petto, rendendosi conto di qual era il problema. Daisy era prossima alla disperazione perché Buffy non era lì. "In salotto, tesoro. Vado a prenderla."

Ma Daisy non aspettò. Si alzò fulminea dal letto e corse nell'altra stanza. "Buffy!" Singhiozzò fra le lacrime e si costrinse a dire: "Non... non andartene così."

Noel seguì sua figlia, ma proprio mentre stava per uscire dalla stanza, vide la boccetta con la pozione calmante. Accidenti, si era dimenticata di somministrarla a Daisy. Non c'era da stupirsi che la bambina si fosse svegliata in preda al panico.

Grosse lacrime rotolarono lungo le guance di Daisy mentre si stringeva la cagnolina al petto come se fosse la sua ancora di salvezza.

Per poco il cuore di Noel non si spaccò in due. Afferrò la pozione e raggiunse sua figlia sul divano. Appoggiò la boccetta sul tavolino e circondò Daisy con le braccia. La bambina pianse sommessamente mentre stringeva la cagnolina. Noel la cullò con gentilezza e mormorò parole di rassicurazione, dicendole che sarebbe andato tutto bene, come faceva sempre tutte le volte che sua figlia veniva colta da un attacco d'ansia notturno. Erano cominciati poco dopo che Xavier le aveva abbandonate. Daisy si addormentava e, quasi tutte le notti, si svegliava in preda al panico, chiamando Noel. La terapista continuava a dire che Daisy, crescendo, sarebbe guarita, ma lei era scettica. A meno che qualcuno non sopprimesse i sogni di Daisy con la magia, dubitava fortemente che sarebbe mai cambiato qualcosa. La nuova pozione calmante preparata da Abby aiutava, ma non era sempre efficace e di certo non lo era quando Noel si dimenticava di darla a Daisy.

Finalmente, il pianto di sua figlia si zittì e Noel si tirò indietro quanto bastava per guardarla. Daisy aveva gli occhi chiusi e il suo respiro si era fatto regolare. "Dormi già, tesoro?" bisbigliò, scostandole delicatamente i riccioli scuri dal viso.

Daisy non si mosse nemmeno.

Noel guardò la cagnolina acciambellata in grembo a Daisy e sospirò. Sembrava che avrebbe avuto due ospiti a letto. Posò Buffy sul pavimento, prese la pozione e si alzò, continuando a tenere Daisy. Portò la bambina nella sua stanza e disse: "Forza, Buffy. È ora di andare a letto."

Il cane obbedì, trotterellandole accanto come se sapesse già dov'erano dirette. "Sei intelligente, eh?" disse Noel mentre metteva Daisy a letto.

Sua figlia si mosse e la guardò sbattendo le palpebre. "Dov'è Buffy?"

"Tieni, amore." Noel le diede il cane, quindi le porse la pozione. "Bevi questa prima di riaddormentarti."

Daisy obbedì senza fare domande, quindi si mise comoda fra le coperte. La cagnolina si alzò, girò su se stessa tre volte e si stese, appoggiando la testa sul cuscino accanto a Daisy.

Noel non riuscì a trattenere un sorriso mentre le guardava. Non credeva di aver mai visto nulla di più dolce. Con il cuore leggermente meno livido, si mise accanto a loro, le baciò entrambe, quindi chiuse gli occhi e lasciò che la notte la prendesse.

CAPITOLO 8

"Noel? Dove sei?"

Dei passi risuonarono sul pavimento di legno, svegliando Noel da un sonno profondo e senza sogni. Lei si raddrizzò, strizzando gli occhi quando il sole che penetrava dalla finestra la accecò.

"Abby?" rispose Noel, sfregandosi gli occhi. "Sono sveglia. Cosa c'è?"

"Noel?" Abby fece capolino nella stanza di sua sorella. I suoi capelli biondi erano raccolti in uno chignon spettinato e indossava il grembiule da lavoro, come se fosse arrivata di corsa dallo studio. "Ti senti bene?"

"Sì. Credo di sì," disse sbadigliando lei. "Perché?"

"Sono quasi le dieci. Alcuni dei tuoi ospiti sono di sotto al bar che si lamentano perché non c'è nulla per colazione."

Noel si alzò di scatto e guardò l'orologio. Erano le 9:47. "Porca miseria!" Noel saltò fuori dal letto e corse in bagno. Meno di due minuti dopo, corse fuori e indossò un paio di jeans e il maglione più vicino. "Daisy, hai messo le scarpe?"

"Ho già portato Daisy a scuola," esclamò Abby dal salotto.

Noel si immobilizzò, il corpo ancora carico di adrenalina. Poi si mise sulla soglia della camera da letto e fissò sua sorella, seduta nel bel mezzo del pavimento che accarezzava Buffy. Sebbene indossasse dei vecchi jeans sbiaditi e una maglietta della Keating Hollow Brewery sotto al grembiule, Abby era splendida come sempre. I suoi brillanti occhi azzurri erano sbalorditivi e le sue guance avevano un colorito rosa naturale, dandole un aspetto da ragazza della porta accanto. "Che significa che l'hai già portata a scuola?"

Sua sorella si strinse nelle spalle. "Eri andata. Di brutto. Quando ho cercato di svegliarti, mi hai fatto un gestaccio e ti sei rigirata. Per cui, ho preparato il pranzo a Daisy, mi sono assicurata che facesse colazione e l'ho portata a scuola. Ti ho lasciato un biglietto, ma mi sa che non l'hai visto." Si alzò in piedi e indicò un foglietto sul tavolino da caffè. "Che succede? Non stai bene?"

Noel si spostò sul divano e affondò lentamente nei cuscini mentre si premeva le mani sulla fronte. "No. È solo che... Porca miseria." Lanciò un'occhiata a Abby. "Non riesco a credere che tu sia entrata qui, abbia preso mia figlia e te ne sia andata senza che io me ne accorgessi. Io! Sono una strega dell'aria. Sento *tutto*."

Abby si limitò a una scrollata di spalle. "Probabilmente, dovresti farti dare una controllatina da un guaritore."

Noel chiuse le mani a pugno e lottò contro l'impulso a urlare. Che stava succedendo? Lei non dormiva mai fino a tardi e la sua magia non le era mai venuta meno. Semplicemente, non riusciva a immaginare come avesse fatto a non sentire sua sorella o Daisy, quella mattina. Si alzò e trasse un respiro profondo. "Grazie per aver portato Daisy a scuola. Sono in debito con te."

"Ma figurati," disse ridendo Abby. "Sono tua sorella. Fra

sorelle ci si aiuta. Ora, che ne dici di mangiare qualcosa? Così potrai raccontarmi del vicesceriffo Baker e del perché eri in macchina con lui, ieri sera." Rivolse a Noel un sorriso malizioso. "Hai visto cosa c'è sotto il cofano? È per questo che hai dormito per tutta la mattina?"

Noel si accigliò. "Tu non sai di cosa stai parlando."

Il sorriso di Abby svanì mentre fissava sua sorella. "Hai ragione. Evidentemente, non lo so. Perché non lasci che ti prepari qualcosa da mangiare mentre mi racconti quello che sta succedendo?"

"Non sta succedendo—"

"Noel," disse Abby con un sospiro carico di esasperazione. "Ho visto Drew al birrificio, ieri sera. Non voleva dirmi cosa stava succedendo, ma io so che c'è qualcosa sotto. Non sei obbligata a dirmelo, ma vorrei che lo facessi."

La preoccupazione sul viso di Abby penetrò le difese di Noel. I suoi scudi protettivi svanirono e all'improvviso lei fu ritrasportata in un'epoca nella quale lei ed Abby si raccontavano tutto. Voleva parlare con lei, provare di nuovo quella vicinanza. E tuttavia, non era sicura di esserne in grado. Dare fiducia le veniva difficile, ormai. Però, non voleva rinchiudersi in se stessa. Doveva provare. Annuendo, disse: "Prima il caffè."

"Grazie al Fato," disse Abby, le labbra curvate in un piccolo sorriso. "Avevo portato il caffè questa mattina, ma quando tu non ti sei svegliata e io ho trovato Daisy ancora in pigiama che giocava con il cane, ho dovuto farmi in quattro per farla arrivare a scuola. Mi sono dimenticata di tutto il resto. Se non assumo presto della caffeina, succederà qualcosa di brutto."

Noel sbuffò. "Per favore. Sei pimpante come sempre."

"Pimpante?" Abby lanciò la giacca a Noel. "Da quando sono *pimpante*? Eri tu la cheerleader."

"Solo perché volevo far colpo su Trent Stevens," ribatté Noel, ridendo; ma poi, sussultò al ricordo. Alle superiori, Noel era stata tutta braccia e gambe e avrebbe fatto meglio a evitare di ballare in pubblico. "Mi tenevano sempre in fondo al gruppo perché nessuno vedesse quanto facevo schifo."

Abby sbuffò. "Non eri così terribile."

"Ah sì?" Noel sollevò la manica, rivelando una cicatrice sbiadita sul braccio. "Questa me la sono fatta perché ho confuso la destra con la sinistra e mi sono buttata davanti a Shannon mentre lei scalciava. Sono caduta sul fianco e mi sono rotta il polso."

"Ah, giusto." Abby le diede di gomito. "Avrebbero dovuto toglierti i pon pon."

Noel raccolse Buffy da terra, la fece uscire, quindi la riportò dentro e la mise nella gabbietta. "Torno subito. Fai la brava."

"Sei stata fortunata," disse Abby. "Faith non ha chiuso occhio, ieri notte. Dice che il suo cucciolo ha fatto la pipì a letto, ha strappato la sua maglietta preferita e ha pianto per metà della notte. È uno zombie."

Noel rivolse a Abby un'occhiata inorridita, quindi si voltò verso Buffy. "Sei la cagnolina migliore che sia mai esistita. Torniamo subito."

Abby ridacchiò e fece strada fuori dalla locanda e lungo la strada, fino al caffè del paese, l'Incantation Café.

Hannah Pelsh le vide e sorrise radiosa da dietro al bancone. La luce del mattino che penetrava dalla finestra illuminava la sua pelle scura e a Noel prudettero le mani per la voglia di farle altre foto. La fotografia era il suo hobby e Hanna era la sua modella preferita. "Buongiorno, signore."

"Buongiorno, Hanna," disse Noel. "Ho bisogno del caffè più abbondante e più forte che hai."

L'altra donna rise. "Mattinata difficile?"

"Diciamo così." Noel si rivolse a sua sorella. "Lo stesso?"

"Per me, caffelatte forte e abbondante," disse Abby a Hanna. "Ho bisogno di zuccheri."

Hanna inarcò le sopracciglia. "Deve essere proprio una giornata dura. Non eri già stata qui, oggi?" chiese a Abby.

"Sì, ma è andata male. Questa volta, meglio che tu ci dia anche due di quelle brioche."

"E un paio di pasticcini al caffè," aggiunse Noel con un cupo cenno del capo. "È uno di quei giorni."

Hanna si accigliò. "È così brutta?"

Le sorelle si scambiarono un'occhiata. Poi, Noel disse: "Sì."

"Non si tratta di Lincoln, vero?" chiese Hanna, riferendosi al loro padre. Irradiava preoccupazione e il cuore di Noel si scaldò. Hanna era come una di famiglia ed era bello sapere che voleva bene a Lin quanto gliene volevano le sorelle Townsend.

Noel si voltò verso Abby, rendendosi conto che per la prima volta da giorni non si era svegliata con la preoccupazione per suo padre. Fino a qualche settimana prima, era stata lei a portarlo a tutte le sedute di chemioterapia, lei a sapere quali pozioni e medicine stava prendendo suo padre. Ma da quando Abby si era ripresa il capanno da lavoro nella proprietà dei Townsend, si era assunta i doveri che erano stati di Noel. Aveva senso: lei era lì e poteva tenere d'occhio papà. "Papà sta bene, vero?"

"Sì," rispose sua sorella. "Piuttosto bene, a dire il vero. Si sente meglio. La nausea è sotto controllo ed è molto più attivo."

"Ottimo." Hanna si illuminò. "Insomma, oggi è una giornataccia come tante, giusto?"

Abby ridacchiò mentre pagava la colazione. "Già."

"Sedetevi. Vi porto subito le bevande e i dolci," disse Hanna.

Noel seguì sua sorella a un tavolo nell'angolo vicino alla finestra.

"Siediti. Vuota il sacco," disse Abby, prendendo posto su una delle sedie.

"Così? Di botto? Non mi fai nemmeno sentire il sapore del caffè, prima?" Noel si sedette di fronte a sua sorella e appoggiò il mento fra le mani.

"Via il dente, via il dolore." Il sole penetrava dalla finestra, illuminando la sorellina di Noel di una luce morbida. Abby brillava praticamente di una pacata felicità. Se Noel avesse avuto a portata di mano la macchina fotografica, avrebbe scattato delle foto.

Si appoggiò allo schienale. Per la prima volta da anni, vide davvero sua sorella. "Sembri..."

"Una che dovrebbe dormire per una settimana e poi andare dall'estetista?" chiese Abby con un sorriso amaro. "Mi sto ammazzando di lavoro nel tentativo di evadere gli ordini in tempo per le feste. Credo che, se mi toccherà preparare un altro lotto di lozioni, perderò la testa." Abby era una strega della terra che aveva un'attività di successo, tramite la quale vendeva saponi e lozioni infusi di magia. Gli affari andavano benissimo e la stagione delle feste era stata spaventosamente laboriosa per lei. Nonostante fosse già iniziato dicembre, Abby aveva ancora degli ordini da evadere... ordini urgenti, perché i negozi erano già vuoti. Noel non avrebbe potuto essere più orgogliosa della sua sorellina.

"No." Noel allungò una mano sul tavolo e coprì quella di sua sorella. "Sembri radiosa. Soddisfatta. Felice. È molto bello." Ricambiò il sorriso amareggiato di sua sorella e aggiunse: "E molto fastidioso."

Abby scosse la testa, sembrando al tempo stesso divertita ed esasperata. "Grazie. Credo."

"Era decisamente un complimento," disse Noel mentre Hanna arrivava con le brioche e la caffeina. "Fatemi sapere se vi serve altro," disse Hanna.

"Grazie." Abby le strinse per un attimo la mano e le due si scambiarono un sorriso dolceamaro.

Noel ebbe la sensazione di assistere alla scena dall'esterno. Non avrebbe dovuto. Hanna era anche amica sua, ma Charlotte, la sorella di Hanna, era stata la migliore amica di Abby. Entrambe avevano voluto un gran bene a Charlotte e il dolore che condividevano per averla persa era molto profondo. Un tempo, Noel aveva avuto un'amicizia come quella condivisa da Charlotte ed Abby. O almeno lo aveva creduto. Abby era stata la sua migliore amica, almeno fino a quando non era scappata via dal paese, lasciandosi tutti alle spalle. Il loro rapporto era crollato e solo ora, dopo più di un decennio, stavano cercando di rimettere insieme i pezzi. Noel temeva che non sarebbero mai più state vicine come un tempo.

"Noel," disse Abby, le sopracciglia aggrottate per l'ansia. "Cosa sta succedendo? Sembra che qualcuno ti abbia rubato il regalo di Natale."

Noel si lasciò andare a una risata sbuffante. Si sentiva più o meno così a guardare Hanna ed Abby che condividevano il loro momento. Ma non aveva intenzione di dirlo a Abby. Non era orgogliosa dei propri sentimenti. Era orribile essere gelosa di un'amicizia tanto importante per sua sorella. "È solo una brutta mattinata."

Hanna le diede una pacca di solidarietà sulla spalla. "Non dirlo a me. Ieri sono inciampata nel marciapiedi mentre venivo al lavoro e non solo mi sono strappata le ginocchia dei miei jeans preferiti, ma sono caduta nel fango e ho rotto lo schermo del mio iPhone nuovo. Come se ciò non bastasse, Georgia ha chiamato per dire che stava male e io sono rimasta sola." La donna scosse la testa. "Sono stata in crisi per tutto il giorno. Spero che un po' di zucchero, della caffeina e un po' di tempo fra sorelle aiuti la tua giornata a migliorare."

"Ne sono certa," disse Noel, bevendo un sorso del cappuccino.

Dopo che Hanna se ne fu andata, Abby beve un po' di caffelatte, si mise comoda sulla sedia e aspettò. Il suo sguardo era così intenso che Noel cominciò a sentirsi a disagio.

"Cosa c'è?" chiese a sua sorella.

"C'è qualcosa di seriamente sbagliato. La Noel che conosco io non si fa remore a dire quello che pensa, a meno che qualcosa non la turbi. Ieri sera hai a malapena aperto bocca, se non per rimproverare papà riguardo al cane. Oggi hai dormito fino a tardi, cosa che non fai mai, e non hai fatto commenti riguardo al fatto che indosso ancora il grembiule. Eddai, che succede?"

Noel diede una bella occhiata a sua sorella. Abby aveva ragione. Noel non era decisamente in sé. Di solito, si alzava tutte le mattine alle sei, era sempre attenta a come si vestiva – anche quando indossava semplicemente i jeans – e, pur non essendo sempre una chiacchierona, di solito era molto più partecipe in presenza dei suoi parenti. Esalò il fiato, sapendo che doveva parlare. Se non lo avesse fatto, probabilmente sarebbe sprofondata ancora di più nella sua personale zona crepuscolare. "Drew mi ha portato a Eureka, ieri."

Abby esitò, quindi raddrizzò la schiena. "A Eureka? Come mai? Siete usciti insieme?"

Un'altra risata sommessa sfuggì alle labbra di Noel. "Ma ti pare?"

"Tu gli piaci," disse semplicemente Abby.

"Può darsi." Noel strappò un pezzo della brioche, ma invece di mangiarlo, si limitò a posarlo sul piatto e fissò Abby in maniera eloquente. "Ma lui non è interessato, per cui lascia perdere, per favore."

Abby aprì bocca per dire qualcosa, ma parve ripensarci e si limitò invece ad annuire. "D'accordo. Lo farò. Perché ti ha portato a Eureka?"

"Avevano trovato un corpo. Pensavano che potesse essere di Xavier."

Abby sussultò rumorosamente. Quando due donne sedute a un tavolo vicino si voltarono a fissare le due sorelle, Abby si portò una mano alla bocca e borbottò: "Scusa." Poi allungò l'altra mano, prendendo quella di Noel. "Dimmi che non era lui."

"Sono dovuta andare a identificarlo," disse Noel, la voce monotona come se fosse in trance. "Drew mi ha portato a un orribile edificio di mattoni nel centro di Eureka. Quell'edificio beige tutto sporco a un solo piano."

Cadde il silenzio. Noel fissò il vuoto fuori dalla finestra, grata che sua sorella non insistesse perché lei finisse la frase. In quel momento, riusciva a pensare soltanto al fatto che si era aspettata di trovare Xavier sotto quel lenzuolo.

Una singola lacrima le scivolò lungo la guancia. Noel non si curò di asciugarla mentre si voltava di nuovo verso Abby e diceva: "Ero furiosa quando lui se n'è andato. Lo odiavo, Abby. Per quello che ci ha fatto... per quello che ha fatto a Daisy. A volte, nei momenti peggiori, avrei voluto che morisse."

Abby afferrò la mano di sua sorella e strinse forte. "Direi che è una reazione naturale. Lui ti ha fatto del male. Non vuol dire che tu lo pensassi davvero."

"Credo di sì," disse Noel con voce strozzata. "Ma adesso non è più così. Lo giuro."

"Ma certo."

Noel tremava ed era gelata fino alle ossa quando,

finalmente, guardò sua sorella negli occhi e disse: "Non era lui."

Il legno sfregò contro il legno quando Abby spinse indietro la sedia. Esalò un respiro che sembrava aver trattenuto a lungo e si alzò, trascinando in piedi anche Noel. Per un attimo, Noel rimase paralizzata quando le braccia di sua sorella la circondarono.

"Tu sei una brava persona, Noel," bisbigliò Abby. "Te lo giuro."

Noel non sapeva se il merito fosse del suono della voce di sua sorella o dell'abbraccio, ma all'improvviso la trance si ruppe e sollievo e gratitudine la invasero. Le sue braccia circondarono Abby e loro due rimasero lì per un lungo istante, abbracciandosi e basta.

"Non è stata colpa tua," disse Abby. "Nulla è stato colpa tua."

Noel si ritrasse, frapponendo fra loro la distanza di un braccio. "Come fai a saperlo?"

"Perché conosco mia sorella," disse convinta Abby.

Noel non era del tutto sicura che ciò fosse vero. Abby era stata lontana per oltre un decennio. Ma in quel momento, non desiderava altro che crederle. Rivolse a sua sorella l'ombra di un sorriso e disse: "Grazie."

"Prego," disse Abby, che suonava sorpresa e leggermente sbilanciata. Ma poi ricambiò il sorriso e tornò a sedersi. "Ora bevi il caffè prima che si raffreddi e mi tocchi ordinare per la terza volta."

CAPITOLO 9

*D*rew non riusciva a togliersi Noel dalla testa. Erano trascorsi tre giorni da quando l'aveva portata a Eureka. Tre giorni di telefonate per cercare di trovare un indizio riguardo a dove fosse l'ex. Per il momento, non aveva scoperto nulla. L'ufficio dello sceriffo aveva messo da parte il caso dopo che una lite domestica si era trasformata in una vera e propria caccia all'uomo.

Drew si alzò dalla scrivania e uscì nella lobby. "Ehi, Clarissa, sto andando all'Incantation Café. Vuoi qualcosa?"

La giovane rossa si alzò in piedi. "Posso andare io."

Drew scosse la testa. "Una passeggiata mi farà bene."

"Oh. D'accordo." La donna si sedette, con aria leggermente delusa, ma disse: "Va bene. Non mi serve nulla. Ho qui il mio tè."

"Sei sicura di non volere niente?" chiese lui.

"Sicurissima." Clarissa si diede un colpetto sul ventre. "Avevo proprio voglia di una di quelle tortine al cioccolato e caramello salato di A Spoonful of Magic, ma è meglio evitare. Lei vada pure. Mi accontenterò della mia barretta ai cereali."

Drew inarcò un sopracciglio con aria scettica. "Le barrette ai cereali sono lo scherzo più crudele dell'industria alimentare."

Clarissa rise. "Non lo dica a me." Accennando con la mano alla porta, aggiunse: "Ora vada. Io ho dei rapporti da archiviare."

Drew la salutò con due dita e uscì nell'aria fresca. Era la prima settimana di dicembre. L'aria era permeata dal profumo della terra umida e delle sequoie. Il cielo era velato di grigio. Il vento della sera prima era calato e, per Drew, quella era una giornata magnifica, la perfetta giornata invernale. Gli piaceva il suo silenzio. Era una giornata pacifica, tranquilla, familiare. Si ficcò le mani nelle tasche dei pantaloni e imboccò automaticamente la strada nella direzione del caffè.

Di solito, quando Drew faceva le sue passeggiate in paese, si fermava a parlare con i proprietari delle varie attività. Nel novantanove per cento dei casi, chiacchieravano e basta, ma ogni tanto lui coglieva un odore di attività sospette che lo spingeva a investigare. Più di una volta aveva notato quanto bastava per sventare un crimine ancora prima che esso avesse inizio. Di solito, si trattava di adolescenti che forzavano i limiti, ma non sempre. A volte, l'intento era molto più nefasto, come ad esempio allestire laboratori di metanfetamina o coltivazioni di marijuana illegali. Keating Hollow era abbastanza riparata da far sì che, a volte, qualche criminale decidesse che si trattava di un luogo perfetto dove nascondersi. E avrebbero anche avuto ragione, non fosse stato che Keating Hollow era una comunità di streghe che si proteggevano a vicenda.

Quel giorno, tuttavia, Drew aveva altre cose – altre persone – per la mente. Attraversò la strada e passò accanto alla Keating Hollow Inn, sbirciando dalla vetrata. Noel era al banco della reception, ma era al telefono e stava battendo rapidamente qualcosa al computer. Sotto lo sguardo di Drew, la donna prese una tazza di caffè, fece per bere un sorso e si accigliò quando vide che la tazza era vuota. Noel fece una smorfia, posò la tazza e tornò a scrivere.

Drew sorrise fra sé e continuò a camminare. Era stata sua intenzione andare dritto al caffè, ma quando raggiunse A Spoonful of Magic, gli schiaccianoci incantati nella vetrata attirarono la sua attenzione. Erano occupati a decorare biscotti a forma di strega con costumi da Signora Claus e luci festive. Drew ridacchiò. Cose del genere accadevano solo a Keating Hollow.

La porta si spalancò e Shannon uscì sul marciapiedi. "Agente Baker," tubò mentre gli appoggiava una mano sul petto. "Ti trovo davvero bene in questa bella mattinata di dicembre."

Drew avvertì un forte desiderio di fare marcia indietro. Conosceva Shannon da sempre. La bella rossa era cambiata molto dai tempi delle superiori. All'epoca, loro due non frequentavano le stesse cerchie. E, stando a quanto lui ricordava, Shannon non era stata una persona molto gradevole. Ma era maturata nel corso dell'ultimo decennio, come tutti loro, e si era trasformata in una persona gentile e generosa che lui trovava affascinante... quando non ci provava spudoratamente con lui. Drew aveva commesso l'errore di portarla fuori, non molto tempo prima, e sebbene avesse messo in chiaro che non credeva che fossero adatti l'uno all'altra, lei sembrava decisa a fargli cambiare idea.

"Grazie, Shannon," disse lui. "Sei splendida come sempre."

Le labbra della donna si curvarono in un sorriso seducente che, con ogni probabilità, aveva effetto su tutti gli altri uomini del pianeta. Che problema aveva Drew? Shannon era bella, intelligente e sexy. E disponibile. Sarebbe stato tutto molto più semplice se lui fosse stato attratto da lei. Sfortunatamente, la mente di Drew continuava a correre alla donna con la tazza di caffè vuota.

"Grazie," disse Shannon. "Ti va di entrare a prendere un po' della cioccolata speciale della signorina Maple? L'ho appena fatta."

"Ehm, stavo andando a prendere un caffè. Probabilmente, sarebbe meglio che—"

"Sciocchezze," disse Shannon, che aveva già cominciato a trascinarlo nel negozio di cioccolata. "Anch'io ho del caffè fresco. Mi prenderò cura di te."

Su quello non c'erano dubbi, pensò Drew. Ma la sua mente non era abbastanza veloce per liberarsi con grazia dalle grinfie di Shannon, per cui le permise di trascinarlo dentro. Il profumo del cioccolato saporito lo avvolse e cominciò a venirgli l'acquolina in bocca. "Questo è un posto pericoloso, Shannon," disse, adocchiando le tortine al cioccolato e caramello salato menzionate da Clarissa. "Tu e la signorina Maple aggiungete qualche droga ai vostri dolci?"

La donna ridacchiò. "Solo se pensi che le fave di cacao siano una droga."

"Senza dubbio, lo sono, se tu ci hai messo le mani sopra."

Una luce divertita illuminò lo sguardo cupo di Shannon. "Le mie mani *sono* magiche. Ti va di provarle, qualche volta?"

Il calore risalì il collo di Drew. Se l'era proprio andata a cercare, vero? "Credo che per il momento mi limiterò a prendere un paio di caffelatte e una tortina al cioccolato e caramello salato."

"Capisco." L'espressione di Shannon si rabbuiò per il fastidio un attimo prima che lei gli rivolgesse un sorriso smagliante. "Due caffelatte, eh? Hai un appuntamento?"

"No, devo solo prendere una cosa per una persona." Drew fece un passo indietro e guardò i biscotti nella vetrina, fingendosi interessato per non dover continuare a parlare con Shannon. Sapeva per esperienza che la donna avrebbe continuato a civettare e a cercare di convincerlo a uscire di nuovo con lei. Era così che Drew aveva finito per portarla a cena, il mese prima. Non ci sarebbe cascato.

"Vuoi anche una scatola di biscotti?" chiese Shannon da dietro il bancone.

Drew le lanciò un'occhiata. La donna era perfettamente immobile mentre un nastro si avvolgeva da solo attorno a una scatola dalle decorazioni natalizie. Nelle vicinanze, alla sua sinistra, due bricchi di acciaio inossidabile galleggiavano nell'aria mentre il latte per i caffelatte veniva scaldato al vapore.

"Certo. Una dozzina?" disse Drew. Li avrebbe lasciati a Noel, per i suoi ospiti.

Shannon mosse una mano, mandando i biscotti in una scatola foderata di carta velina. Passò alla cassa, premette qualche pulsante e tese la mano per prendere la carta di credito di Drew. Mentre pagava, i caffelatte finirono di farsi da soli e le due scatole volarono in un sacchetto dai colori festivi. Quando Drew firmò la ricevuta, i suoi acquisti erano allineati sul bancone.

"Grazie, Shannon. Mi ha risparmiato il viaggio fino all'Incantation Café," disse lui.

La donna si limitò a stringersi nelle spalle, palesemente infastidita dal benservito ricevuto. "Sono certa che troverai comunque la strada, prima o poi. Succede sempre."

"Immagino che tu abbia ragione." Drew prese il sacchetto e il vassoio con i caffelatte e si incamminò verso la porta.

"Non ha ancora superato il trauma dell'ex. Lo sai, vero?" disse Shannon.

Drew le lanciò un'occhiata. "Chi?"

Shannon levò al cielo i begli occhi castani. "Secondo te? Noel Townsend. La donna che vorresti frequentare, ma a cui non riesci a trovare il coraggio di chiedere di uscire."

Una negazione automatica si formò sulle labbra di Drew mentre scuoteva la testa.

"Non sforzarti di negare, vicesceriffo Baker. È palese agli occhi di tutti."

Drew emise un sospiro esasperato. Clay gli aveva chiesto conto dei suoi sentimenti nei confronti di Noel qualche settimana prima e ora era il turno di Shannon. Ma quei due si sbagliavano. Lui non voleva frequentare Noel. Voleva soltanto essere suo amico. "Non sai di cosa stai parlando."

"Se lo dici tu." Shannon si strinse nelle spalle e rivolse l'attenzione alla vetrinetta, dove cominciò a riordinare i dolci già perfettamente ordinati.

Drew uscì sul marciapiedi, ignorando la voce nella sua testa che continuava a dire che diceva un sacco di scemenze. Amico di Noel. Come no. Ecco perché non riusciva a smettere di pensare a lei. Accentuò la presa sul sacchetto e si incamminò lungo la strada per la Keating Hollow Inn.

La porta scampanellò al suo ingresso. Drew fu avvolto dal calore e si sentì istantaneamente più a suo agio nell'allegro spazio di Noel. L'unica cosa che avrebbe potuto migliorare la situazione sarebbe stata la presenza effettiva di Noel. Ma la lobby era vuota e al banco della reception non c'era nessuno. Drew appoggiò il sacchetto coi dolci e i caffelatte sul banco e premette il campanello accanto al computer.

Attese con pazienza. E dopo un paio di minuti, premette di nuovo il campanello.

Nulla.

Strano, pensò. Noel non era mai lontana dal banco e, anche nel caso lo fosse, lasciava sempre un messaggio o un numero da chiamare, oppure si faceva sostituire da Alec. Drew lanciò un'occhiata verso le scale, chiedendosi se la donna avesse qualche problema con gli ospiti. In caso contrario, senza dubbio prima o poi sarebbe scesa. Drew scartò i biscotti a forma di strega dall'ispirazione natalizia e posò la scatola aperta sul banco. Poi afferrò uno dei post-it di Noel e scrisse: *Buono Yule. Felice Natale. Gioioso solstizio.* Appiccicò il bigliettino al banco e fece per toccare di nuovo il campanello, ma si immobilizzò quando udì un grido acuto, seguito da uno schianto che giungeva dalla residenza della donna.

"Noel!" esclamò, subito all'erta e preoccupato per la sicurezza della donna. Girò di corsa attorno al banco mentre, simultaneamente, allungava una mano verso la pistola stordente. Il crimine era raro a Keating Hollow e lui non portava nemmeno un'arma da fuoco. Ma era necessario avere a disposizione una pistola stordente. Essa era più o meno l'unica cosa che potesse neutralizzare la magia di una strega fuori controllo. C'era qualcosa, nella corrente elettrica, che privava temporaneamente le streghe dei loro poteri.

Premendo la spalla contro la porta, Drew chiamò nuovamente il nome di Noel.

"Aiuto!" gridò nuovamente la donna.

Drew non esitò. Fece irruzione nell'appartamento. C'era una scia di vestiti sparsa per il salotto e un bicchiere di latte giaceva infranto sul pavimento.

"Noel! Dove sei?" gridò lui, recandosi rapidamente alla porta aperta della prima camera da letto. Il letto a una piazza e l'abbondanza di animali di pelouche indicavano che era la stanza di Daisy.

"In cucina! Sbrigati!"

Drew corse alla porta della cucina, l'adrenalina che gli pompava nelle vene. Con la pistola stordente puntata e pronto a colpire, aprì la porta con un calcio. Essa si spalancò e andò a sbattere contro la parete.

"Che diavolo stai facendo?" chiese la donna da sotto il lavandino. Le mattonelle del pavimento erano coperte d'acqua e Noel era zuppa da capo a piedi. Gli lanciò un'occhiata, spalancando gli occhi quando vide la pistola stordente. "Diamine, Drew. Metti via quell'arnese. Vuoi fulminare qualcuno?"

"Pensavo... Come non detto." Drew si assicurò di aver inserito la sicura e poggiò l'arma sul piano della cucina a isola. "Problemi idraulici?"

"Cosa te lo fa pensare?" chiese sarcastica la donna. "Sono entrata e ho trovato acqua dappertutto. Viene da qui, ma non riesco a fermarla."

Drew si inginocchiò e individuò immediatamente il problema: una giunzione si era staccata e l'acqua si riversava dal punto dove si trovava la rottura. "Perché non hai chiuso la valvola?"

"Come ho fatto a non pensarci?" Noel mostrò la manopola della valvola in questione. "Si è staccata."

"Oh," disse ridacchiando Drew, dando una spintarella a Noel. La magia corse ai palmi delle sue mani mentre lui si allungava verso il tubo che perdeva. "Ci penso io."

"Cosa hai intenzione di fare?" chiese la donna mentre si alzava. "Non servirà a nulla–"

"Ecco fatto." Drew si alzò in piedi e si allungò a prendere uno straccio appoggiato sul piano. L'acqua era contenuta, ma il tubo aveva ancora bisogno di essere riparato. "Se hai una chiave inglese a portata di mano, posso sistemare tutto in pochi minuti."

"Come hai–" Noel scosse la testa mentre i suoi occhi si illuminavano di riconoscimento. "Già. Sei una strega dell'acqua. Ma... come fa l'acqua a essere *ancora* contenuta? A occhio e croce, non stai ancora usando la magia."

Drew le sorrise. "Ho molta resistenza."

"Ah sì?" chiese ridendo lei. "Modesto, vedo."

"Sicuro," disse ammiccando Drew. "La chiave inglese?"

Le labbra di Noel si curvarono in un minuscolo sorriso divertito. "Arriva subito, signor tuttofare."

Drew non riuscì a staccarle gli occhi di dosso mentre lei attraversava la cucina, diretta a un piccolo ripostiglio. I jeans bagnati si appiccicavano al posteriore della donna e la sua maglietta era abbastanza trasparente da consentirgli di distinguere il reggiseno di pizzo. Drew non riuscì a trattenersi dall'immaginare come sarebbe stato spogliarla e passare le mani sul suo corpo mentre la asciugava.

"Drew?" chiese Noel, di fronte al ripostiglio con una piccola cassetta degli attrezzi in mano.

"Eh?" Drew tentennò, il calore che gli risaliva lungo il collo per la seconda volta in quella mattinata. Porco... Che gli era preso? Se aveva deciso di essere semplicemente amico di Noel, sognare a occhi aperti il corpo nudo della donna non sarebbe servito a nulla.

"È questa che ti serve?" Noel mostrò un giratubi.

Drew esalò il fiato e annuì. "Dovrebbe andare bene."

"Ottimo, perché non ne ho altre." Noel attraversò la stanza e gli porse la chiave inglese. Le dita della donna sfiorarono le sue e una vera e propria scintilla di elettricità crepitò fra di loro.

Nessuno dei due interruppe il contatto.

Drew fissò le loro mani, guardando la magia che brillava sulle loro dita.

Noel esalò una piccola risata nervosa. "Beh, questo è inaspettato."

"Tu credi?" chiese lui, sollevando lo sguardo a incrociare quello di Noel.

Il sorriso svanì dal viso della donna mentre lo scrutava negli occhi. "Sì... e no."

Drew sapeva che avrebbe dovuto ritrarre la mano e infrangere il collegamento. Ma ciò gli era semplicemente impossibile. La delicata magia dell'aria di Noel era calda e invitante. Gli faceva immaginare di stare seduto sulla spiaggia con lei in grembo, mentre guardavano il sole tramontare sul Pacifico.

Noel ritrasse la mano, rompendo il collegamento magico. Le viscere di Drew si raffreddarono proprio mentre lui udiva il rumore dell'acqua che scorreva alle sue spalle.

"Cavolo!" Noel fece una smorfia. "Vado a chiudere l'acqua."

"Ci penso io." Drew si maledisse internamente. Aveva fatto il gradasso quando aveva detto di essere molto resistente. La sua magia aveva fatto da diga, impedendo all'acqua di spruzzare fuori dal tubo allentato. Non sarebbe durata per sempre. Spostare la concentrazione su Noel aveva accelerato l'inevitabile. Drew si infilò di nuovo sotto il lavandino e tese una mano verso il tubo che perdeva. Subito, l'acqua smise di scorrere. Con l'altra mano, Drew afferrò la giunzione che era caduta sul fondo dell'armadietto e disse: "Ho bisogno della manopola della valvola."

Noel gliela mise in mano e, in breve tempo, Drew sistemò tutto. Si alzò in piedi, aprì il rubinetto e osservò per verificare se ci fossero perdite. Era solo una precauzione, perché lui si sentiva nelle ossa che l'acqua era contenuta e scorreva in maniera corretta.

"Grazie," disse Noel da dietro le sue spalle.

"Di nulla." Drew chiuse l'acqua e si appoggiò al piano, le braccia giunte sul petto. "Lieto di essere stato d'aiuto."

L'espressione di Noel si ammorbidì mentre passava lo sguardo su di lui.

Nella donna c'era una dolcezza che lui vedeva tanto raramente da fargli dolere un poco il cuore.

"Sei un po' bagnato," disse lei.

Aveva ragione. Drew era praticamente zuppo dalle ginocchia in giù. "Nessun problema. Ma tu…" Drew le indicò. "Forse sarebbe meglio che ti cambiassi prima che arrivino degli ospiti."

Noel abbassò lo sguardo su se stessa ed emise un piccolo sussulto mentre si copriva il petto con entrambe le braccia. "Perché non mi hai detto che ero indecente?"

"Indecente?" Drew ridacchiò. "Non esattamente."

"Quasi." Noel corse fuori dalla cucina e non appena fu entrata nell'altra stanza, lanciò un altro grido. "Buffy!"

Drew la seguì e non riuscì a trattenere una risata esplosiva quando la vide in ginocchio, col sedere per aria, mentre si infilava sotto il divano. Buffy corse fuori con un calzino in bocca e trottò dritta nella stanza di Daisy.

"Porca miseria!" Noel si mise sulle ginocchia e passò lo sguardo sui vestiti sparsi sul pavimento. "E io che pensavo di aver finito il bucato." Sollevò un prendisole macchiato di latte. "Buffy si è scatenata mentre io pensavo all'allagamento."

Drew raggiunse con calma Noel, le prese il vestito e le offrì una mano. La donna si tolse una ciocca bionda dal viso e si lasciò sollevare in piedi. Lui le strinse la mano e disse: "Vai a cambiarti. Io comincio a pulire."

"Non posso permettere che lo faccia tu, Drew," disse la donna mentre si allungava a raccogliere una maglietta della misura di Daisy.

Drew prese anche quella. "Ma certo che puoi. Mi sono offerto io di farlo. E poi, sei indecente, ricordi?"

"Cavolo." Noel chiuse gli occhi mentre si copriva di nuovo il petto. "D'accordo, ma solo perché insisti."

Drew si produsse in una risata nasale. "Per essere chiari, sei spaventosamente sexy, tutta zuppa come se avessi appena vinto una gara di magliette bagnate. Per cui no, non insisto, ma immagino che ti sentirai molto più a tuo agio con dei vestiti asciutti."

Noel lo fissò per qualche istante, quindi scosse la testa e borbottò qualcosa riguardo ai segnali ambigui.

Drew finse di non sentire e si mise a raccogliere i vestiti che Buffy aveva trascinato in salotto. Dopo averli messi sopra la lavatrice nella stanzetta adiacente alla cucina, prese dei prodotti per la pulizia e si mise al lavoro per pulire il vetro rotto e il latte versato.

Quando Noel tornò con Buffy in mano, Drew stava finendo di asciugare la cucina.

"Drew." Noel inclinò la testa di lato e lo osservò, irradiando meraviglia dagli occhi spalancati. "Non dovevi fare tutto tu."

Drew mise il mocio nel secchio e si voltò verso di lei, leggermente sopraffatto dalla sua bellezza. Era raro vedere Noel così aperta. Drew sapeva di essere responsabile di quell'espressione e voleva ripetere l'esperienza innumerevoli volte. "Lo so. Ma volevo farlo."

"Beh… grazie. Chissà cosa sarebbe successo se non fossi arrivato tu." Noel abbassò lo sguardo su Buffy. "Probabilmente, questa qui avrebbe distrutto l'intero guardaroba di Daisy mentre io allagavo la cucina."

Drew si lavò le mani e disse: "Avresti trovato una soluzione. Lo fai sempre."

"Può darsi. Ma avere qualcuno che ti dà una mano ogni tanto non nuoce."

Drew mimò il gesto di togliersi il cappello. "Lieto di averla aiutata, signora."

Suonò il campanello, indicando all'arrivo di un ospite. "Ops." Noel diede la cagnolina a Drew e disse: "Torno subito. Non andartene."

Drew la guardò uscire di casa, quindi abbassò lo sguardo su Buffy. "Sei una cagnolina fortunata, sai? Se avessi fatto una cosa del genere in casa mia, l'avresti pagata cara."

La cucciola scodinzolò.

Drew ridacchiò e si mise sul pavimento per giocare con lei. Trovò una pallina rotolata sotto il tavolino da caffè e le insegnò a riportarla.

CAPITOLO 10

"*B*uon anniversario. Godetevi il soggiorno," esclamò Noel, rivolta alle due giovani donne mentre si dirigevano nella loro stanza. Si erano sposate l'anno prima a Keating Hollow ed erano tornate per celebrare il loro primo anniversario.

Entrambe brillavano di luce propria mentre ricambiavano il suo sorriso. Noel si portò una mano al cuore, crogiolandosi nella loro gioia. *Che dolci,* pensò, per poi chiedersi se avrebbe mai sperimentato di nuovo quel genere di felicità.

Non se non ci provi nemmeno, la rimproverò la voce nella sua testa.

Noel esalò un sospiro carico di frustrazione. Il problema del permettersi di amare di nuovo era l'inevitabile dolore quando le cose precipitavano. E l'esperienza le insegnava che precipitavano sempre. C'era stata un'epoca, da giovane, in cui lei aveva creduto che la vita potesse essere diversa. Ma poi Abby era fuggita non solo da Keating Hollow, ma anche dai rapporti per lei più importanti, lasciando Noel a rimettere insieme i pezzi. E poi, il matrimonio di Noel si era concluso proprio come quello di suo padre. Nonostante la parvenza di felicità, tanto sua madre quanto suo marito avevano lasciato il paese senza guardarsi alle spalle.

L'esperienza le insegnava che prima o poi se ne andavano tutti. Non era un rischio che lei potesse permettersi di correre di nuovo.

Il suo sguardo si posò sui biscotti della signora Claus e sulle due tazze di caffè di A Spoon Full of Magic. *Drew.* Maledizione a lui. Perché doveva essere così un bravo ragazzo? Non importava cosa lei si raccontasse o quanto si sforzasse di non provare nulla per lui: l'uomo faceva gesti come riparare il lavandino, pulire il disastro e portarle i biscotti e i caffelatte fantastici della signorina Maple.

Quell'uomo era male allo stato puro, nel migliore dei modi possibili.

Noel prese le tazze di caffè e rientrò in casa. Fermandosi appena oltre la soglia, posò le bevande sul tavolino e guardò Drew grattare Buffy dietro l'orecchio e lodarla per la sua intelligenza. Un sorriso le stirò le labbra. Porca paletta, quell'uomo era davvero carino. E anche sexy.

Drew lanciò una pallina attraverso il salotto e incoraggiò Buffy mentre lei la inseguiva. La cagnolina gli riportò subito la palla e gliela lasciò cadere in mano, quindi si mise seduta e attese con pazienza il lancio successivo.

"Non riesco a credere che tu abbia insegnato al cane a rincorrere la pallina in casa," disse Noel.

Drew lanciò di nuovo la palla. "Peserà sì e no due chili. Quanti danni può fare?"

"Hai visto i vestiti, vero? Daisy ha perso un paio di calzini, un prendisole e una maglietta."

"Danni collaterali." Drew si alzò dal pavimento e la raggiunse. "Se non altro, giocare la stancherà. Scommetto che crollerà e dormirà per tutto il pomeriggio."

"Perfetto," disse Noel, con una finta smorfia. "Così, a mezzanotte sarà bella riposata e si metterà a saltare sul letto perché vuole giocare."

Drew inarcò un sopracciglio. "Il cane dorme nel tuo letto? Pensavo che avesse una gabbietta."

"Ce l'ha, ma ci è rimasta per dieci secondi prima che io cedessi."

L'uomo abbassò lo sguardo su Buffy. "Cane fortunato."

Noel rise. "Già. Finora, ha vissuto una vita da favola."

"Appunto, cane fortunato." Lo sguardo di Drew si spostò alle spalle di Noel e lui si allungò verso le tazze di caffè. "Vedo che hai trovato i caffelatte."

Noel glieli prese dalle mani e si incamminò verso la cucina. "Peccato che si siano freddati mentre tu pulivi al mio posto." Entrò in cucina e mise il caffè nel microonde.

Drew la seguì, incapace di mantenere le distanze ora che lei era tornata.

Lei si voltò e lo fissò, l'espressione curiosa.

Drew fece un passo avanti e le ravviò una ciocca di capelli dietro l'orecchio. "Cosa c'è, Noel?"

Noel prese fiato e incrociò il suo sguardo. "Non puoi continuare a essere così gentile con me, Drew. Mi ci abituerò. Non dovresti portarmi biscotti e caffè. Soprattutto non da A Spoonful of Magic. Probabilmente, Shannon sarà su tutte le furie."

"Non c'è nulla fra me e Shannon," disse sospirando Drew. "Nel caso tu non l'abbia notato, lei non è la mia ragazza. E non lo sarà mai."

"Lo so, ma–"

"Non ci sono 'ma', Noel," disse Drew, circondandole le guance con le mani. "Sono uscito con lei una volta sola. E l'appuntamento è stato così spaventoso che ho cominciato a guardare l'ora prima ancora che arrivasse da bere. Hai capito?"

"Sì," bisbigliò Noel, spostando lo sguardo sulla bocca di Drew.

Il fresco profumo di agrumi di Noel lo raggiunse e tutti i suoi motivi per rimanere soltanto amici persero consistenza. Il cuore che gli martellava contro la gabbia toracica, Drew si sporse in avanti, desiderandola più di quanto avesse mai desiderato chiunque. Il resto del mondo svanì e l'unica cosa importante fu baciarla.

"Drew," disse la donna, senza fiato. "Cosa stai facendo?"

"Questo." Drew chiuse la distanza che li separava, sfiorandole delicatamente le braccia.

Le palpebre di Noel calarono e lei si appoggiò a lui, passandogli le braccia attorno alla vita.

Fu un bacio dolce e perfetto, ma Drew aveva bisogno di più, aveva bisogno di lei. Tuffò una mano nella sua folta chioma dorata e approfondì il bacio, assaporandola per la seconda volta in vita sua. Questa volta fu molto meglio.

Porca miseria, se era meglio. Tutti i nervi del suo corpo presero vita e gli parve di essere un uomo sul punto di soffocare che aveva finalmente ripreso a respirare. Le fece inarcare la schiena, sostenendola con una mano mentre la stringeva a sé. Il bacio parve durare per sempre e al tempo stesso finì troppo presto.

Le loro labbra si schiusero ed entrambi respirarono affannosamente. Con i capelli che le ricadevano alle spalle, Drew pensò che Noel non era mai stata così bella.

"Drew?" chiese la donna, premendogli delicatamente il palmo della mano contro il petto.

"Sì." Drew continuò a guardarla sbalordito. Già la voleva di più.

"Devi lasciarmi alzare. Oggi, Daisy ha solo mezza giornata di scuola; presto dovrò andare a prenderla."

"Ah, giusto." Drew la raddrizzò e si assicurò che fosse salda sulle gambe prima di lasciarla andare. Le mani di Noel si soffermarono sulle sue spalle e Drew la attirò ancora una volta a sé. Le morbide curve di Noel si incastravano perfettamente contro di lui e Drew si chiese cosa gli fosse passato per la testa in tutti quegli anni. "Baciami ancora, Noel."

Le dita della donna gli affondarono nella carne mentre lei si alzava in punta di piedi e faceva come lui aveva chiesto. Un brivido di piacere si riverberò dal centro del suo essere, facendogli venire voglia di sollevarla da terra e trasportarla per i tre metri che li separavano dalla camera da letto. Prima che lui potesse approfondire quell'ultimo pensiero, Noel interruppe il bacio e premette delicatamente il palmo della mano contro il petto di Drew. "Devo proprio andare a prendere Daisy."

"Giusto." Drew indietreggiò, dandole lo spazio di cui lei aveva bisogno, e si passò una mano nei folti capelli. Porco d'un... Cosa aveva fatto? Abbassò lo sguardo sull'espressione soddisfatta sul volto della donna e cominciò a odiarsi. Quanto a lungo ci sarebbe voluto prima che si convincesse a non cercare una relazione con lei?

Noel gli sorrise e si sporse a baciarlo sulla guancia. "Grazie, Drew. Non so cosa avrei fatto oggi senza di te."

La dolce voce della donna tranquillizzò i suoi dubbi. Non importava ciò che stava cercando di dirgli la sua voce interiore. Lui sapeva che non sarebbe riuscito a voltare le spalle a qualunque cosa stesse succedendo fra di loro. Non ora. Non dopo averla sentita morbida e cedevole fra le braccia. "Non serve che mi ringrazi." Si allungò dietro di lei, aprì il microonde e le diede uno dei caffelatte. "Tieni. Non devi perdertelo."

Gli occhi della donna brillarono mentre beveva un sorso. Un basso gemito di apprezzamento le sfuggì dalle labbra mentre chiudeva gli occhi. "È delizioso."

Anche tu, pensò. "Vai. Io metto Buffy nella gabbietta prima di tornare al lavoro."

"Buffy... Oh, no. Dov'è andata, adesso?" Noel corse fuori dalla cucina con il caffelatte in mano. Quando Drew entrò nel salotto, il cane giaceva in mezzo al pavimento, intenta a masticare la pallina. Noel si voltò verso di lui. "È merito tuo. Prima, lei non voleva avere nulla a che fare con i suoi giochi." Scosse la testa incredula. "Ti devo moltissimo."

"No, guarda—"

"Sì, invece," disse Noel, zittendolo. "Lascia che ti offra la cena. Domani sera. Alle sette. Daisy e Buffy andranno da Olive e dal suo cucciolo di golden retriever, Endora. Possiamo andare da Woodlines. Ho sentito che c'è uno chef nuovo che è favoloso."

Drew non avrebbe voluto che il suo primo appuntamento con Noel vedesse lei che lo portava fuori. Avrebbe voluto essere lui a viziarla, non il contrario. Ma di certo non intendeva rifiutare. "Domani va benissimo."

"Ottimo." Noel gli rivolse un altro sorriso radioso, quindi uscì di corsa.

Drew abbassò lo sguardo su Buffy. La cagnolina masticava felicemente la palla, felice come non mai. "Buffy," disse lui.

Subito, il cane ignorò la palla e gli dedicò la sua più completa attenzione.

"Pronta a uscire?"

Buffy balzò in piedi e lo seguì nel piccolo giardino di Noel. Fece subito i bisogni, quindi lo seguì in casa. "È ora di trovare la tua gabbietta."

Il cane abbassò la coda e gli rivolse l'espressione da cucciolo bastonato più triste che Drew avesse mai visto.

"Con me non funziona, piccolina," disse lui, sollevando Buffy da terra. "Non puoi restare qui senza nessuno che ti sorvegli. Hai una pessima reputazione."

La gabbietta non sembrava trovarsi nella stanza di Daisy, per cui Drew si diresse in quella di Noel. Non appena oltrepassò la soglia, il delicato aroma di agrumi della donna lo avvolse. I mobili erano di legno scuro e antico, con appena una nota di volute sulla testiera del letto. Tutto il resto era linee pulite. Era perfetto per lei. Angoli duri con una nota di morbidezza.

Drew raggiunse la gabbietta ai piedi del letto della donna, controllò per assicurarsi che ci fosse dell'acqua fresca per il cane e vi mise Buffy dentro. Il cane lo fissò con quello stesso sguardo patetico. "Non guardarmi così. Non sono io quello che ha masticato i vestiti di Daisy."

Al suono della sua voce, la cagnolina voltò la testa come infastidita, ma poi girò su se stessa tre volte e si appallottolò.

"Brava, Buffy," disse Drew, chiudendo il cancellino della gabbietta.

Più Drew rimaneva nella stanza di Noel, più si faceva intenso il profumo agrumato della donna. Gli faceva venire voglia di sedersi sulla poltrona nell'angolo e aspettare che la donna tornasse a casa in modo che lui potesse baciarla di nuovo.

E forse Drew lo avrebbe fatto, se il telefono non avesse squillato. "Drew Baker," disse lui.

"Vicesceriffo Baker," disse Clarissa, la voce che tremava leggermente. "Credo che lei debba tornare qui."

"In ufficio?" Si sentì annodare lo stomaco. "Che succede?"

"Non lo so, ma lo sceriffo di Humboldt County vuole parlare con lei."

"Arrivo subito."

CAPITOLO 11

*D*rew entrò nel piccolo ufficio secondario. Clarissa, che era seduta sul bordo della sedia, si alzò di scatto con un mucchietto di messaggi per lui.

Drew le diede la tortina al cioccolato e caramello che aveva preso da A Spoon Full of Magic e disse: "Tieni quei messaggi per dopo. Non voglio far aspettare lo sceriffo."

Clarissa spinse un foglio di carta verso di lui. "Credo che questo vorrà vederlo subito."

L'insistenza della donna lo fermò. Drew prese il foglio di carta e abbassò lo sguardo.

Xavier Anderson è ufficialmente il sospettato principale per il caso della vittima sconosciuta. È stato avvistato due volte, una alla Pacific Cove Boat Rentals e una alla Moon River Inn. Si dice che lo sceriffo voglia che lei ne stia fuori. Non è felice per la richiesta di controllo della fedina penale arrivata dall'ufficio di Keating Hollow. C.

"Capito." Drew restituì il biglietto a Clarissa, lieto per il preavviso che lei gli aveva dato. Probabilmente, lo sceriffo era incazzato per il fatto che lui si fosse interessato a un caso che non era di sua competenza. Prima di entrare nel suo ufficio, aggiunse: "Grazie."

"Di nulla, capo," disse Clarissa, che aveva già cominciato a tirare fuori la tortina dal sacchetto.

Drew raddrizzò le spalle, si preparò a essere preso a calci nel sedere ed entrò nel suo ufficio. "Sceriffo Barnes. Che sorpresa. Cos'è che la porta nel mio piccolo angolo di mondo?"

L'uomo appesantito e dai capelli grigi era seduto sulla sedia di Drew dietro alla sua scrivania, intento a scribacchiare qualcosa su un blocchetto.

"Si sieda, Baker," sbraitò lo sceriffo.

Drew obbedì e attese che il suo superiore finisse di scrivere. Finalmente, lo sceriffo scribacchiò quella che sembrava una firma e si rimise la penna nella tasca dell'uniforme. Quando sollevò lo sguardo, l'uomo disse: "Cosa ha scoperto riguardo a Xavier Anderson?"

Drew scosse la testa. "Nulla."

"Non mi prenda in giro, Baker. So che ha già cominciato a indagare. Ho bisogno di conoscere tutto quello che sa."

Drew era certo che, se avesse ammesso di aver ficcato il naso in un caso che era fuori dalla sua giurisdizione, avrebbero potuto esserci delle conseguenze per la sua carriera; ma dato che il suo capo sapeva già che lui aveva cominciato a scavare, non aveva davvero scelta. "Ho eseguito un controllo su di lui tre giorni fa. Non è emerso nulla. O almeno, nulla che riguardi i tre anni trascorsi da quando ha lasciato Keating Hollow. Da allora, ho sentito delle voci secondo le quali sarebbe stato visto due volte a Eureka la settimana scorsa. Non sembra che qualcuno sappia dove soggiorni o dove ricomparirà."

L'espressione dello sceriffo rimase completamente neutra. "E *perché* si è informato sul signor Anderson? È stata la ex-moglie a chiederglielo?"

"Cosa?" Drew si accigliò. "No."

"Ha agito spontaneamente? Perché?"

Drew cambiò posizione a disagio, sapendo che stava dando mostra di nervosismo. "Sapevo che il dipartimento soffre di mancanza di personale, per cui mi sono assunto il compito di verificare se ci fossero tracce o indizi palesi che potessero contribuire a rintracciare il signor Anderson."

Lo sceriffo annuì come se quella fosse una risposta accettabile. Quindi si schiarì la voce. "Ho sentito dire che lei ha accompagnato la signora Townsend all'obitorio. C'è una relazione di cui dovrei essere a conoscenza?"

Figlio di... Cosa doveva dirgli? Che aveva appena finito di limonare con lei? Che aveva appuntamento con lei per l'indomani e che sperava che la serata si sarebbe evoluta in qualcosa di più che un paio di drink e un'ottima bistecca? "Noel Townsend e io siamo amici di vecchia data," rispose con prudenza. "Quando le ho portato la notizia che il suo ex-marito poteva essere deceduto, non me la sono sentita di lasciare che andasse a Eureka da sola."

"Dunque siete amici." Lo sceriffo non si stava tradendo minimamente e Drew non aveva idea di dove fosse diretto quell'interrogatorio.

"Sì. Amici." E quella era la pura verità. Almeno per il momento.

"Ottimo. Continui così." Lo sceriffo si alzò e gli porse un foglio di carta intestata. Su di esso, lo sceriffo aveva scritto a mano una direttiva che autorizzava Drew a prendere le redini delle ricerche di Xavier Anderson.

Drew lesse la direttiva due volte per assicurarsi di aver capito bene. L'ordine entrava direttamente in conflitto con le informazioni che Clarissa gli aveva dato un attimo prima che lui rientrasse nell'ufficio. Naturalmente, lei aveva udito solo delle voci. Di certo, lo sceriffo non gli avrebbe assegnato un caso se fosse stato contrariato dal fatto che Drew aveva già indagato, vero? Drew esitò e riportò lo sguardo sullo sceriffo. "Perché lo ha assegnato a me?"

Barnes esitò per un momento prima di proseguire. Quindi si schiarì la voce. "Ho bisogno che ci pensi qualcuno di esterno."

Un campanello d'allarme cominciò a suonare nella testa di Drew. "Vuol dire che potrebbe esserci un problema interno?"

Barnes si sedette sulla sedia. All'improvviso, sembrava stanco. "Onestamente, Baker, non lo so. Ma ci sono troppe domande senza risposta e pare che siano spariti dei documenti. Ho bisogno che ci dia un'occhiata qualcun altro. E dato che non possiamo proseguire fino a quando non troveremo questo tizio, ho bisogno che lei cominci subito. Quell'uomo è l'unico collegamento che abbiamo, al momento," disse lo sceriffo. "Lei è in rapporti con la ex-moglie del sospettato. Se loro due sono in contatto, lei dovrebbe essere in grado di intercettarlo. E poi, il suo è un ufficio tranquillo. C'è un altro vicesceriffo che può prendersi cura del paese mentre lei indaga. Ma soprattutto, confido che lei farà del suo meglio per portare a termine le indagini."

"Noel non ha contatti con il suo ex. Glielo posso garantire," disse Drew, a metà fra l'infastidito e l'incazzato per il fatto che il suo superiore implicava che Noel fosse in qualche modo ancora in rapporti con lo stronzo che l'aveva abbandonata.

"D'accordo. Ma lui potrebbe comunque farsi sentire. E se lo farà, lei sarà pronto." Lo sceriffo si recò alla porta. "Acqua in bocca su questa faccenda. Senza sapere cosa sta succedendo internamente, preferisco che i miei uomini non sappiano dell'incarico che le ho affidato. Capito?"

"Capito," disse Drew, leggermente sconvolto. Lui era un

uomo solo. Se c'erano dei poliziotti corrotti coinvolti in una insabbiatura, lo attendeva un compito difficile. E Drew non poteva biasimare lo sceriffo per i suoi sospetti. Se il personale dello sceriffo non era migliore degli agenti della contea con cui lui e Noel avevano avuto a che fare all'ufficio del medico legale, l'ambiente era fertile per corruzione e incompetenza.

"Ottimo. Mi aggiorni sui nuovi sviluppi. Il fascicolo del caso è nel primo cassetto." Senza attendere risposta, lo sceriffo uscì e si chiuse la porta alle spalle.

Drew si sedette sulla sua sedia, momentaneamente stordito. Lo sceriffo della contea non gli aveva mai passato un caso. Era vero che Keating Hollow era un paese tranquillo, in cui il crimine era praticamente inesistente, per cui lui aveva tempo. Ma Drew non era un detective. Qualcosa non tornava. Si alzò in piedi, si recò alla scrivania e aprì bruscamente il primo cassetto. La cartelletta priva di segni di riconoscimento si trovava proprio dove aveva detto Barnes.

Sedendosi sulla sua sedia, Drew estrasse il sottile fascicolo e lo aprì, scoprendo che consisteva di una sola pagina. Su di essa c'era scritto:

Oggetto: Xavier Anderson – Sospettato di omicidio.

Missione: Trovare Anderson e arrestarlo a scopo interrogatorio. Dov'è stato negli ultimi tre anni? Con chi è entrato in contatto? E cosa ha fatto?

Note: Anderson si è reso irreperibile e al momento si trova in luogo sconosciuto; non esistono tracce cartacee dal 2015. Ci sono stati possibili avvistamenti a Eureka nel dicembre del 2018. Possibili interferenze interne al caso. Forti sospetti che la magia sia coinvolta nella sua sparizione.

· · ·

DREW FISSÒ L'ULTIMA RIGA. Si sospettava che fosse stata utilizzata la magia. Non c'era da stupirsi che gli avessero passato il caso. Per quanto ne sapeva Drew, lui e Putzner erano le uniche due streghe al servizio della contea. E a Putzner interessava soltanto fare multe. Era per quello che era Drew il capo dell'ufficio secondario.

D'accordo, pensò Drew mentre accendeva il computer. Era quello che aveva sempre voluto: trovare l'ex di Noel e darle un po' di pace. Ora aveva appena ricevuto l'approvazione.

Allora perché si sentiva tanto a disagio?

Si passò una mano sulla testa e inserì il numero del caso indicato sul foglio che gli aveva dato lo sceriffo. Il viso di Xavier Anderson apparve all'istante sul suo schermo. Erano indicati i due avvistamenti di cui lo aveva avvisato Clarissa. Poi non c'era nulla, fino alla scomparsa dell'uomo avvenuta tre anni prima. Drew fece scorrere la schermata e si accigliò. La prima traccia registrata dell'esistenza di Xavier Anderson risaliva a un mese prima del suo matrimonio con Noel.

"Come?" disse Drew ad alta voce, rivolto a nessuno. Era impossibile. Una verifica completa da parte del Dipartimento su una persona scomparsa doveva includere contravvenzioni, arresti, indirizzi di residenza precedenti e qualunque documento ufficiale, come la patente, il passaporto, la carta d'identità e il certificato elettorale. Poteva includere anche i nomi dei famigliari, un eventuale servizio militare e persino la storia creditizia. Mentre lì non c'era più di quanto Drew aveva già trovato con una ricerca di base negli archivi pubblici.

Xavier Anderson non era mai esistito prima di sposare Noel e aveva cessato di esistere dopo la propria sparizione. Qualcosa non tornava. Xavier aveva una patente e delle carte di credito in corso di validità. Esse avrebbero dovuto comparire in quel rapporto. L'uomo stava forse usando degli alias e delle carte di credito clonate? Ma in tal caso, perché riutilizzare il nome "Xavier Anderson" se stava cercando di non farsi notare? Drew avrebbe dovuto procurarsi i numeri della carta di credito e della patente dalla sala prove della stazione. Come farlo senza che qualcuno si insospettisse? Non ne aveva idea.

Drew stampò lo scarno rapporto e lo aggiunse al fascicolo al quale aveva già dato inizio su Xavier.

Qualcuno bussò alla porta.

"Avanti."

Clarissa fece capolino nella stanza. "Tutto a posto? Cos'è successo?"

"Va tutto bene." Drew le rivolse un sorriso rassicurante. "Lo sceriffo vuole solo che io assuma il comando di un'indagine per conto suo." Le mostrò il fascicolo. "Potresti chiamare Putzner e dirgli che sono diretto fuori città? Se dovesse succedere qualcosa, dovrà pensarci lui. Digli che gli farò sapere quando tornerò."

"Certo, capo. C'è altro che posso fare per lei?" chiese Clarissa, aprendo la porta ed entrando nella stanza.

Drew stava per dire di no, ma poi ci ripensò. "Sì. Per caso conosci qualche addetto alle prove a Eureka?"

"Certo. Ho un'amica che lavora lì. Di cosa ha bisogno?" Clarissa aprì un taccuino e fece scattare la penna.

"Del numero della carta di credito e della patente di Xavier Townsend. Il suo portafoglio è stato trovato sul corpo della vittima sconosciuta e nessuna delle due risulta nei controlli."

La donna si accigliò. "È inusuale. Crede che siano false?"

"Può darsi. Ma non potrò esserne sicuro prima di verificare," disse Drew.

Clarissa prese un appunto, quindi sollevò lo sguardo su di lui. "C'è qualche motivo per cui lei ha bisogno che io chieda questo favore alla mia amica? Dovrebbe essere già tutto nel fascicolo."

"È proprio per questo che ho bisogno del tuo aiuto. Non c'è. E che resti fra noi, ma qualcosa puzza terribilmente. Voglio far passare tutto sotto silenzio fino a quando non scoprirò cosa."

"Va bene, capo. C'è altro?"

"Adesso no." Drew tirò fuori le chiavi dalla tasca. "Chiama Putzner. Dovrebbe essere una tortura sufficiente per un giorno solo."

Clarissa si produsse in una risata nasale. "Non si preoccupi per me. So esattamente come gestirlo."

Drew avrebbe potuto scommetterci. Clarissa era una pasta quando gli altri erano gentili con lei e la trattavano con rispetto. Ma non appena qualcuno si comportava in maniera scorretta, lei lo zittiva con due parole in croce. Era una cosa molto affascinante.

Drew seguì l'impiegata fuori dalla lobby. Prima ancora che lui raggiungesse la porta, la donna era già al telefono con Putzner.

"Senti, Pauly, dacci un taglio," disse. "Essere reperibile fa parte del tuo lavoro. Dunque, a meno che tu non voglia rassegnare le dimissioni – ah no? D'accordo. Ti farò sapere se arrivano telefonate."

Clarissa stava ancora dando il fatto suo a Putzner quando Drew uscì sul marciapiede. Lanciò un'occhiata alla locanda, le labbra che formicolavano per il ricordo del bacio con Noel in cucina. I suoi piedi cominciarono automaticamente a muoversi in quella direzione. Solo una volta sceso dal marciapiedi Drew si riprese. No, non poteva presentarsi come se nulla fosse. C'era Daisy e lui aveva del lavoro da fare. Avrebbe parlato con

Noel l'indomani. In occasione dell'appuntamento. Il loro primo appuntamento.

Dannazione, dopo l'incontro che avevano avuto, lui non era sicuro di essere in grado di aspettare ventisette ore per rivederla.

CAPITOLO 12

*N*oel era seduta al tavolo di suo padre, a piluccare la crostata di mirtilli. Suo padre l'aveva chiamata e aveva invitato a cena lei e Daisy poco dopo che Noel era andata a prendere la bimba a scuola. Non si era resa conto, quando aveva detto di sì, che Abby le avrebbe teso un'imboscata.

"Dai, Noel," piagnucolò sua sorella. "Devi venire. È la serata fra donne."

"Abby," disse sospirando Noel. "Io devo alzarmi presto. Non posso farti da secondo nelle tue assurde gare di auto da golf con Wanda."

"Ma lei ha già reclutato Hanna. Se non vieni, mi toccherà rapire Faith, e l'ultima volta che lei è salita in macchina con me, ha vomitato." Abby si premette una mano sullo stomaco, palesemente ancora provata dalla situazione. "Non credo che fare gli anelli in mezzo al fango faccia per lei."

Noel non riuscì a trattenere la risata che le scoppiò dalle labbra. "Anelli? Sei impazzita, Abs? Ti ammazzerai con quell'arnese."

Sua sorella si limitò a stringersi nelle spalle. "Non fare tanti drammi. Non hai idea di quanto sia divertente, dato che non hai mai provato. Come dice Wanda, è la cosa più divertente che si possa fare senza togliersi i vestiti. Ti prometto che non te ne pentirai. Papà si è già offerto di guardare Daisy. Potrete trascorrere la notte qui. Non c'è Alec di turno alla locanda?"

"Sì," disse Noel, scuotendo esasperata la testa. Non poteva vincere quella discussione con sua sorella. Il fatto era che non era nemmeno sicura di volerlo. Certo, non aveva fretta di correre su un'auto scoperta nell'aria gelida, ma le piaceva quel lato di sua sorella. Quella versione animata ed entusiasta di Abby era la Abby della loro giovinezza. Colei che era stata prima che perdessero Charlotte. Noel non poteva deluderla solo perché voleva stare al chiuso, al calduccio, a bere cioccolata calda.

"Ci stai, allora?" chiese Abby, le sopracciglia inarcate.

"Ci sto. Ma prima dobbiamo controllare come sta Yvette," aggiunse Noel. "È un po'... *fuori fase*, negli ultimi tempi, e io voglio assicurarmi che stia bene."

"Certo!" Abby saltò giù dalla sedia e prese il telefono. "Lascia solo che dica a Wanda che ci siamo."

Noel la vide fare un assurdo balletto e non riuscì a non sentirsi divertita. Per troppo tempo Abby aveva navigato in una nube di tristezza e ora era diventata una fanatica delle corse in auto da golf che trasudava felicità. Era meraviglioso.

"Mamma!" chiamò Daisy mentre correva in casa. Buffy la seguì, lasciandosi alle spalle una scia di fango.

"Daisy! Buffy sta sporcando dappertutto. Prendila in braccio. Subito."

Daisy si fermò di scatto e riuscì a malapena ad agguantare Buffy prima che sporcasse tutto il tappeto. "Mamma!" esclamò di nuovo sua figlia, la voce che tremolava. "Sbrigati. Il nonno si è fatto male."

La paura scorse come ghiaccio nelle vene di Noel. "Papà?" chiamò, già diretta verso la porta sul retro. Quando non udì suo padre rispondere, si rivolse a Daisy. "Cos'è successo, piccola? Dov'è il nonno?"

"Da questa parte." Daisy corse di nuovo fuori dalla porta, con Buffy ancora fra le mani.

Noel corse dietro a Daisy, che la condusse direttamente al capanno dove suo padre teneva gli attrezzi da giardinaggio. Daisy tenne Buffy con una mano e puntò verso l'interno del capanno. "È caduto."

"Papà?" Noel corse nel capanno e trovò suo padre seduto sul pavimento, che cercava di alzarsi. "Non muoverti, papà. Ti sei fatto male."

Lin lanciò un'occhiata a Noel e fece una smorfia. "Mi sono solo slogato una caviglia. Se mi aiuti ad alzarmi, posso muovermi con quelle vecchie stampelle."

Noel passò lo sguardo su di lui, in cerca di altre lesioni palesi. Con l'eccezione della caviglia e del fatto che era pallido e troppo magro, suo padre sembrava a posto. Lei gli appoggiò delicatamente una mano sulla spalla. "Fermati, papà. Resta dove sei. Torno subito."

"Mi serve solo una mano, Noel," disse l'uomo a denti stretti.

"Ti servono una radiografia e degli antidolorifici." Noel si rivolse a Daisy. "Tieni d'occhio il nonno. Assicurati che non cerchi di appoggiarsi su quella gamba. Io torno subitissimo."

Noel girò sui tacchi e per poco non travolse Abby.

"Cos'è successo?" chiese sua sorella.

"È caduto e si è slogato una caviglia. Vado a prendere la tua auto da golf, così possiamo portarlo fuori da qui."

Senza esitare, Abby tirò fuori la chiave dalla tasca e la diede a sua sorella. "Vai. Io gli do qualcosa per il dolore."

Noel annuì e attraversò di corsa la proprietà, con le lacrime che rischiavano di sfocarle la vista. "Porco cane!" Si asciugò rabbiosamente le lacrime. Non era il momento di avere un crollo nervoso. E poi, era solo una caviglia. Era certa che, una volta che gli avessero dato un'occhiata, suo padre se la sarebbe cavata benissimo.

L'unico problema era che lei non riusciva a scrollarsi di dosso l'immagine di lui, così debole e impotente sul pavimento del capanno. Suo padre era il suo eroe, il suo scoglio, la persona che più ammirava e sulla quale faceva più affidamento. Non voleva pensare alla sua mortalità o a come sarebbe stato il loro mondo se lo avessero perso. Noel sapeva che stava esagerando. Era solo una caviglia... questa volta. Ma papà stava ancora facendo la chemioterapia. Una lesione del genere non sarebbe guarita in fretta e la riduzione della mobilità era preoccupante.

Noel balzò al posto di guida dell'auto da golf e si asciugò le lacrime. Suo padre aveva bisogno che lei fosse forte e Noel non avrebbe permesso che la vedesse scossa. Girò la chiave, accese i fari e portò rapidamente l'auto attorno alla casa. Per fortuna, c'era un sentiero pulito che conduceva al capanno e, quando lei si fermò accanto all'edificio, Abby aveva già fatto alzare suo padre e lo stava sorreggendo in direzione della porta. Lin aveva un braccio attorno alla spalla di Abby mentre lei sosteneva la maggior parte del suo peso. Per fortuna, non doveva andare lontano.

"Posso usare le stampelle," insistette Lin, accigliandosi mentre si appoggiava a Abby. "Non è necessario che mi trattiate come un invalido. E non ho bisogno di vedere un guaritore. È solo una distorsione."

Nonostante l'agitazione cocciuta di suo padre, Noel sentì il peso della paura che si attenuava. Se Lin era in grado di lamentarsi del modo in cui lo stavano trattando, significava che non era in pessime condizioni.

"Non ti stiamo trattando come un invalido, papà. Ti stiamo trattando come un uomo che, nel migliore dei casi, si è distorto una caviglia, o peggio ancora si è rotto qualcosa. Devi andare da un medico. Non vuoi peggiorare la situazione, vero?" chiese Abby.

Il loro padre cercò di appoggiare il peso del corpo sul piede ferito e grugnì.

"Visto?" disse Abby, levando gli occhi al cielo.

"Pensavo avessi detto che quella pozione serviva per il dolore," disse Lin a Abby. "Sono certo che mi basterà qualche giorno di riposo.

"Papà," disse Noel, scuotendo la testa. "Le pozioni di Abby non sono miracolose. E non sostituiscono le cure mediche. Lo sai benissimo."

Finalmente, Lin ed Abby raggiunsero l'auto da golf. Lei lo aiutò a prendere posto nel sedile del passeggero anteriore, mentre Daisy, Abby e Buffy si sedevano dietro di loro.

"Partiamo," ordinò Abby.

Noel non esitò. Premette l'acceleratore e, nonostante le proteste di Lin, lo portò alla clinica di primo soccorso sulla Main Street.

CAPITOLO 13

"Aspettate qui," disse Noel mentre parcheggiava proprio di fronte alla clinica.

"Ho scelta?" brontolò suo padre.

"No," risposero contemporaneamente Abby e Noel.

Abby sorrise a sua sorella e prese la mano di Daisy. "Vieni, piccolina. Siediti davanti col nonno e tienilo d'occhio."

Daisy si arrampicò sul sedile del guidatore, con Buffy in grembo. "Va tutto bene, nonno. Ci sono qui io."

Noel passò lo sguardo fra sua figlia e suo padre e le parve che il cuore le sarebbe scoppiato per l'emozione.

Abby si portò una mano al petto ed emise un piccolo gemito. "Santo cielo. Non è la cosa più carina che tu abbia mai visto?"

"Assolutamente sì." Noel aprì la porta a vetri e seguì Abby all'interno della clinica.

"Abby! Noel!" disse Gerry Whipple da dietro il banco della reception. L'anziana strega e suo marito erano i guaritori del paese da oltre vent'anni. "Cosa vi porta qui questa sera?"

"Nostro padre è caduto e si è fatto male alla caviglia," disse Noel. "È fuori, nell'auto da golf."

"Santi numi." La donna permette un pulsante sul telefono e parlò nell'interfono. "Martin, abbiamo bisogno di te, per favore."

"Sto arrivando," rispose suo marito attraverso la linea. "È sul retro a sistemare alcuni fascicoli. Arriverà subito." Gerry si alzò dalla sedia, tirò fuori una sedia a rotelle dall'armadio e attese suo marito vicino alla porta.

L'anziano gentiluomo arrivò con addosso un camice da laboratorio bianco. I suoi capelli sale e pepe erano più sale che pepe e, quando vide le sorelle Townsend, rivolse loro un sorriso gentile. "Buonasera, signore. Stavamo chiudendo. Qual è il problema?"

"Si tratta di nostro padre." Abby indicò l'auto da golf attraverso la finestra.

"Distorsione alla caviglia," disse Gerry. "Ho bisogno che tu mi aiuti a metterlo sulla sedia a rotelle per visitarlo."

L'uomo annuì e la coppia uscì per aiutare Lin a prendere posto sulla sedia a rotelle. Quando lo portarono dentro, Lin era silenzioso e più pallido che mai. Noel prese fiato mentre la paura le correva lungo la spina dorsale. Suo padre non aveva un bell'aspetto.

"Aspettate qui, signore. Lo visitiamo e veniamo a chiamarvi," disse Martin.

Noel guardò fuori dalla finestra verso sua figlia, ancora seduta nell'auto. "Possiamo portare il cucciolo nella sala d'attesa? Daisy è fuori con lei, ma–"

Gerry posò delicatamente una mano sull'avambraccio di Noel. "Nessun problema, cara."

"Grazie." Noel aprì la porta e fece cenno a Daisy di entrare. Sua figlia corse dentro, i denti che battevano dal freddo.

Indossava un maglione di lana, ma la temperatura era molto calata; doveva avere molto freddo. Un brivido percorse Noel mentre l'adrenalina si esauriva; lei mosse una mano e immaginò un fuoco che divampava nel bel mezzo dell'ufficio. L'aria nella stanza si scaldò istantaneamente.

Daisy trasse un sospiro di sollievo, premette il viso contro il corpo caldo di Buffy e disse: "Così va meglio."

"Questo è certo." Abby prese posto su una sedia e prese una rivista. "Dovresti tenere presente quel trucco per dopo, quando usciremo."

Noel guardò accigliata sua sorella. "Sei fuori di testa? Non possiamo uscire. Papà si è fatto male e io ho Daisy."

"Papà se la caverà benissimo," disse Abby, girando una pagina della rivista. "E sono certa che a Faith non dispiacerà stare con Daisy. Così, le due cucciole si ritroveranno."

"Sì!" disse Daisy. "A Buffy manca sua sorella."

Noel si accigliò. Detestava quando sua sorella dava voce ai propri piani senza prima chiedere a lei. Non faceva altro che sovreccitare Daisy e a Noel toccava fare la figura della cattiva quando diceva di no. "Non sai nemmeno cosa abbia da fare Faith questa sera. Non puoi–"

"Faith porterà Xena all'asilo e poi verrà a trovarci a casa. Probabilmente, sarà già lì quando riporteremo papà."

"Allora porta Faith alle gare di corsa," disse Noel, incrociando le braccia.

Abby rivolse a sua sorella un'occhiata inorridita. "Non hai sentito quando ho detto che Faith non ha lo stomaco per certe cose? Oh, no. Non ho intenzione di ripetere l'esperienza. Faith è buona solo per viaggi tranquilli lungo il fiume. Niente corse."

"Abby–"

"Buone notizie, signore," disse Gerry, rientrando nella reception. "Vostro padre ha solo una slogatura. È un po' debole, per cui gli prescriveremo un paio di pozioni energetiche-"

"Che genere di pozioni energetiche?" chiese Noel, alzandosi in piedi. "Abby gli ha già somministrato una delle sue creazioni. La maggior parte delle altre che abbiamo provato non ha avuto effetto."

"Santi numi," disse Gerry, prendendo un appunto. "Forse Abby dovrebbe venire con noi, in modo da riferirci cosa ha funzionato e cosa no."

Abby scosse la testa. "Noel lo sa meglio di me. Hanno provato parecchie cose prima che io tornassi a casa."

"Sei sicura?" le chiese Noel, sorpresa dal fatto che sua sorella, una strega della terra, fosse disposta a cederle il posto. Abby conosceva le pozioni molto meglio di Noel.

"Sì. Tu sai cosa gli sto dando adesso e quello che ha provato prima. Io aspetterò qui con la mia nipotina preferita." Abby diede una strizzata alla mano di Daisy.

"D'accordo." Noel rivolse un cenno di saluto a sua figlia e seguì Gerry in un ambulatorio dove Martin Whipple stava applicando un tutore al piede di suo padre.

"Eviti il più possibile di fare sforzi, nei prossimi giorni. Il tutore dovrebbe bastare, ma quando sarà pronto a passare a una scarpa normale, usi una fascia elastica per rinforzare la caviglia."

"Va bene," disse il padre di Noel. Era seduto sul bordo di un lettino e il suo viso aveva ripreso un po' di colorito.

Quando il guaritore Whipple ebbe finito, si alzò e si incamminò verso la porta. "Vado a prendere la fascia e un po' di antiinfiammatori. Torno subito."

"Noel," disse Gerry. "Puoi venire con me un momento?"

"Ehm, certo." Noel si alzò e guardò suo padre. "Torno subito."

"Sto bene, Noel. Vai," disse Lin, agitando una mano. "Non fare quella faccia. Sono in una clinica, santi numi."

"Va bene, va bene. Scusa se mi preoccupo, eh?" borbottò lei mentre seguiva Gerry in un altro ambulatorio.

"Siediti," disse Gerry.

Noel si guardò attorno nella stanza sterile. L'unico posto dove sedersi era il lettino. "Ehm, Gerry, si tratta di mio padre?"

La guaritrice scosse la testa. "No, cara. Voglio darti un'occhiata. Il livello della tua energia mi sembra basso e voglio assicurarmi che tutto fili liscio."

"Io non−"

"Accontentami, per favore."

"Certo." Noel prese posto sul lettino mentre il nervosismo prendeva il sopravvento. "Dev'essere qualcosa di terribile se te ne accorgi a occhio."

La guaritrice la guardò con occhi gentili e le rivolse un sorriso rassicurante. "Non necessariamente. Ho il dono di leggere i livelli energetici e i tuoi sono pericolosamente bassi. Hai fatto troppi sforzi? Ti senti esausta? Magari ti brucia la gola? Lavori troppo?"

Noel si strinse nelle spalle. "La gola è a posto. Per quanto riguarda il resto, è tutto normale. Sono una madre single che gestisce una locanda e segue un padre in lotta contro il cancro. Credo si possa dire che i miei livelli di stress siano più alti del normale."

Gerry annuì mentre misurava la pressione di Noel. "È un po' alta," disse dopo aver finito. Le auscultò il cuore, le misurò la temperatura, controllò le ghiandole e poi si sedette. "Beh, mi sembri in buona salute, ma molto stanca. Dormi a sufficienza?"

"Direi proprio di no," rispose Noel. "È un periodo un po' stressante e soffro di insonnia. E poi, a casa è appena arrivato un cucciolo."

Gerry annuì. "In tal caso, un po' di riposo non ti farebbe male. Ecco cosa voglio che tu faccia: ti consiglierò un integratore di vitamine, ma voglio anche che tu faccia un po' di spazio nella tua agenda per qualche momento di riposo. Fai qualcosa di divertente che ti aiuti a sfogarti. Non puoi passare tutto il tempo a preoccuparti. Quel genere di stress, a lungo andare, può lasciare il segno. D'accordo? Vitamine, riposo e relax, capito?"

"Va bene."

Gerry scrisse il nome dell'integratore su una ricetta e glielo diede. "Sono pronta a scommettere che, se prendi queste vitamine, ti concedi mezz'ora al giorno solo per te ed esci a divertirti un po', la tua energia tornerà presto normale."

Già, pensò Noel. L'idea di dover programmare del tempo per lei stessa non faceva che farla sentire ancora più stressata. Ma prese la ricetta e annuì comunque. Gerry stava solo cercando di essere d'aiuto.

Gerry la riaccompagnò nell'ambulatorio dove c'era suo padre, dove lei e Lin attesero il ritorno di Martin Whipple.

Suo padre si voltò verso di lei. "Che succede?"

"Gerry vuole che io cominci a prendere delle vitamine." Noel gli mostrò la ricetta. "Dice che i miei livelli energetici sono bassi. Probabilmente, lavoro troppo."

"Su questo non c'è dubbio," disse Lin. "Sei sempre stata una stakanovista, ma non puoi andare avanti così per sempre."

Ma lei doveva farlo, no? Nessun altro avrebbe gestito la sua locanda o pagato i conti al posto suo. Ma Noel non disse nulla a suo padre. Lui conosceva fin troppo bene la pressione del crescere una famiglia da soli. Noel lanciò un'occhiata al tutore. "Ti hanno fatto la radiografia?"

Suo padre annuì. "Te l'avevo detto che era solo una distorsione."

"Questo è vero," disse lei, spostandosi e sedendosi accanto a lui. "Sai che eravamo solo preoccupate per te, vero?"

Lin passò un braccio attorno a sua figlia. "Lo so, tesoro."

"È meglio prevenire che curare. Con tutto quello che sta succedendo, dobbiamo prenderci la miglior cura possibile della tua salute."

Suo padre tacque per un istante. Poi si voltò e la guardò negli occhi. Il suo sguardo grigio scrutò nel suo mentre chiedeva: "Va tutto bene, Noel?"

Lei esitò. "Certo. Perché me lo chiedi?"

Suo padre ridacchiò. "Perché te lo chiedo? La guaritrice ti ha appena detto che la tua energia è bassa e tu non eri nemmeno venuta qui per un controllo, il che significa che lei era preoccupata al punto da visitarti su due piedi. E poi, sei talmente tesa che ho paura che ti strappi."

"Papà." Noel sospirò. "Non rigirare la frittata. Ero preoccupata per la tua caviglia. E se te la fossi rotta? Avresti semplicemente aspettato che guarisse?"

"Non è quello che sto dicendo." Suo padre le scostò i capelli dagli occhi. "Sto parlando della pesantezza che ti porti dietro ovunque tu vada."

"È solo un periodo stressante," disse Noel, voltando la testa per distogliere lo sguardo. Com'era che si sentiva di nuovo quindicenne? "Non sono io quello che si fa pregare per andare dal medico."

Lin rise. "Su questo hai ragione."

Il suono della sua ilarità era contagioso e lei gli restituì lo sguardo sorridendo. "Confessi, allora?"

"Non confesso nulla," disse ammiccando suo padre. Ma poi tornò serio. "Senti, Noel, ho saputo della tua escursione a Eureka."

Noel si irrigidì. "Te lo ha detto Abby?"

Suo padre le rivolse un'occhiata strana e incuriosita. "No. Me lo ha detto Clay. Non sapeva che io non sapevo."

Dunque è stata davvero *Abby,* pensò Noel. Avrebbe dovuto sapere che sua sorella non era capace a tenere i segreti. Era la stessa, vecchia Abby, che diceva a tutti gli affari altrui. Certo, Noel non aveva esattamente detto a sua sorella di non dire nulla. Ed era perfettamente naturale che lei ne parlasse con il suo fidanzato.

"Perché non ce lo hai detto?" chiese suo padre in tono preoccupato. "Deve essere stato molto duro credere che fossi andata a identificare Xavier."

Gli occhi le si riempirono di lacrime e lei si odiò per quello. Aveva giurato di non piangere mai più per quell'uomo, e tuttavia eccola, lì con suo padre, che blaterava come una stupida. "È solo che... non volevo parlarne."

Lin annuì. "È comprensibile. Ma parlare aiuta, sai?"

Noel emise un verso incredulo. "Davvero, papà? Quanto spesso hai parlato della mamma dopo che lei se n'è andata?"

"Con voi ragazze? Solo quando eravate voi a menzionarla," disse suo padre. "Non volevo che voi la odiaste, nel caso tornasse a casa. Ma con il mio terapista? Parecchio. Ho avuto molti problemi da affrontare. E immagino che lo stesso valga per te."

"Sto bene," disse Noel.

Lin rise. "Tale padre, tale figlia, eh, Noel?"

"Che significa?"

"Che siamo entrambi testardi come un mulo. Nessuno dirà mai che siamo persone arrendevoli." Lin ammiccò e le diede un colpetto con la spalla.

Noel avrebbe voluto arrabbiarsi, interrompere la conversazione, ma forse suo padre non aveva torto. In fondo, lei sapeva di essere testarda. "E così sei andato in terapia, eh?

Ti è servito? Hai mai smesso di avercela con la mamma per essersene andata?"

"Non proprio." Lin appoggiò una mano su quella di Noel e le strinse le dita. "Ma ho imparato a fidarmi di nuovo."

La fiducia. Eccola. L'elefante da trecento chili in salotto.

"E ad amare di nuovo," mormorò suo padre.

Un singhiozzo le si bloccò in gola.

"Ascolta, tesoro. Forse avremmo dovuto fare questo discorso mesi fa. Ma devi capire che la maggior parte delle persone non sono come Xavier e tua madre. Non abbandonano volontariamente le famiglie a cui vogliono bene. Tua madre..." Lin scosse la testa. "Non credo che sia mai stata felice. A essere onesti, non penso che nemmeno *lei* sapesse cosa voleva. Forse ci siamo sposati che eravamo troppo giovani. O forse, lei si sentiva in trappola."

"O forse era soltanto egoista," disse Noel.

"Può darsi," disse Lin, rivolgendole un mesto cenno del capo. "Ma il punto è che non lo sappiamo e che probabilmente non lo sapremo mai. Sapere farebbe una qualche differenza? Lei non c'è stata. Noi siamo sopravvissuti, anzi, siamo fioriti e le nostre vite sono colme di amore. Voglio solo che tu abbia tutto quello che hai sempre voluto: la famiglia, i due virgola cinque bambini e il cane. Se ti chiudi in te stessa, non ne deriverà nulla di buono."

"Al cane hai già pensato tu," disse Noel, guardandolo male.

Suo padre ridacchiò. "Questo è vero."

Tacque per un istante. Poi, Noel disse: "Se tengo alte le barriere, magari non otterrò tutto quello che voglio, ma non rimarrò nemmeno ferita."

"Sei sicura?" chiese suo padre.

No. La parola le apparve nella mente senza che Noel avesse nemmeno bisogno di pensarci. Lei non voleva restare da sola, non voleva perdere qualunque cosa fosse cominciata fra lei e Drew. Semplicemente, non sapeva se sarebbe riuscita a sopportare che un'altra persona amata l'abbandonasse.

"Senza fiducia, non siamo integri, mia dolce figlia," disse Lin, stringendole di nuovo le dita. "Voglio solo che tu sia felice. Che viva la tua vita come vuoi tu e senza paura."

"Io vivo la mia vita come voglio io." Di quello, se non altro, lei era sicura.

"Sì. È vero." Lin le diede un colpetto sul ginocchio mentre i guaritori tornavano. "Pensa a quello che ti ho detto. Vedi se si applica a te."

"Certo, papà." Naturalmente, le sue parole si applicavano eccome. Suo padre riusciva sempre a vedere al di là delle sue difese. L'unico problema era che lei non sapeva se fosse pronta ad abbandonare il passato.

CAPITOLO 14

*D*rew entrò nel parcheggio della Moon River Inn. L'albergo degradato si trovava a sud di Eureka e sorgeva sulla riva del fiume Eel. Drew scese dal SUV e passò lo sguardo sul parcheggio per lo più vuoto. Non era esattamente un luogo trafficato. Ciò era sia un bene che un male. Xavier non sarebbe stato difficile da ricordare. Ma se non ci fosse stato nessuno a notarlo, Drew si sarebbe ritrovato senza testimoni.

Il sole era già basso nel cielo quando Drew entrò nell'ufficio del motel. Fumo stantio, mescolato a un vago odore di muffa, era sospeso nell'aria e lui si chiese quando era stata l'ultima volta in cui qualcuno aveva aperto una finestra o pensato di spruzzare un po' di deodorante per ambienti.

"Vuoi una stanza, bello?" chiese da dietro il bancone una rossa audace. Indossava una camicetta scollata e il suo seno abbondante si riversò sul banco mentre si chinava in avanti. Drew aveva la sensazione che la maggior parte degli uomini faticasse a non fissare quello sfoggio, ma lui stava ancora cercando di assimilare l'acconciatura ad alveare e le ciglia finte talmente lunghe che davano l'impressione che la donna avesse un ragno in ciascun occhio. *Look interessante,* pensò.

"A dire il vero, sto cercando una persona," disse Drew, estraendo la foto di Xavier.

"Come tutti," disse la donna, sporgendo le labbra mentre passava lo sguardo sul corpo di Drew.

Drew si sentì accapponare la pelle e dovette costringersi a restare calmo. La sua reazione lo stupì; la attribuì a un sesto senso che lo avvertiva di fare attenzione. La donna era sicuramente esagitata, ma fino a quel momento non aveva fatto nulla di eccessivo. Drew posò la stampa della foto di Xavier sul banco e chiese: "Ha visto quest'uomo?"

"Oggi?" chiese la donna mentre prendeva in mano un pacchetto di sigarette.

"Nell'ultima settimana circa."

La donna tirò fuori una sigaretta dal pacchetto e la rotolò fra due dita. "Chi vuole saperlo?"

"Vicesceriffo Baker, signora." Drew fece scivolare un biglietto da visita sul banco. "Sto solo cercando di contattarlo."

"È nei guai?" La donna mise la sigaretta spenta fra le labbra e giocherellò con un accendino, ma senza dar segno di voler accendere la sigaretta.

"Non che io sappia," disse Drew. Non c'era da stupirsi che il posto puzzasse di fumo. In California era vietato fumare al chiuso, ma Drew era pronto a scommettere che la donna avrebbe acceso la sigaretta non appena lui fosse uscito.

L'addetta all'accoglienza lanciò una nuova occhiata alla foto e parve studiarla. Quando sollevò lo sguardo, si limitò a stringersi nelle spalle. "Non ricordo di aver visto una persona con questo aspetto. Ma del resto, questo è un posto molto frequentato."

Drew si guardò attorno e sbirciò fuori dall'ufficio. Oltre

alla sua, nel parcheggio c'erano soltanto due macchine. "Capita spesso che delle persone soggiornino qui?"

"Sì," rispose la donna, con un entusiastico cenno del capo che liberò qualche ciocca di capelli dall'alveare che aveva in testa. "Sono certa che fra poco ci sarà il pienone."

Drew ne dubitava. Il motel era fuori mano. Era improbabile che molte persone si fermassero laggiù mentre percorrevano la strada costiera. "D'accordo. Grazie per l'aiuto. Ma se dovesse vederlo, potrebbe chiamarmi?"

La donna lanciò una nuova occhiata al biglietto da visita. Quindi, passò per un'ultima volta lo sguardo su Drew mentre si leccava il labbro inferiore. "Certo, vicesceriffo Baker. Sarebbe un *piacere*."

Drew le rivolse un breve cenno del capo e uscì dall'ufficio per tornare al SUV. Salì a bordo, ma invece di accendere subito il motore, osservò la donna all'interno dell'ufficio. Stava calando la notte e, grazie alle luci nell'ufficio, Drew riusciva a vedere perfettamente all'interno e a osservare ogni movimento della donna. Lei prese in mano il suo biglietto da visita, parve osservarlo, quindi lo strappò in due e lo gettò in una pattumiera. Un attimo dopo, accese la sigaretta. Drew non si stupì. Nonostante il palese interesse fisico della donna nei suoi confronti, lei non aveva il minimo interesse nell'aiutarlo a trovare Xavier. Drew aveva la sensazione che stesse nascondendo qualcosa o proteggendo qualcuno. Xavier, magari? Davvero l'ex di Noel era il tipo che passava da una donna di classe come Noel a una che sembrava pronta a esibirsi su un palcoscenico di Las Vegas?

Drew non sapeva come interpretarla. Sapeva solo che ottenere informazioni da lei era una causa persa.

Accese il motore e si immise nella statale a due corsie, diretto verso la tavola calda davanti alla quale era passato mentre si recava alla locanda. Non c'erano molte attività nei paraggi, per cui era ragionevole supporre che, se Xavier aveva soggiornato all'albergo, magari qualcuno dei residenti nelle vicinanze lo aveva visto.

La ghiaia scricchiolò sotto le sue ruote nel parcheggio di Pies, Pies and More Pies.[1] Un'insegna al neon che lampeggiava sopra l'ingresso diceva *Mirtilli*. Un istante dopo, si trasformò in *Mele*. A Drew venne l'acquolina in bocca al pensiero di addentare una torta di mele appena sfornata.

Con la foto di Xavier in tasca, Drew entrò nel modesto ristorante e si sedette al bancone. Il luogo sembrava stato ridecorato per l'ultima volta negli anni Ottanta. I privé erano di vinile arancione, con tavolini laminati. Il linoleum era talmente consumato che c'erano dei veri e propri buchi. Ma la cameriera dal viso rotondo dietro al bancone aveva un sorriso genuino mentre gli metteva di fronte un menu e una tazza di ceramica e chiedeva: "Caffè?"

"Sì, per favore. Grazie, Sally," disse Drew, dopo aver letto l'etichetta con il nome della donna.

Gli occhi della cameriera erano luminosi e invitanti mentre gli riempiva la tazza e chiedeva: "Panna e zucchero?"

"Va bene liscio." Drew consultò il menu, individuò la torta di mele *à la mode* da lui bramata e le indicò. "Se mi porti una fetta di questa, ti sarò debitore per sempre."

La cameriera ridacchiò. "Subito. Desideri altro?"

"Per il momento, va bene così." Drew le restituì il menu e disse: "Grazie."

Mentre Sally si dava da fare dietro al bancone, Drew si voltò e passò lo sguardo sull'ambiente. Era sorprendentemente pieno per un ristorante un po' fuori mano rispetto alla strada principale. Una manciata di giovani famiglie cenava con hamburger e patatine; due anziani gentiluomini sedevano a un tavolino in disparte a giocare a carte; e mezza dozzina di adolescenti beveva bibite e condivideva un gigantesco piatto di nachos a un tavolo vicino al retro. Poi c'erano tutti i single che mangiavano delle torte. Drew non riuscì a trattenere una risata. Si integrava perfettamente.

"Ecco a te," disse Sally, mettendogli di fronte la torta.

"Grazie." Drew prese la forchetta e mangiò un boccone. Chiuse gli occhi ed emise un sommesso gemito di piacere quando il misto di gelato freddo e torta tiepida lo colpì alla lingua. "È buonissima."

"Lo dicono tutti." La cameriera ammiccò e andò a riempire delle tazze di caffè. Sally trattava tutti i clienti con lo stesso calore. Era palese che amava le persone e Drew era sicuro che, se aveva incontrato Xavier, si sarebbe ricordata di lui.

Finì la torta con calma e, quando Sally tornò a riempirgli la tazza, disse: "Posso farti qualche domanda?"

La cameriera appoggiò un gomito sul balcone, inclinò la testa e disse: "Spara."

Non era minimamente guardinga. Ottimo. Drew era fortunato. "Sto cercando di rintracciare un uomo. Ha soggiornato alla locanda in fondo alla strada circa una settimana fa e immagino che si sia fermato qui a mangiare."

Sally annuì. "È probabile. Sembra che prima o poi, tutti passino da qui."

"Non ne dubito. Quella torta di mele era la migliore che io abbia mangiato negli ultimi tempi." Drew tirò fuori la foto scansionata dalla tasca e la mostrò a Sally. "Ricordi di averlo visto da queste parti?"

La donna lanciò una breve occhiata alla foto e annuì. "Certo. È Victor. È stato qui con un altro uomo. Xavier, mi pare."

"Victor?" Drew scrisse il nome nel suo taccuino. "Sei sicura che si sia presentato con quel nome?"

Sally rise. "Non ne ho idea, ma il suo amico lo chiamava così." Le sue sopracciglia si congiunsero mentre rifletteva sulle parole di Drew. "Come mai? Usava una falsa identità? Ha rubato delle carte di credito?"

"Carte di credito?" Drew si strinse nelle spalle. "Immagino sia possibile, ma non lo sto cercando per questo."

"Giuro sulla Dea che, se per colpa di quei due infami ci rimettiamo dei soldi, io do di matto." Gli occhi di Sally lampeggiavano di rabbia quando lei calò un pugno sul bancone.

"Ehi!" esclamò uno degli anziani. "Facciamo meno baccano, per cortesia. Sto cercando di concentrarmi."

Sally lo ignorò e fissò Drew. Il suo atteggiamento vivace si era improvvisamente accalorato. "Sapevo che quei due avrebbero combinato dei guai. Ma non avevo idea del perché."

Drew inarcò entrambe le sopracciglia. "Sapresti spiegare perché ti sei insospettita?"

La cameriera si produsse in una risata nasale. "Certo. L'altro tizio, non questo qui," disse, indicando la foto che aveva di fronte, "era un gran maleducato. Continuava a chiamarmi 'tesoro' e normalmente non mi avrebbe dato fastidio, ma quando ci metti anche le occhiate lascive e le palpate al culo, è troppo."

Porca di quella... Cosa diavolo ci faceva Xavier in compagnia di un individuo del genere? Drew aveva conosciuto l'uomo quando questi viveva a Keating Hollow e, per quanto ne sapeva lui, Xavier era stato un perfetto gentiluomo. Perché si associava a un individuo del genere?

"Victor," disse Sally, indicando di nuovo la foto, "ha detto a quell'asino di piantarla, ma il suo amico ha riso come se fosse una battuta. Se non altro, Victor ha lasciato una buona mancia."

Drew si schiarì la voce. "Hanno detto perché erano in paese?"

La cameriera si accigliò e si massaggiò la fronte, concentrandosi. "Hanno parlato di un lavoro e di una barca da pesca, mi pare. Di solito, andavano allo Yachtsmen's Harbor."

"Perfetto." Drew prese un altro appunto. "Quando è stata l'ultima volta in cui li hai visti?"

Sally si strinse nelle spalle. "Forse una settimana fa."

Drew annuì. "Questo mi è utile. Ricordi altro di loro? Qualcosa che hanno fatto o di cui hanno parlato?"

Sally sollevò i palmi delle mani nel gesto di chi non sapeva nulla. "Mi capita di sentire un sacco di persone. Credo di essermi ricordata di quei due solo perché Xavier era un cretino fatto e finito."

"E Victor?" chiese Drew, sapendo che Sally, quando diceva "Xavier," stava parlando della vittima sconosciuta. "Come si comportava?"

"Bene, con l'eccezione della compagnia."

Drew chiuse il taccuino e le porse il suo biglietto da visita. "Ti ringrazio, Sally. Io sono il vicesceriffo Baker. Se dovessi rivedere quest'uomo, ti sarei grato se mi chiamassi il prima possibile."

"È nei guai?" chiese la giovane, mordendosi il labbro inferiore.

"No." Drew scosse la testa. "Abbiamo solo bisogno di parlare con lui." Buttò sul bancone una banconota da venti, sapendo che era circa il quadruplo del conto. "Grazie per il tempo che mi hai dedicato. Sei stata di grande aiuto."

CAPITOLO 15

*N*oel mise una tazza di cioccolata calda e un piatto di biscotti sul tavolino e sprimacciò un cuscino prima di infilarlo sotto il ginocchio di suo padre. "Ecco la pozione energetica e gli integratori raccomandati dalla guaritrice Whipple. Faith sta arrivando con lo stufato che ha preparato oggi, per cui avrai da mangiare per il resto della settimana. Quando arriverà qui, potremmo giocare a qualcosa. Che ne dici di Monopoli?"

"Noel." Suo padre le coprì la mano con la propria. "Rilassati. Sto bene."

"Ma certo," disse lei, porgendogli la tazza di cioccolata. "Bevi prima che si raffreddi."

Lincoln Townsend abbassò lo sguardo sulla tazza, per poi posarlo sui biscotti sorridenti che Noel aveva decorato dopo cena, e scosse la testa. "Ti sembra che io abbia cinque anni?"

"Papà, sto solo–"

"Mi stai soffocando, Noel." Lin rimise la tazza sul tavolino. "Devo insistere perché tu la smetta di tormentarmi. Vai a fare quella gara di corse con tua sorella. Voi due mi state facendo impazzire."

Noel si mise le mani chiuse a pugno sui fianchi e scosse la testa. "Io non vado da nessuna parte. Qualcuno deve restare con te, nel caso tu abbia bisogno di qualcosa."

"Ci sarà Daisy." Suo padre le rivolse un'occhiata omicida. "Ora vai, prima che io chiami il vicesceriffo Baker e ti faccia sbattere fuori."

Abby ridacchiò.

Noel lanciò un'occhiata infastidita a sua sorella. "Non sei ragionevole, papà."

"Senti chi parla." Lin estrasse il telefono dalla tasca. "Hai due minuti per uscire da qui, oppure chiamo la polizia e ti faccio arrestare per violazione di domicilio."

"Drew non ci butterà certo fuori da casa nostra," insistette Noel, mortificata all'idea che a Drew toccasse fare con una cosa tanto sciocca quanto accompagnarla fuori da casa di suo padre.

"Sei sicura?" Suo padre toccò lo schermo. "Vediamo."

"Papà!" Noel fece per afferrare il telefono, ma suo padre lo allontanò rapidamente dalla sua portata.

"Guarda, suona già." Lin si premette il telefono all'orecchio.

"Basta! Va bene, va bene. Andrò con Abby sull'auto da golf. Ma tu non chiamare Drew."

L'uomo fece un sorriso soddisfatto, toccò lo schermo e si rimise il telefono in tasca.

"Ma aspetteremo che arrivi Faith," disse cocciutamente Noel. Non aveva intenzione di affidare suo padre alle cure di una bambina di sei anni. E poi, cosa sarebbe successo se Daisy avesse combinato qualche guaio mentre suo padre giaceva in poltrona?

"Va bene. Ma aspettatela in cucina. Io voglio guardare il

Duca che fa fuori i cattivi." Lin gesticolò verso da televisione, dove scorrevano i titoli di apertura di uno dei suoi film con John Wayne.

"Hai vinto, papà," disse Noel, ridacchiando fra sé. Suo padre aveva ragione. Lei lo stava soffocando e si preoccupava senza motivo. Considerato quanto era vivace, era palese che suo padre si sentiva benissimo. "Abby e io andremo a complottare un nuovo modo per infastidirti."

"Non ne dubito." Lin prese la tazza e bevve un sorso. Quindi, puntò il telecomando verso la televisione e alzò il volume a un livello quasi assordante.

Abby scivolò giù dallo sgabello e fece cenno Noel di seguirla. Noel lanciò un'occhiata a Daisy, che giocava con il suo cane in mezzo al salotto, all'apparenza ignara del rumore, e seguì con entusiasmo sua sorella in una delle camere da letto.

"Che succede?" le chiese Noel.

"Ho ricevuto un messaggio di Faith. Sta arrivando con il cibo per papà. Lei e Xena dormiranno qui e Faith ha detto che sarebbe molto contenta se si fermassero anche Daisy e Buffy. Crede che a Xena farà bene trascorrere un po' di tempo con un cagnolino educato."

Noel inarcò un sopracciglio. "Buffy non è educata. Non ancora. Sta imparando, ma continua a masticare cose che non dovrebbe. E da quando siamo tornati dai guaritori, ha già avuto un incidente."

"Non credo che tu possa capire prima di aver trascorso del tempo con Xena. È letteralmente il cane del demonio. Dovrai avere compassione di Faith e farle questa concessione."

Noel guardò sua sorella con gli occhi stretti. "È tutto un piano per convincermi a restare fuori fino a tardi con te e fare gli anelli nel fango?"

Abby rise. "No. Potrei di inventarmi qualcosa di molto meglio. Ad esempio, invitare Clay e Drew alla festa."

"Piantala," disse Noel, scuotendo la testa; ma non riuscì a trattenere il sorriso che si impadronì delle sue labbra.

"Oh… Ah-ha, che succede?" Abby agitò una mano di fronte a sua sorella. "Stai sorridendo per il vicesceriffo della città."

"Può darsi." Noel giocherellò con l'orlo della camicia. "Abbiamo un appuntamento, domani sera."

"Cosa?" Abby lanciò un gridolino e afferrò le mani di sua sorella. "Hai un appuntamento con Andrew? Com'è possibile?"

"È passato alla locanda, oggi, e mi ha aiutato con un problema idraulico. Per ringraziarlo, lo porto a cena."

"Un problema idraulico?" Ebbi la guardò insospettita. "Non è un eufemismo, vero?"

"No!" Noel rise. "Eddai, Abs. Mi conosci. O almeno, mi conoscevi."

"Ma certo. Quando eravamo piccole, tu eri sempre quella prudente. E ora è persino peggio." Abby attraversò la stanza e frugò nell'armadio. Quando finalmente trovò quello che stava cercando, si voltò con due bottiglie di vino in mano e disse: "Ah-ha!"

"Cosa ci fanno quelle qui?" Noel prese una delle bottiglie e lesse l'etichetta. Le sue sopracciglia si inarcarono per lo stupore. "È una riserva speciale di quella cantina fantastica a Calistoga. Dove te le sei procurate?"

"Ho i miei perfidi mezzi." Abby sorrise. "A dire il vero, hanno comprato delle candele da me all'ultimo momento, per il loro negozio. Io ne ho mandata qualcuna di troppo e loro mi hanno spedito queste per ringraziarmi."

"Ma perché sono nell'armadio?"

"Perché, mia cara sorella, andavano conservate in un luogo fresco e al riparo dalla luce del sole."

Noel osservò nuovamente le bottiglie di vino, poi l'armadio, e poi si mise a ridere.

"Che hai da sghignazzare?" domandò Abby.

"Le hai nascoste perché nessuno le trovasse. E per nessuno intendo Clair," disse Noel, riferendosi alla ragazza di lunga data del loro padre. "Lei è famosa per il suo amore per il vino… soprattutto il buon vino rosso."

Abby assunse un'espressione imbarazzata. "Va bene, può darsi. La cantina le ha mandate qui perché questo è l'indirizzo della mia attività e il pacco è arrivato una sera in cui lei stava cucinando per papà. Diciamo che… le ho messe qui e me ne sono prontamente dimenticata."

Noel rise di nuovo. "Ma certo."

"D'accordo, mi hai scoperta. Non importa." Abby si recò alla porta. "Ma dovresti ringraziarmi, perché senza queste, ci toccherebbe bere cioccolata calda. E non quella divertente." Sua sorella mosse di scatto la testa. "Forza. Abbiamo una gara da vincere."

"POSSIAMO FARE UNA SOSTA?" chiese Noel mentre Abby imboccava la strada per auto da golf che costeggiava il magico fiume che attraversava il paese.

"Abbiamo già da bere, Noel," disse Abby, sollevando un bicchiere di plastica pieno di vino. "Non mi viene in mente nient'altro che potrebbe servirci."

Noel ridacchiò. "No, non è per quello. Voglio vedere come sta Yvette. Negli ultimi tempi è davvero fuori forma e non sono sicura che stia bene."

Abby lanciò un'occhiata a Noel, le sopracciglia aggrottate dalla preoccupazione. "Sai una cosa? Hai ragione. Era molto tesa, le ultime volte che l'ho vista. Credi che lei e Isaac abbiano dei problemi?"

Noel sollevò lo sguardo sulla luna piena e sospirò. "Spero di no. Isaac è stato davvero un buon acquisto per la famiglia. Non vorrei mai doverlo prendere a calci per aver maltrattato mia sorella."

"Siamo in due," disse Abby, svoltando in Main Street. Era una fredda serata di dicembre e il paese era completamente chiuso. Gli unici posti ancora aperti erano i due ristoranti e la Townsend Brewery. A giudicare dal numero di auto parcheggiate in strada, non sembrava che nessuna di quelle attività fosse particolarmente indaffarata.

Abby uscì dalla strada principale e poco dopo si fermò di fronte a un'elegante casa vittoriana a due piani. La luce si riversava dalle finestre e due auto erano parcheggiate nel viale.

"Sembra che siano a casa," disse Noel mentre percorrevano il vialetto.

Abby suonò il campanello e si circondò con le braccia. "Brr. Non ti sembra che faccia più freddo? All'improvviso, sto gelando."

"Ci sono cinque gradi, Abby. Te l'avevo detto che faceva troppo freddo per andare in auto da golf," disse Noel, levando gli occhi al cielo.

"Non faceva così freddo quando eravamo sull'auto. Giuro che questa casa si trova in mezzo a non so quale vortice invernale."

La porta si spalancò e Yvette apparve sulla soglia, con gli occhi rossi e gonfi come se avesse pianto. I suoi capelli castani erano legati in una disastrosa coda di cavallo e aveva una macchia di caffè sulla camicia bianca.

"Vette?" chiese Noel, allarmata dall'aspetto di sua sorella. Yvette era un disastro. "Cos'è successo? Qualcosa non va?"

Yvette si guardò alle spalle e scosse la testa. "Non posso parlare, adesso."

Alle sue spalle apparve Isaac, con un borsone in mano. Indossava pantaloni e una camicia grigio acciaio. I suoi folti capelli neri erano tagliati di fresco e la sua mascella era rasata. Alto e dalle spalle larghe, l'uomo sembrava appena uscito dalla pubblicità di una colonia.

"Dove vai?" chiese Yvette. "Non puoi andartene adesso. Stavamo discutendo."

"No. Tu mi stavi accusando di aver mentito mentre io cercavo di spiegarti dove sono stato le ultime due sere. E sai una cosa? Non ne ho le forze. Vado a stare da Jake per qualche giorno."

"Isaac!" gridò Yvette mentre l'uomo si recava alla macchina. "Cosa diavolo stai facendo?"

"Me ne vado," disse Isaac, saltando a bordo di una BMW nuova di zecca.

"Dove l'ha presa?" bisbigliò Noel a Abby.

"Non ne ho idea. L'ultima volta che l'ho visto, guidava una Toyota."

"Se te ne vai, evita pure di tornare, bastardo!" gridò Yvette mentre l'auto partiva a tutta birra. Poi emise un singhiozzo soffocato, si voltò e svanì dentro casa.

Noel ed Abby si scambiarono un'occhiata e, senza dire una parola, la seguirono. Trovarono Yvette riversa su una sedia al tavolo della cucina, con una bottiglia di vino chiusa di fronte a sé.

"Vuoi che te la apra?" chiese Abby, indicando il vino.

Yvette inclinò la testa verso l'alto, le lacrime che le scorrevano lungo le guance. "C-credo di aver bisogno di qualcosa di più f-forte."

"Va bene." Noel si recò al frigobar dall'altra parte della

cucina e tirò fuori una bottiglia di Gray Goose. Senza perdere tempo, versò un bicchierino a Yvette, quindi si mise a frugare nel frigorifero principale in cerca di qualcosa con cui mescolarla.

Yvette trangugiò la vodka e se ne versò dell'altra prima di dire: "C'è della birra allo zenzero nello sportello."

"Perfetto." Noel radunò gli ingredienti del Moscow Mule mentre Abby teneva la mano di Yvette.

"Che succede, Vette?" le chiese Abby. "So che negli ultimi tempi le cose non andavano bene, ma di che si tratta? C'è un'altra donna?"

Grosse lacrime scorrevano sul viso di Yvette mentre lei si stringeva nelle spalle. "Non lo so con certezza." Chiuse gli occhi e trasse un respiro tremante, cercando di controllare le emozioni. "So solo che mi sta mentendo su qualcosa. Ieri sera non è tornato prima delle due. La sera prima è tornato a mezzanotte."

"Dove ha detto di essere stato?" chiese Noel mentre affettava un lime.

"In ufficio." Un altro singhiozzo si bloccò nella gola di Yvette mentre aggiungeva: "Ma ieri ho chiamato e–" Fece una pausa per riprendersi. Quando parlò di nuovo, la sua voce era a malapena udibile. "Mi hanno detto che se n'era andato alle sette."

"Oh, tesoro." Abby circondò sua sorella con le braccia, attirandola a sé mentre Yvette continuava a piangere. "Mi dispiace tanto. Cosa ha detto lui quando glielo hai chiesto?"

"Ha detto che aveva una cena di lavoro. Ma non è vero," rispose Yvette, la voce soffocata. "Io ho accesso alla carta di credito aziendale. Non c'erano addebiti. Lui è il capo; paga sempre lui."

Noel portò una brocca di Moscow Mule a tavola e riempì

un bicchiere per ciascuna. Abby incrociò il suo sguardo e le due si fissarono a vicenda, entrambe ignare di come gestire la crisi.

"Tenete." Noel mise un bicchiere di fronte a ciascuna. Sapeva che quella non era la reazione più matura del mondo a una rottura imminente, ma in quel momento, non sembrava esserci altro da fare. "Bevi questo. Poi ti diamo una ripulita e ti portiamo fuori. Abbiamo una gara di auto da golf da vincere."

Abby rivolse a Yvette un piccolo sorriso e un cenno di incoraggiamento.

"Non voglio andare da nessuna parte," disse Yvette, tirando su col naso.

"Non ti lasceremo qui a piangerti addosso," disse gentilmente Abby. "Dai, Vette. Andiamo a divertirci e a prendere un po' d'aria fresca. Uscire ti farà bene."

Yvette sollevò la testa e lanciò un'occhiata a Noel. "La costringerai a riportarmi a casa se te lo chiedo?"

Noel trattenne una risata. "Ma certo, Yvette. Sono dalla tua parte."

"Ehi!" esclamò Abby. "Cosa volete dire voi due?"

"Credo che tu e quell'auto da golf vi stiate facendo una pessima reputazione," disse Noel, stringendosi nelle spalle. "Corse, anelli... ci manca solo il motore truccato."

"Ecco..." esordì Abby.

"Ma insomma!" Yvette si voltò verso Abby, gli occhi spalancati per lo stupore. "Sei impazzita?"

"Devo pur battere Wanda!" Abby levò le mani al cielo. "Hai visto come si vanta? Tiene persino una classifica in auto e me la sbatte in faccia tutte le volte che la vedo. Devo recuperare per smetterla di sentirle. Giuro che, se non le volessi tanto bene, mi toccherebbe aggiungere una pozione di silenzio al suo vino."

"Sul serio, Abby?" disse Yvette. "Una pozione di silenzio?"

"Sta scherzando." Noel prese un thermos all'armadietto di Yvette. Lo mostrò. "Non possiamo andare senza le nostre libagioni."

"Tu fai rifornimento," disse Abby a Noel. "Io porto Yvette di sopra e le do una ripulita. Scenderemo fra due minuti."

Noel guardò Abby portare Yvette fuori dalla stanza. Era stata nei panni di Yvette tre anni prima: confusa, furiosa e ferita. La familiare sofferenza della perdita le riecheggiava nell'anima e lei pregò che Isaac e sua sorella trovassero una soluzione. Fino a non molto tempo prima, erano stati felici. Non si poteva sapere cosa fosse accaduto fra di loro, ma per il bene di sua sorella, lei sperava che fosse qualcosa a cui si poteva porre rimedio. Fino ad allora, avrebbe fatto tutto ciò che era in suo potere per assicurarsi che Yvette sapesse di non essere sola e che le sue sorelle le sarebbero rimaste accanto… in qualunque circostanza.

$\mathcal{L}$'auto da golf di Wanda lampeggiò con i suoi fari purpurei mentre se ne stava in folle all'improvvisata linea di partenza vicino al confine dei boschi. Wanda premette il freno due volte, a indicare che era tempo di partire.

"Arriverò quando sarò pronta," disse Abby, bevendo un lungo sorso di Moscow Mule. "Crede di essere tanto figa, con i fari viola e Prince sparato dagli altoparlanti. Ma sapete cosa ho io?"

Noel rise. In teoria, Abby aveva portato l'alcol di rinforzo per Yvette, ma ne aveva assunto una buona quantità e la cosa cominciava a vedersi. "Cosa, Abs?"

Abby premette un interruttore. Le luci si accesero, illuminandole di un bagliore rosa. Abby sorrise e permette un pulsante sull'iPhone. Natalie Cole cominciò a cantare a tutto volume della sua Cadillac rosa. "Sapete quale sarebbe l'unica cosa che migliorerebbe tutto?"

"Se guidassi io?" chiese Noel, togliendo il thermos con l'alcol a sua sorella.

"Che divertente," disse sarcastica Abby. "L'unica cosa che migliorerebbe tutto sarebbe–"

"Se l'auto stessa fosse rosa," disse Yvette, sottraendo l'alcol a Noel.

"Esatto!" Abby diede il cinque a Yvette e fece per sedersi al posto di guida, ma mise un piede in fallo e scivolò nell'erba bagnata.

"Va bene, basta così. Guido io," disse Noel, prendendo posto al volante.

"Eh no!" Abby la spinse via e balzò sul sedile. "È una vita che aspetto di battere Wanda. Non mi tirerò indietro adesso."

L'auto da golf scattò in avanti e Noel e Yvette lanciarono un grido di sorpresa.

"Va bene, sul serio," disse Noel, aggrappandosi fortemente alla carrozzeria. "Abby, sei sicura di essere in grado di guidare?"

"Sì. Sono solo scivolata sull'erba. Ce la faccio." Abby avanzò lentamente fino alla linea di partenza, accanto all'auto di Wanda.

Wanda abbassò la musica e fece cenno a Abby di fare lo stesso.

"Allora, Wanda? Sei pronta a farti fare il culo?" la provocò Abby.

"Seriamente?" chiese ridendo Hanna. "Quanti anni abbiamo, dodici?"

"A quanto pare," disse Noel, salutando con un gesto Hanna e Wanda. Hanna ricambiò il saluto, ma Wanda era concentrata su Abby.

"Andrai a fondo, Townsend... di nuovo. Pronta a mangiare la polvere?" ricambiò Wanda, per poi aggiungere: "Siamo quattro a zero per me. Non vedo l'ora di aggiungere un'altra tacca."

"Vedremo." Abby accentuò la presa sul volante. "Diamoci una mossa. Fino al fiume e ritorno? La prima a tagliare il traguardo vincerà il diritto di vantarsi e due dozzine di Delizie Decadenti da a Spoonful of Magic."

Noel e Yvette si scambiarono un'occhiata. Le Delizie Decadenti erano una creazione speciale della signorina Maple, fatte a mano da lei e infuse di magia della terra. Erano squisite.

"Andiamo," disse Wanda, porgendo una trombetta a Hanna. "Al suono della trombetta, farete meglio a partire."

"Dai!" disse Abby.

Hanna sollevò la trombetta in aria e disse: "Pronte, partenza, via!"

Il suono penetrante colmò l'aria ed entrambe le auto da golf scattarono in avanti. Noel e Yvette esultarono e cominciarono a cantilenare: "Vai, vai, vai, vai!"

Wanda rimise Prince e il volume della musica soffocò il loro tifo.

"Col cavolo." Noel sollevò la mano, avvicinò pollice e indice e bisbigliò: "Volume."

La voce di Prince si abbassò fino a ridursi a un ruggito sommesso e Noel ridacchiò mentre Wanda le mostrava il medio.

"Molto divertente, Noel, ma nel caso tu non te ne sia accorta, abbiamo mezza lunghezza di svantaggio," disse Abby, che si sporgeva in avanti seduta sul bordo del sedile, come se ciò potesse far andare più veloce l'auto.

"Pensavo che tu avessi truccato il motore," disse Noel.

"Sì, ma devo attivare il turbo alla fine, altrimenti scarica troppo la batteria. E comunque, non basta a compensare lo svantaggio."

"Ho un'idea," disse Yvette dal sedile posteriore. Si sporse in avanti, infilando la testa in mezzo a loro due. "Noel potrebbe usare la sua magia dell'aria per darci una spinta."

"Yvette! Sarebbe barare," disse Noel, scoppiando a ridere. "Non possiamo."

"Un corno," disse Abby, saltellando sul sedile. "Dai, Noel, dacci una spinta."

"Fallo! Fallo! Fallo!" cantilenò Yvette. L'enorme sorriso sul suo viso mentre si lasciava andare al momento e creava un contrasto fortissimo con le condizioni in cui era quando l'avevano trovata e Noel non riuscì a dire di no. Avrebbe fatto spuntare le ali all'auto da golf se ciò avesse significato prolungare quel momento di gioia per sua sorella.

"D'accordo. Ci penso io."

Noel si contorse e si spostò sul sedile posteriore con Yvette. Indicò il sedile che aveva appena abbandonato e fece cenno a Yvette di prendere il suo posto. "Forza. Vai a fare il secondo pilota."

Yvette esultò e si spostò sul sedile. Lei ed Abby continuarono a cantilenare: "Fallo! Fallo! Fallo!"

Ridacchiando fra sé, Noel si voltò verso il retro dell'auto da golf, tese le mani e le braccia e disse: "Soffia."

Il vento cominciò a farsi più forte dietro all'auto, concentrandosi come una gigantesca sfera di energia invisibile. Quando la sfera fu praticamente sul punto di scoppiare dall'energia, Noel si voltò e appoggiò le braccia sul sedile di fronte.

"Vai, vai, vai!" esclamò Yvette mentre Abby sterzava e faceva un'inversione a U sulla riva del fiume.

Wanda e Hanna avevano una lunghezza piena di vantaggio, ormai. Noel sorrise, pensando alla faccia che avrebbe fatto Wanda quando le avrebbe viste che la superavano. Sarebbe stata una scena epica.

Non appena Abby ebbe voltato l'auto da golf verso il traguardo, Noel gridò: "Spingi!"

L'energia nella sfera crepitò e prese il volo verso il paraurti posteriore, spingendo l'auto con forza notevole.

Le tre sorelle esultarono mentre oltrepassavano Hanna e Wanda, superandole di un'intera lunghezza.

Noel udì Wanda imprecare e ridacchiò fra sé. Ora che avevano aperto la porta all'uso della magia, chissà cosa avrebbero tentato quelle due. Ma dubitava fortemente che la magia del fuoco di Wanda o la magia dell'acqua di Hanna sarebbero state di grande aiuto in una situazione come quella.

Proprio mentre lei cominciava a pensare a come avrebbero potuto usare la magia a loro vantaggio, una pioggia torrenziale cominciò a tempestare l'auto da golf.

"Che diamine?" esclamò Abby. "Non doveva piovere, questa sera."

"Piove solo su di noi!" esclamò Yvette, sovrastando il rumore delle gocce che cadevano.

"Porca di quella... E nessuna di noi è una strega dell'acqua che possa controbattere," disse Noel.

"Dov'è Faith quando c'è bisogno di lei?" Abby azionò i tergicristalli, ma la pioggia cadeva troppo forte.

"Ci penso io." Noel si appoggiò allo schienale, chiuse gli occhi e immaginò una bolla d'aria di fronte al parabrezza.

"Funziona!" esclamò Abby, voltando la testa.

"Ma stiamo rallentando," disse Yvette.

Noel spalancò gli occhi. Effettivamente, la bolla d'aria rallentava l'auto da golf e Wanda stava guadagnando terreno.

"Dai!" esclamò Yvette.

"Puoi farcela, Abby," disse Noel. "Continua ad accelerare."

"Stiamo andando al massimo," disse Abby, lanciando un'occhiata a Wanda.

Wanda le salutò mentre la sua auto cominciava lentamente a superarle. Quindi gettò la testa all'indietro e rise. "Non vedo l'ora di addentare una Delizia Decadente!"

"Ti piacerebbe," disse Abby. Quindi, permette un pulsante rosso sul cruscotto. Per un attimo, Noel ebbe la certezza che il turbo non avesse funzionato e si lasciò ricadere sul sedile, sgonfiata.

Ma poi, all'improvviso, l'auto da golf fremette di energia e schizzò in avanti, battendo Wanda sul tempo di pochi centimetri.

"Sì, sì, sì, sì!" Abby arrestò l'auto da golf, saltò fuori e fece un balletto assurdo che prevedeva di agitare un sacco il sedere. "Ho vinto! Finalmente!"

Yvette la seguì e le due si tennero per mano mentre saltellavano in cerchio.

"Ha vinto solo grazie al tuo aiuto," disse Wanda a Noel, scuotendo esasperata la testa.

"Può darsi," disse Noel. "Ma alla fin delle finite, è stata lei a risolvere la situazione. Bisogna riconoscerglielo. E noi eravamo in tre, non in due. Devi ammettere che è stata una vittoria notevole, con la ripresa e tutto il resto."

"Sì, va bene, come no. Notevolissima. Resto comunque la regina delle gare di auto da golf."

"Non ne dubita nessuno," disse Noel, ridendo. "Ottimo lavoro, Hanna. La pioggia ci ha quasi fregate."

"Grazie. È stato divertente... anche se non abbiamo vinto," disse Hanna.

"Ci rifaremo la prossima volta," disse Wanda mentre saliva sulla sua auto. "Goditi la vittoria, Townsend," esclamò rivolta a Abby mentre le sfrecciava accanto. "La prossima volta, sarò più che pronta per i tuoi trucchetti."

"Dovrò darci dentro," disse Abby mentre sollevava il

thermos alcolico e beveva un sorso per festeggiare. "Wanda complotterà per giorni un modo per farmi fuori."

"Oh, Abby. Potrai preoccupartene più tardi." Yvette si sedette al posto di guida e, con un bagliore negli occhi, aggiunse: "Ora bisogna festeggiare. Salite a bordo."

"Ha ragione lei," disse Noel, prendendo posto accanto a Yvette. "Hai vinto. Godiamoci la vittoria!"

Abby salì a bordo disse: "D'accordo, ci sto. Festeggiamo!"

"Whoohoo!" Yvette premette l'acceleratore a tavoletta, girò il volante e fece ruotare l'auto, tracciando un anello. Lanciò un altro grido e girò il volante nella direzione opposta. Solo che, invece di ruotare, l'auto andò dritta, verso il fosso. "Oh, no! Fermati, fermati!" gridò Yvette, premendo il freno. "Non si ferma. Stiamo andando... *oomph!*"

L'auto da golf si arrestò bruscamente in un canale di scolo in fondo a un piccolo pendio.

Le ruote girarono a vuoto e sollevarono il fango, che schizzò sull'auto e le coprì tutte e tre con uno strato di sporco.

Tutte tacquero per un istante mentre assimilavano ciò che era appena accaduto.

"Porca miseria," disse infine Noel, scendendo tremante dall'auto. "Cos'è successo?"

"La mia auto!" gridò Abby, emergendo dal sedile posteriore coperta di fango. "Ma che... Guarda cosa hai fatto! Le ruote sono sommerse."

"Si sono bloccati i freni. Mi dispiace tanto, Abs," disse Yvette, gli occhi che luccicavano di nuovo di lacrime. "Oddio, ci ho quasi ammazzate!"

"Va tutto bene," disse Noel, afferrando la mano di sua sorella. "A parte il fango e il fatto che dovranno rimorchiarci fuori, è tutto a posto. Non c'è bisogno di avere crisi di panico."

"Dov'è il mio telefono?" disse Abby, frugando nelle tasche.

"Mi sa che ho perso il telefono. Porca di quella... Cosa facciamo, adesso? Ci sono otto chilometri da qui a casa di papà."

"Rilassati. Ho qui il mio," disse Noel, fissando la rubrica. "Clay è libero?"

"Dovrebbe," disse Abby.

Noel premette il pulsante di chiamata. Ma la voce che rispose non era quella di Clay. "Vicesceriffo Baker," disse Noel. "C'è un motivo per cui sei tu a rispondere al telefono del mio futuro cognato?"

"Sì," rispose l'uomo in tono divertito. "Clay e io stavamo per farci una birra e il tuo nome è apparso sul suo schermo invece che sul mio. Può darsi che mi sia ingelosito un poco."

"Ingelosito?" gli fece eco lei, levando gli occhi al cielo. "Ma dai. Non essere ridicolo."

Drew ridacchiò. "Al cuore non si comanda. Ora, dimmi: cosa può fare per te il mio amico Clay che io non posso fare?"

"Non è... Ehm..." Accidenti. Noel non voleva dirgli che erano finite in un fosso. Non appena l'avrebbe fatto, l'uomo sarebbe accorso ad aiutarla e l'avrebbe trovata con l'aspetto del mostro della laguna nera.

"Abbiamo bisogno di un rimorchio," gridò Abby. "Sali in auto e vieni qui."

"Abby!" disse Noel in un sussurro sommesso. "Zitta."

"Cosa c'è? Abbiamo bisogno di aiuto. Se è con Clay, lo scoprirà comunque."

Noel sospirò. Sua sorella non aveva torto.

"Come? Vi serve un rimorchio? Dove siete?" chiese l'uomo, improvvisamente allarmato. "Avete fatto un incidente? Ci sono feriti? Ho bisogno di dettagli, Noel."

"Nessuno si è fatto male," disse Noel. "Eravamo in auto da golf e–"

"Stavate facendo una gara." L'accusa dell'uomo le strappò una smorfia e Noel si sentì di nuovo una sedicenne colta sul fatto mentre rubava l'auto di famiglia.

"Sì, ma non ci siamo schiantate mentre gareggiavamo," disse lei, sulla difensiva. "Anzi, abbiamo fatto il culo a Wanda e Hanna."

"Ma vi siete schiantate? Come?"

Noel prese fiato, sussultò e disse: "Yvette stava facendo gli anelli."

CAPITOLO 17

"*L*e nostre donne sono finite in un fosso," disse Drew a Clay dopo la conclusione della telefonata con Noel.

"Davvero? L'auto da golf è in un fosso?" chiese Clay. "Sapevo che prima o poi sarebbe successo. Abby ha perso la testa per quell'arnese."

"Non era Abby a guidare," disse Drew, scendendo dallo sgabello. Era passato alla Keating Hollow Brewery un attimo prima della chiusura, dopo essere tornato da Eureka. Lui e Clay erano pronti a bersi qualche birra quando Drew aveva visto il nome di Noel lampeggiare sul telefono di Clay. "Era Yvette."

"Buon Dio. Ha contagiato le sue sorelle con quell'assurda ossessione." Clay prese le chiavi. "Andiamo a tirarle fuori. Dove sono?"

"Al fiume." Drew seguì il suo amico fuori del birrificio.

"Ti pareva." Una volta usciti, passarono lo sguardo dalla Jeep di Clay al SUV di Drew. Sulla Jeep Wrangler non c'era posto per cinque persone. "Io ti seguo," disse Clay. "Sulla mia auto non ci stiamo tutti, ma ne avremo bisogno per liberare l'auto da golf. Per fortuna non ho restituito il rimorchio che avevo preso in prestito il mese scorso."

"Davvero," disse ridacchiando Drew. "Mi sa che dovresti comprartene uno, considerato quest'ultimo sviluppo."

"Non hai torto," disse il suo amico. Quindi, strinse gli occhi. "Le *nostre* donne? Intendi Abby e Noel?"

Drew aveva sperato che Clay non avesse notato il lapsus. Non sapeva esattamente quando aveva cominciato a considerare Noel sua, ma ormai l'aveva detto e non poteva tornare indietro. Tanto valeva assumersi le sue responsabilità. Clay non gliel'avrebbe fatta passare liscia. "Sì. Abby e Noel."

"Da quando Noel è la tua donna?" chiese Clay mentre sbloccava il furgone e prendeva posto sul sedile del guidatore.

"Da qualche ora fa, credo. Abbiamo avuto, ehm, un momento."

"Un momento?" Clay rise. "Nel senso che siete andati a letto insieme?"

"Non fare il porco, Garrison." Drew scosse la testa e si ritirò verso il SUV. "Vuol dire solo che forse, finalmente, potremmo essere pronti ad andare oltre l'amicizia. Abbiamo un appuntamento, domani sera."

"Beh, era dannatamente ora," disse Clay. Attaccarono rapidamente il rimorchio alla Jeep. Quindi, Clay sbatté la portiera e partì, diretto verso il fiume.

Non impiegarono molto a trovare le sorelle Townsend. Yvette aveva usato la magia per accendere un focherello, dando agli uomini un punto di riferimento facile da individuare.

Drew arrestò il SUV accanto alle donne, che si trovavano attorno al fuoco da campo improvvisato. "Serve un passaggio?"

Il volto di Noel fu illuminato da un sorriso e Andrew dovette trattenere una risata. La donna era un disastro, mezza coperta di fango e con i capelli incrostati. Ma quel sorriso... irradiava gioia. "Non hai idea di quanto sia felice di vederti."

Drew saltò giù e le aprì la portiera. "Sali; fa freddo. Io aiuto Clay a liberare quell'affare."

Noel fece per salire sul sedile davanti, ma poi si fermò e si voltò verso di lui. "Ti sporco tutta l'auto. Hai un asciugamano o qualcosa del genere?"

Lui scosse la testa. "Non preoccuparti. I sedili di pelle sono facili da pulire."

Noel gemette. "Mi dispiace tanto."

"A me no." Drew le ammiccò, quindi si rivolse a Abby e Yvette. "Potete pure raggiungerla."

Abby scosse la testa. "Io aiuto Clay con la mia bambina."

"E io mi assicurerò che abbiate abbastanza luce," aggiunse Yvette.

"Diamine. Non posso starmene qui seduta mentre voi vi date tutti da fare," disse Noel, aprendo la portiera.

"Non preoccuparti, Noel," disse Abby. "E poi, non so se sia rimasto un compito da assegnare. Grideremo se abbiamo bisogno di te."

Noel esitò per un istante, ma quando Drew si allungò ad accendere il riscaldamento, si rimise comoda e disse: "D'accordo. Resto in panchina."

Accidenti, è adorabile, pensò Drew mentre la guardava. Il fatto che Noel avesse la guancia sporca di fango e i capelli che erano un blocco unico non faceva che renderla ancora più concreta. Gli lampeggiò nella mente la visione di lui che la spogliava. Cosa non avrebbe dato per essere quello che avrebbe lavato via il fango che copriva la sua pelle perfetta.

"Terra a Drew," chiamò Clay. "Vogliamo finire entro questa sera, o dobbiamo rinviare a domani?"

Drew riportò l'attenzione al suo amico. "Eh?"

"L'auto da golf." Clay indicò il veicolo infilato nel fosso. "Vuoi agganciare la catena in modo che possiamo tirarla fuori?"

"Giusto." Drew lanciò un'ultima occhiata a Noel, sorrise e si mise al lavoro.

Venti minuti dopo, avevano caricato l'auto da golf sul furgone. Fortunatamente, la "bambina" di Abby aveva solo una gomma a terra e Clay aveva promesso di rimetterla in sesto in un paio di giorni.

"Sei fantastico," disse Abby al suo fidanzato, per poi rivolgere un cenno del capo a Yvette. "Spegni pure il fuoco. Siamo pronti ad andare."

"Va bene." Il fuoco si spense e Yvette fece per incamminarsi verso il SUV.

"Vette, ti diamo un passaggio noi," disse Abby. "Casa tua è lungo la strada."

In realtà, Yvette viveva più o meno alla stessa distanza da Abby e da Noel, per cui non aveva davvero importanza chi le avrebbe dato un passaggio. Ma era palese che Abby non avrebbe accettato una risposta negativa.

"E poi," aggiunse Abby, "ho lasciato la mia riserva privata di vino nella tua cucina. Ho dei progetti per domani sera."

Noel scosse la testa e borbottò qualcosa sottovoce. Qualcosa che suonava molto simile alla parola *cazzate*.

"Va bene," disse Yvette, per poi salire a bordo della Jeep. Clay suonò il clacson mentre partiva.

Abby sporse la testa dal finestrino e disse: "Divertitevi, voi due. E per 'divertitevi' non intendo giocare a Scarabeo!"

"Tua sorella è una pazza furiosa," disse Drew dopo essere salito sul SUV.

"Ha bevuto un po' troppo." Noel allacciò la cintura. "Scommetto che domani se ne pentirà."

Drew inserì la retromarcia e seguì le luci della Jeep lungo il sentiero per le auto da golf. "Non ha una pozione per trattare le sbornie?"

"Beh, sì, ma solo quando è nelle condizioni di prepararla. Se è ubriaca fradicia, dubito che la sua magia servirà a qualcosa." Noel sogghignò. "Le sta bene. Guarda in cosa ci ha cacciate."

Drew le lanciò un'occhiata, godendosi pienamente la sua compagnia. Noel era rilassata e le permetteva di vederla con la guardia abbassata. Lui non riuscì a trattenersi dal volerla ancora di più. "Ma vi siete divertite, vero?"

"Sì." Noel buttò la testa all'indietro e rise. "Moltissimo. Ho la sensazione che continueremo a raccontare quella storia per anni."

Drew annuì e sperò silenziosamente che sarebbe stato al suo fianco per ascoltare la storia.

Troppo presto, Drew parcheggiò il SUV di fronte alla locanda. Prima che Noel potesse dire qualcosa, lui saltò giù e corse ad aprire la portiera.

"Non dovevi farlo, Drew," disse la donna, offrendogli un sorriso timido e vulnerabile.

"Se significa ottenere un altro di quei sorrisi, allora sì, dovevo." Le prese con delicatezza la mano e la accompagnò alla porta.

Nel bagliore delle luci della veranda, Noel abbassò lo sguardo su se stessa e fece una smorfia. "Oddea. Non riesco a credere che tu mi stia vedendo in queste condizioni. Sembro il mostro della palude."

"Sei adorabile," disse Drew, appoggiandole una mano sulla guancia. "E, Noel?"

"Sì," disse senza fiato lei.

"Sono davvero felice che tu stia bene." Drew abbassò la testa e le sfiorò le labbra con le proprie.

Lei esitò per un istante, ma quando Drew le schiuse delicatamente le labbra con la lingua, lei ondeggiò verso di lui, cedevole fra le sue braccia. Drew le passò un braccio attorno alla vita e la attirò a sé in modo da avvertire ogni centimetro del suo corpo morbido premuto contro il proprio.

"Sei perfetta," bisbigliò, per poi baciarla di nuovo, godendosi il leggero sapore di lime.

Noel ridacchiò e si staccò leggermente. "Perfetta? Credo che i tuoi standard siano un tantino bassi, vicesceriffo Baker. Sembrerebbe che ti abbia coperto di fango."

Abbassando lo sguardo sui jeans e la maglietta, gli abiti civili che aveva indossato prima di andare a Eureka nel pomeriggio, Drew si strinse nelle spalle. "Sono sempre felice di sporcarmi con te, Noel."

"Ottima risposta," mormorò lei. Gli passò le braccia attorno al collo e, questa volta, quando le sue labbra incontrarono quelle di lui, erano talmente piene di passione che Drew ebbe la certezza che non sarebbe mai riuscito a lasciarla andare.

CAPITOLO 18

Il mattino dopo, quando Drew si svegliò, sentiva ancora le labbra di Noel sulle sue. C'era voluto fino all'ultimo grammo della sua forza di volontà per non seguirla dentro casa. Dio sapeva che avrebbe voluto farlo. Ma non era il momento. Non ancora. Non voleva lasciarsi coinvolgere fino a tal punto mentre ancora lavorava sul caso di ritrovare l'ex di Noel. Perlomeno, non fino a quando lei ne era all'oscuro. Gliene avrebbe parlato quella sera, all'appuntamento.

Dopo una rapida doccia, Drew indossò abiti civili, prese una tazza di caffè e chiamò in ufficio per informare Clarissa che quel giorno sarebbe andato fuori città. Quindi si diresse verso Yachtsmen's Harbor per seguire la pista che aveva ottenuto da Sally di Pies, Pies and More Pies. Quando entrò con il SUV nel parcheggio, individuò l'insegna della Pacific Cove Boat Rentals. Annuì. La cosa aveva senso. Quello era l'altro luogo, oltre alla Moon River Inn, in cui era stato avvistato Xavier.

C'era il sole, evento raro per la costa agli inizi di dicembre, mentre Drew si recava al chiosco dei noleggi.

Una giovane bruna era appollaiata su uno sgabello dietro al bancone. La donna rivolse a Drew un enorme sorriso e un saluto con un dito, dicendo: "Ma ciao, bellissimo."

"Salve…" Drew lanciò un'occhiata alla targhetta con il nome della giovane. "Whitney. Speravo che tu potessi darmi una mano."

"Per te? Qualunque cosa." La giovane si sporse in avanti, appoggiando il peso sui gomiti. "Hai bisogno di una barca? Vuoi andare a pescare?"

"No, grazie. Sono il vicesceriffo Baker e sto cercando una persona." Drew estrasse per prima cosa il tesserino, poi la foto di Xavier. "Puoi dirmi se hai visto quest'uomo?"

Il sorriso civettuolo della ragazza svanì nell'istante in cui suo sguardo si posò sulla foto. "Sì. Lui è il tizio che ha ucciso Xavier."

Le sopracciglia di Drew scattarono verso l'alto. "Vuoi dire l'uomo che è stato trovato sulla spiaggia a Trinidad?"

"Sì. Proprio lui." Whitney si ritrasse di scatto e incrociò le braccia. "Si faceva chiamare Victor."

Drew la osservò per un istante, quindi chiese: "Cosa ti fa pensare che abbia ucciso Xavier?"

"È l'acqua cheta che rovina i ponti," disse la ragazza. "Fanno tanto i carini e poi BAM! Viene fuori che sono degli stalker o degli infami che vanno a letto con la tua migliore amica."

Ehi, pensò Drew. *Questa qui ha dei problemi.* La signorina Allegra era stata sostituita dalla signorina Irrazionale. "Capisco. Potresti dirmi quando è stata l'ultima volta che hai visto Victor?"

"Il giorno in cui lui e Xavier sono venuti qui a noleggiare la barca. Dicevano che sarebbero andati a pesca di tonni. La barca è uscita, ma non è più tornata."

"Li hai visti insieme sulla barca prima che partissero?"

Whitney scosse la testa. "No. Io sbrigo solo le scartoffie. Devi chiedere a Ralph, all'attracco."

"Capito." Drew prese qualche appunto. "Mi sei stata di grande aiuto, Whitney. C'è qualcos'altro che ricordi riguardo a quel giorno e che pensi potrebbe essere importante?"

La giovane strinse gli occhi e la sua voce si indurì quando disse: "Sì. Xavier meritava quello che gli è successo. Non mi dispiace che sia morto."

I sottili capelli sulla nuca di Drew si rizzarono. "Cosa ti ha fatto?"

L'espressione della giovane si tramutò in pietra. "Diciamo che ha allungato le mani."

"E Victor?"

"Lui non c'era quando è successo, ma dato che erano amiconi, sono certo che non gliene sarebbe fregato un cazzo. Gli uomini fanno schifo."

Drew non poteva obiettare. Aveva visto fin troppa robaccia, per via del suo lavoro. Certi uomini facevano davvero schifo. Si limitò ad annuire. "Mi dispiace per quello che ti è successo. E ancora una volta, grazie. Mi sei stata di grande aiuto."

"Di nulla, vicesceriffo Baker. Spero che lei riesca a beccare quell'altro tizio e a metterlo dietro le sbarre per il resto della sua vita."

"Farò del mio meglio." Drew rivolse alla giovane un sorriso gentile e si incamminò verso le barche. Venne fuori che Ralph non ricordava nemmeno di aver visto Xavier o Victor, per cui era impossibile avere conferma del fatto che i due fossero stati visti insieme quella mattina. Se Xavier aveva ucciso il suo socio, era stato davvero bravo ad assicurarsi che non ci fossero testimoni. Non che Drew stesse cercando di dimostrare che c'era stato un omicidio. Lui doveva solo trovare Xavier. Il resto era un problema dei suoi superiori.

Tornò a bordo del SUV e si sedette al volante, sentendosi leggermente frustrato. Gli unici indizi che aveva trovato nella ricerca di Xavier si erano rivelati completamente inutili. Non sapeva nemmeno da che parte voltarsi, adesso.

Tirò fuori il cellulare. Era sul punto di chiamare Noel per chiederle come stava quando giunse una telefonata da Clarissa. Drew rispose al primo squillo.

"Ehi, capo. Ho qualcosa per te," disse l'impiegata.

Drew afferrò la penna e il taccuino e disse: "Spara."

"Ho ricevuto le informazioni contenute nel portafogli della vittima sconosciuta. La patente è falsissima. Il numero è fittizio e l'indirizzo non esiste."

Drew strinse i denti. "Altro?"

"Le carte sono tutte prepagate. L'ultimo addebito risale a tre giorni prima del ritrovamento della vittima, il che ha senso, dato che le carte erano in sala prove. È pronto a sapere cosa *abbiamo* trovato?"

"Sì. Sono tutt'orecchi."

"Il Sunshine Hotel sulla East Street. L'ultimo addebito risale a una settimana fa. Ci sono anche alcuni addebiti presso un posto chiamato Pies, Pies and More Pies."

"Altro?" chiese Drew.

"Sì, un posto chiamato Lilies and More.[1] Sembrerebbe un fiorista."

"Strano." Drew appuntò l'informazione e disse: "Grazie, Clarissa. Come vanno le cose in paese?"

"Noiose come sempre. Pauly sta guardando i prezzi delle telecamere per i semafori. Io continuo a dirgli che non sono previste dal budget, ma lui sostiene che costerebbero meno che pagare una persona che tenga d'occhio la situazione. Non sono certa che capisca che ciò significherebbe affidare alla tecnologia l'unica cosa che gli riesce bene."

Drew non riuscì a trattenere una risata secca. "Ti pareva. Beh, nessuno ha mai detto che Pauly Putzner avesse tutte le rotelle al loro posto. Se dovesse sollevare di nuovo l'argomento, digli che ho messo il veto e che è ora che si metta a lavorare."

"Sarà fatto."

Drew chiuse la comunicazione e indirizzò il suo veicolo verso nord, sulla statale 101, nella direzione del Sunshine Hotel. Il Sunshine, come lo chiamavano gli abitanti del luogo, era una grande casa vittoriana nel cuore del centro. Era un bed and breakfast, non diverso dall'albergo di Noel, solo più grande. Non avrebbe potuto essere più diverso dalla Moon River Inn.

L'albergo non aveva un parcheggio, per cui Drew parcheggiò il SUV in strada, a circa un isolato di distanza, e si incamminò verso l'albergo. Era a circa sei metri dall'ingresso quando un uomo biondo dall'aria familiare uscì sul marciapiedi. Drew lo osservò per un istante prima di chiamare: "Xavier?"

L'uomo si fermò e si guardò alle spalle. Il riconoscimento tinse il suo sguardo tormentato quando individuò il vicesceriffo. Drew gli rivolse un cenno di saluto mentre si faceva avanti, con l'intento di comportarsi come se avesse incontrato un vecchio amico, ma Xavier non ci cascò. All'improvviso, si mise a correre, attraversando la strada senza guardare. Un'auto sterzò, mancandolo di un soffio. Un altro autista inchiodò e un terzo suonò il clacson, gridando imprecazioni oscene dal finestrino.

Xavier li ignorò tutti e corse a rotta di collo verso un SUV Honda nero.

"Figlio di..." Drew sapeva di non poter intercettare Xavier prima che questi salisse a bordo, per cui tornò di corsa al suo veicolo. Proprio mentre lui infilava la chiave nell'accensione, la Honda lo oltrepassò in volata, diretta nella direzione opposta. Drew si contorse, cercando di prendere il numero della targa, ma essa era oscurata e lui riuscì a vedere solo i primi tre caratteri: 7BN. Fece per immettersi sulla carreggiata, ma fu costretto ad aspettare che un'ondata di traffico gli passasse oltre. Tamburellò con impazienza sul volante e disse: "E sbrigatevi!"

Finalmente, nel traffico si aprì una piccola apertura e Drew fece un'inversione illegale, lanciandosi all'inseguimento della Honda. Vide il veicolo a un isolato di distanza, fermo a un semaforo rosso. Ma Xavier doveva averlo visto, perché la Honda nera passò con il rosso, serpeggiò in mezzo al traffico e svoltò a destra, svanendo dietro l'angolo. Drew si produsse nella sua migliore imitazione di un pilota da corsa e premette sull'acceleratore a tavoletta, ma una volta che ebbe svoltato, la Honda non c'era più.

Drew lanciò una sfilza di imprecazioni, frustrato per aver perso il suo uomo e per non essere riuscito nemmeno a prendere il numero di targa. Tuttavia, aveva notato un codice a barre sul lunotto posteriore. Era un'auto a noleggio. E assieme al numero di targa parziale, ciò gli dava qualcosa su cui lavorare.

Guidò per il centro almeno cinque volte, cercando la Honda, prima di arrendersi e dirigersi verso Lilies and More. Il fiorista, se così lo si poteva chiamare, era più che altro un discount vicino a un'area di sosta appena a nord della città. Avevano fiori a catinelle in esposizione, ma nulla che somigliasse a una composizione floreale. Drew entrò e chiese di Xavier, ma l'uomo tatuato alla cassa si limitò a stringersi nelle spalle e tornò a leggere la sua copia di *High Times*.

Rimasto senza una pista da seguire, Drew fece ritorno al

IL CUORE DELLA STREGA

Sunshine Hotel, parcheggiò in una stradina laterale e si diresse a un piccolo bar di fronte all'albergo. Se Xavier fosse tornato, Drew sarebbe stato pronto ad accoglierlo. Una volta seduto davanti a un caffè, chiamò Clarissa.

"Salve di nuovo, capo. Di cosa ha bisogno?"

"Ho bisogno che tu mi rintracci una targa parziale. È un'auto a noleggio. Riferiscimi qualunque informazione possibile." Drew le diede i dettagli.

"Mi metto subito al lavoro," disse la donna.

CAPITOLO 19

*I*l suono acuto dello squillo del telefono fece sussultare Noel. Aveva un'emicrania sorda, grazie alle pessime scelte della sera prima. Mescolare vino e Moscow Mule *non* era una buona idea. Premendosi una mano sulla fronte, prese in mano il ricevitore e fu accolta dal segnale di linea libera.

Si staccò il telefono dall'orecchio, lo guardò storto e lo rimise a posto. Era la seconda volta, quella mattina, che rispondeva solo per non trovare nessuno. Era decisamente una punizione divina.

Il campanello della porta suonò ed entrò Abby, la testa alta e un sorriso sul volto.

"Cos'hai da essere così contenta?" chiese Noel.

"Sono ancora elettrizzata per la gara di ieri sera." Sua sorella mise sul banco una grossa tazza di caffè. "Bevi questo. Il tuo mondo tornerà a girare."

Noel scosse la testa; tremava già per l'overdose di caffeina. "Ho già bevuto due tazze di caffè, Abs. Questa volta, non credo che un'endovenosa di java possa curarmi."

"Ah, ma non hai provato la mia miscela speciale," disse Abby con un sorriso sornione. "Basta un pizzico di magia e il mal di testa va via."

Noel sollevò lo sguardo dal computer. "Hai inventato una pozione anti sbornia al caffè?"

Abby spalancò le braccia e si produsse in un piccolo inchino. "Prego, sorella cara. Avresti dovuto vedere in che stato era Yvette prima che gliela ficcassi in gola." Abby mimò un brivido. "Sembrava una morta vivente. Ma ora sta bene ed è alla libreria a preparare tutto per i saldi natalizi di domani."

"Come sta, alcol a parte?" Noel bevve un sorso del caffè di Abby e ne assaporò il gusto ricco e morbido. Era migliore di quello che servivano all'Incantation Cafè e questo la diceva lunga. "Mmm, Abs, è buonissimo."

"Ogni tanto faccio qualcosa di buono," disse sorridendo sua sorella. "Yvette sta meglio di quando l'abbiamo trovata ieri sera. Non che ci volesse molto. Ma ha smesso di piangere ed è decisa a evitare che i suoi drammi familiari si ripercuotano sulla sua attività."

"Ne deduco che Isaac non è tornato a casa, ieri notte?" chiese Noel.

"Già. Ma Yvette dice che non si aspettava che lo facesse. Sostiene che, quando gli salta qualcosa in testa, non ce n'è più per nessuno."

"Suona familiare," disse Noel. "Sono proprio fatti l'uno per l'altra."

"Una volta, lo erano," concordò Abby. Lanciò un'occhiata alla tazza nella mano di Noel. "Come va il mal di testa?"

"Eh?" Noel abbassò lo sguardo sulla tazza ora mezza vuota che aveva ancora in mano, poi sorrise. "Non c'è più. Santa polenta, sorellina. Sei un genio. Potresti guadagnare una fortuna vendendo questa cura miracolosa."

"È quello che ha detto anche Clay." Abby si appoggiò al banco della reception e incrociò le caviglie. "Ma non sono sicura che sia pronta. Stiamo pensando di offrirla da asporto al birrificio."

Noel ridacchiò. "Immagino già la pubblicità. *Benvenuti alla Keating Hollow Brewey... Dove la birra scorre a fiumi e il caffè ripara agli errori della sera prima.*"

"Carino." Abby fece un sorrisetto. "D'accordo. Ora vuota il sacco. Cos'è successo con Drew ieri sera?"

"Niente," disse Noel, troppo in fretta. "Mi ha semplicemente lasciata qui."

"Oh?" Abby inarcò un sopracciglio con aria incuriosita. "È per questo che vi ho visti limonare in veranda dopo che abbiamo portato a casa Yvette?"

"Non stavamo limonando," insistette Noel. Poi si ritrasse leggermente mentre assimilava le parole di sua sorella. "Siete passati davanti alla locanda dopo aver lasciato a casa Vette?"

"Sì. E allora?"

"Allora... mi avete spiato! Che diamine, Abby. Non avevate motivo di tornare indietro, ieri sera, e lo sai benissimo. Volevi solo vedere se avrei invitato il vicesceriffo in casa, vero?"

"D'accordo." Abby sollevò le mani in un gesto di esasperazione simulata. "Confesso. Ma non è colpa mia se vi siete dati agli atti osceni in luogo pubblico. Non stavate cercando di tenere nascosto un bel niente. Eravate proprio sotto la luce."

Noel ridacchiò come una scolaretta, godendosi appieno quello scambio di battute con sua sorella. Certo, era leggermente infastidita dal fatto che Abby aveva spiato intenzionalmente lei e Drew, ma aveva sentito la mancanza di quella complicità fra sorelle, delle bonarie prese in giro e, soprattutto, del palese desiderio di vedersi felici a vicenda.

Sapere di avere qualcuno sempre dalla tua parte era inestimabile. "Può darsi che non mi importasse di chi ci vedesse in quel momento."

"Quello è palese."

Il telefono della locanda squillò di nuovo. Noel rispose: "Keating Hollow Inn."

Silenzio.

"Pronto?"

Nulla.

"C'è qualcuno?"

Click.

Noel guardò accigliata il telefono e, ancora una volta, lo rimise sulla base. "È la terza volta che qualcuno chiama e mette giù."

"Davvero? Che maleducazione," disse Abby, lisciandosi la coda di cavallo.

"È inquietante. Mi sembra di avere uno stalker."

"Senti un respiro affannoso?" Abby prese uno dei biscotti che Drew aveva lasciato sul banco il giorno prima.

Noel scosse la testa. "No. Le prime due volte, hanno messo giù prima ancora che io riuscissi a rispondere. E questa volta... Sembrava che chi ha chiamato stesse cercando di decidere se parlare o meno."

Abby si strinse nelle spalle. "Magari si tratta di una persona ansiosa che sta cercando il coraggio di prenotare una stanza."

"Può darsi. Ma in tal caso, potrebbe prenotare online."

"Hai ragione." Abby agitò il biscotto. "È buonissimo. Dovresti tenerli sempre."

Noel sentì le farfalle nello stomaco quando disse: "Me li ha portati Drew."

Abby si strinse il cuore. "Santo cielo. Potrebbe essere più adorabile?"

No. Non poteva.

~

"EHI, TESORO," disse Noel mentre Daisy saliva in macchina. "Com'è andata la giornata?"

La bambina non guardò sua madre mentre diceva: "Normale."

Noel si accigliò. Sua figlia aveva qualcosa che non andava. Era venerdì, la scuola era appena finita e Daisy aveva in programma un pigiama party con Olive, quella sera. Noel si era aspettata che la sua bambina facesse i salti di gioia. "È successo qualcosa?"

"No." Daisy abbracciò lo zaino e tenne lo sguardo fisso in grembo.

Noel non insistette mentre navigava con attenzione tra la fila di auto venute a prendere i bambini, ma non appena arrivarono a casa, disse a Daisy di lasciare uscire Buffy dalla gabbietta e di portarla fuori. Sua figlia obbedì e si rallegrò leggermente quando affondò il viso nel pelo striato di Buffy, ma la sua consueta esuberanza era scomparsa.

"Vuoi della cioccolata calda? Qualcosa da mangiare?" chiese Noel, che già stava tirando fuori il preparato dall'armadietto.

"No, grazie, mamma. Voglio solo giocare con Buffy," disse Daisy, lasciando Noel in cucina con la bocca spalancata.

"Era davvero la mia bambina, quella?" chiese lei al vuoto. Rimise il preparato nell'armadietto e andò in salotto.

Daisy era stesa sul pavimento con la testa appoggiata a un cuscino, che accarezzava Buffy; il cane giaceva bocconi.

Noel si sedette accanto a sua figlia e grattò Buffy dietro l'orecchio. "Che succede, piccola? Va tutto bene?"

"Sì," rispose Daisy, ma senza guardare la madre.

"Sei stanca dopo la serata con zia Faith? Xena e Buffy ti hanno tenuta sveglia?"

La bambina scosse la testa. "Hanno dormito tutte due con me. Zia Faith ha detto che era la prima volta che Xena dormiva per tutta la notte da quando l'ha presa." Daisy le lanciò un'occhiata e fece un sorrisetto. "Credo che mi voglia molto bene."

Noel ridacchiò. "Probabilmente, hai ragione." Nonostante quella piccola scintilla di vita, quella versione di Daisy era così spenta che Noel ebbe paura che sua figlia le stesse nascondendo qualcosa. Andava tutto bene quando Noel era andata a prenderla a casa di suo padre e l'aveva lasciata a scuola. O magari, la bambina era semplicemente molto stanca. Non capitava spesso che Daisy trascorresse la notte lontano da Noel e quasi mai quando il giorno dopo aveva scuola. Forse era stato un errore. In ogni caso, Noel non si sentiva a suo agio all'idea di mandarla da Abby mentre lei trascorreva la serata con Drew. Non quando Daisy era tanto palesemente fuori forma.

"Ascolta, Daisy," disse Noel. "Che ne diresti di trascorrere una serata speciale fra noi? Possiamo stare in casa, preparare le lasagne e cucinare dei cupcake natalizi. Magari guardiamo Frozen."

Daisy si raddrizzò, gli occhi spalancati e lo sguardo allarmato. "Ma mamma. Questa sera vado a casa di Olive, ricordi? Dobbiamo far incontrare le cagnoline."

"Lo so, ma se sei troppo stanca, si può fare un'altra sera," disse Noel in tono ragionevole.

"Non sono stanca." Daisy circondò Buffy con le mani e la strinse a sé. "E poi, Buffy è contenta di vedere Endora."

Noel trattenne una risatina. Endora era il cucciolo di golden retriever di Olive e Noel era sicura che fosse Daisy a essere contenta di vederla. "D'accordo. Va bene. Vai pure da zia Abby. Volevo solo evitare che ti stancassi troppo."

"Non sono stanca," insistette Daisy, per poi alzarsi e portare Buffy nella sua stanza.

"D'accordo." Noel lasciò in pace sua figlia e andò a rifugiarsi in cucina a preparare comunque i cupcake. Il solo fatto che Daisy non fosse interessata a farsi di zucchero non significava che Noel non lo fosse.

Un'ora dopo, Daisy apparve in cucina, con la sacca in una mano e lo zaino vuoto nell'altra. Senza dire una parola, si assunse il compito di prendere cibo per cani, biscottini per cuccioli, un paio delle palline di Buffy e la coperta del cane dalla gabbietta. Una volta fatto, Daisy indossò lo zaino e disse a sua madre: "Siamo pronte."

Noel non riusciva a parlare. Aveva la gola troppo stretta. Santi numi, quanto era carina quella cosa? Sua figlia era l'essere umano più adorabile del pianeta. Noel si accovacciò e arruffò i riccioli scuri di Daisy. "Sei una mammina bravissima, sai?"

Daisy si illuminò.

"Vieni qui." Noel spalancò le braccia e sua figlia le ricadde addosso, stringendola forte.

"Ti voglio bene, mamma," disse Daisy, la voce soffocata contro la spalla di Noel.

"Ti voglio bene anch'io, piccola."

Si abbracciarono per un lungo istante, dopodiché Noel si staccò e diede una bella occhiata a Daisy. Sua figlia aveva gli occhi splendenti e le guance rosee. Non sembrava stanca o triste. E tuttavia, sebbene lei non sapesse dire esattamente quale fosse il problema, sapeva che qualcosa non era del tutto a posto con sua figlia.

Poi Daisy le sorrise e indicò la palla di pelo che era il suo cane. "Buffy è pronta a partire."

La cagnolina sedeva ai piedi di Noel, con la lingua penzoloni e la coda che batteva. Non appena Noel abbassò lo sguardo, Buffy corse alla porta e abbaiò.

Noel rise. "Andiamo, allora. Sono certa che Endora non vede l'ora di incontrare la sua nuova compagna di giochi."

Dieci minuti più tardi, Noel, Daisy e Buffy furono accolte in casa Garrison. Non appena misero piede dentro, Olive e Daisy corsero via gridando di gioia, inseguite dalle loro cagnoline. Qualunque cosa turbasse Daisy sembrava essere svanita non appena lei aveva visto Olive. Noel trasse un sospiro di sollievo. Se la vicinanza della sua futura cugina era ciò di cui Daisy aveva bisogno, lei era d'accordissimo.

"Ti attende una serata entusiasmante," disse a Abby. "Due bambine urlanti e i loro cani. Sei sicura di non avere bisogno di aiuto?"

"Non provarci nemmeno, Noel Townsend. Hai un appuntamento. Olive mi ha già detto tutto. Sembrerebbe che qualcuno abbia cercato di convincere sua figlia a restare a casa in modo da non dover uscire." Abby fece schioccare la lingua. "Non pensarci nemmeno. Aspettavi questo appuntamento da quanto? Anni?"

"Abby–" esordì Noel con un sospiro.

"Non provarci nemmeno, sorella," disse Abby, scuotendo la testa. Poi si mise a parlare di come Noel non poteva chiudersi per sempre e che doveva sapere che le relazioni da adulti erano importanti e che meritava di essere amata.

Noel la lasciò procedere, perché sembrava che Abby parlasse per esperienza. Quando, finalmente, sua sorella fece una pausa, Noel le mise una mano sul braccio e disse: "Abs, apprezzo il…

discorso, ma non stavo cercando di schivare l'appuntamento con Drew. Ero solo preoccupata per Daisy. Era molto giù quando sono andata a prenderla a scuola. E quando siamo tornate a casa, sembrava stanca e stressata. Non so cosa stia succedendo, ma quando ho suggerito di restare a casa, lei ha detto subito di no. Ed è palese che è contenta di essere qui. Allora... Vuoi aiutarmi a scegliere quello che indosserò, o vuoi continuare a darmi lezioni?"

"Oh," disse Abby, l'espressione stupita. Quindi, si schiarì la voce. "In tal caso, dobbiamo andare a fare acquisti."

"Non credo che ci sia il tempo," disse Noel.

"Certo che c'è." Abby imboccò il corridoio e fece cenno a sua sorella di seguirla.

Noel la seguì nella camera da letto principale. Era ancora un ambiente molto mascolino, con mobili scuri contemporanei, un copriletto beige e il tappeto marrone chiaro. Non fosse stato per le candele sul mobile da toeletta e sui comodini e per i quadri colorati che raffiguravano il sole che illuminava la foresta di sequoie, sarebbe stata la perfetta stanza da scapolo.

"Cosa ci facciamo qui?" chiese Noel a sua sorella.

Abby sorrise e aprì le ante dell'armadio. "Ti rifacciamo il look."

Noel tese le mani e cominciò a indietreggiare. "Non–"

"Eh no. Non ti permetterò di indossare jeans e un maglione al tuo primo appuntamento ufficiale."

Noel levò gli occhi al cielo. "Lui mi ha già vista coperta di fango. Non credo che si farà problemi per i jeans. Ci hai visti sulla mia veranda, ricordi?"

"Vero." Abby inclinò la testa e osservò sua sorella. "Ma diamogli comunque qualcosa per cui sbavare, che ne dici?"

Noel ascoltò sua sorella chiacchierare di quanto fosse

entusiasta per lei e di quanto sarebbe stato fantastico se Noel e Drew si fossero messi insieme.

"Potremmo uscire a coppie," disse Abby, l'espressione gioiosa. "Sarebbe divertentissimo. In fondo, Clay e Drew sono ottimi amici. Non ci sarebbe il minimo imbarazzo. Sarebbe proprio come ai vecchi tempi."

"Non proprio, Abby," mormorò Noel. "Mancherebbe Charlotte."

Abby lasciò cadere uno dei vestiti che aveva appena tirato fuori dal suo armadio e si voltò, un'espressione inorridita sul viso. "Oh, Noel. No. Non è questo che volevo dire."

Noel si sedette sul bordo del letto. All'improvviso, si sentiva esausta. Infilò una mano nella borsa e tirò fuori un paio degli integratori che le aveva dato Gerry, mettendoseli in bocca. Quando, finalmente, sollevò lo sguardo su sua sorella, Abby aveva le lacrime agli occhi. "Mi dispiace di averti intristita," disse Noel, sentendosi una persona orribile per aver aperto bocca. "È solo che… Ho sempre paura che Drew mi consideri una sostituta di Charlotte. E di certo non voglio sostituirla ai tuoi occhi."

"Lo pensi davvero?" Abby venne a sedersi accanto sua sorella.

Noel si strinse nelle spalle. "Era la tua migliore amica."

"E *tu* eri l'altra mia migliore amica," Noel," disse Abby con voce strozzata. "Non ho mai voluto che tu la sostituissi. Volevo solo riavere *te*. Quando me ne sono andata, ti ho persa. Tu non volevi parlarmi e non mi hai mai perdonata perché sono andata via. Ma sono tornata e mi sto impegnando. Ho pensato che magari… perdiana, non importa cosa pensavo. Ti voglio bene, Noel. Mi manca mia sorella e l'amicizia che avevamo. Mi dispiace di essere andata via, ma non ti ho abbandonata. Stavo cercando di sfuggire al dolore." Abby sollevò una spalla. "E invece, non funziona così. Mi sa che l'unico modo per voltare pagina è affrontare il passato. Possiamo farlo? Credi di potermi perdonare, finalmente?"

Il dolore afferrò Noel al cuore mentre ripensava a quanto l'avesse devastata che Abby avesse lasciato il paese. "Io ti parlavo. Sei stata tu a smettere di rispondere al telefono."

"Perché tu continuavi a chiedermi di tornare. Avevo bisogno di tempo, Noel," disse Abby, che suonava stanca. "E più tardi, quando ho provato a farmi sentire, tu non eri interessata."

Certo che Noel era interessata. Semplicemente, aveva sofferto troppo. Ecco di nuovo quelle dannate lacrime, che le scorrevano silenziose lungo le guance. "Mi dispiace, Abby. È che sentivo la tua mancanza. Stava crollando tutto, qui. E io... Beh, quando te ne sei andata, è riemersa un sacco di roba risalente a quando la mamma ci aveva abbandonate. Per un po', sono stata un disastro. Mi sa che nessuna di noi l'ha vissuta bene."

Abby le afferrò una mano. "L'ultima cosa che voglio è che tu creda di non essermi mancata. Mi mancavi. Tutto il tempo. E di certo io non ho abbandonato *te*. Non come ha fatto la mamma. Devi saperlo. Eri tu quella con cui avrei voluto parlare quando la mia vita era fuori controllo. Forse non avrei perso così tanto tempo con quel perdente del mio ex se ti avessi avuta vicino a farmi ragionare. Voglio bene a Faith, ma lei è troppo gentile."

Noel rise. Faith aveva trascorso un po' di tempo con Abby e il suo ragazzo a New Orleans, e sebbene non si fosse affezionata particolarmente all'uomo, era stata riluttante a parlarne con Abby. "Probabilmente, hai ragione." Noel si rivolse a Abby. "Facciamo un patto."

"Che genere di patto?" chiese Abby.

"Se una di noi comincerà a fare la stupida, l'altra la prenderà a calci. Basta frequentare carogne e basta silenzi. Parleremo, a costo della vita."

"D'accordo." Abby si sputò nella mano e la tese.

"Che schifo." Noel arricciò il naso. "Che ti prende?"

"Preferisci un patto di sangue?" chiese Abby.

Facendo una smorfia, Noel scosse la testa. Quindi, si sputò nel palmo e strinse la mano di Abby. "Siamo d'accordo."

Una volta staccate le mani, ciascuna di loro si asciugò rapidamente il palmo sui jeans dell'altra. Abby gettò la testa all'indietro e rise. Quando tornò seria, disse: "Accidenti, mi sei davvero mancata."

"Anche tu, Abs. Anche tu." Noel si alzò e si recò all'armadio di Abby. "Ora, troviamo qualcosa che non sia coperto di saliva."

CAPITOLO 20

*D*opo aver trascorso più di cinque ore accampato nel bar, in attesa che Xavier tornasse al Sunshine Hotel, Drew gettò la spugna e tornò a Keating Hollow. Non c'era nessuna garanzia che Xavier sarebbe tornato, soprattutto ora che sapeva di essere stato individuato. Se l'uomo voleva rimanere irreperibile, era molto improbabile che si sarebbe ripresentato nelle vicinanze in tempi brevi. Tuttavia, Drew chiamò lo sceriffo Barnes e lo informò di quando e dove Xavier era stato visto. Lo sceriffo disse che avrebbe messo il luogo sotto sorveglianza e che lo avrebbe informato se fosse emerso qualcosa.

Nel frattempo, Drew aveva un appuntamento. E che gli venisse un colpo se fosse arrivato in ritardo. Non dopo l'altra sera. Non dopo che aveva dovuto staccarsi fisicamente dalla donna che lo stava facendo vagamente impazzire.

Le suole dei suoi stivali ticchettavano sul marciapiedi acciottolato mentre Drew raggiungeva la Keating Hollow Inn. Dopo essere arrivato a casa, si era fatto una doccia veloce e si era rasato, per poi indossare dei pantaloni e una giacca sportiva. Non riusciva a non chiedersi se non avesse esagerato. Keating Hollow era perlopiù un ambiente informale. E lo stesso valeva per Noel. La donna era sempre elegante, ma con jeans e stivali piuttosto che abiti lunghi e tacchi alti.

Ma quello era comunque un primo appuntamento e lui era deciso a fare colpo. Drew entrò nella lobby della Keating Hollow Inn e si fermò di colpo quando vide la splendida creatura dietro il banco.

Noel si era acconciata i capelli biondi in una sorta di elegante chignon e indossava un abito di un viola profondo che abbracciava le sue curve in tutti i punti giusti.

"Salve, splendore."

La donna sollevò lo sguardo, all'apparenza stupita di trovarlo lì, dopodiché un lento sorriso si allargò sul suo volto. "Salve, bellezza. Chi avrebbe mai detto che il vicesceriffo del paese stesse così bene dopo una ripulita?"

Drew la raggiunse, la prese per mano e la tirò fuori da dietro al banco, rivelando i suoi stivali. "Perfetta," disse. "Assolutamente magnifica."

"Stai esagerando. Smettila prima di metterti in imbarazzo," scherzò lei.

"Mai. Pronta?"

"Sì. Lasciami solo prendere la giacca." Noel tirò fuori una giacca di lana dall'armadio alle sue spalle, quindi chiamò: "Alec! Sto uscendo. Ci vediamo domani mattina."

Una porta si aprì dalla parte opposta della lobby e il dipendente di Noel fece capolino con la testa. "Buona notte, signorina Townsend," disse. "Si goda la serata."

"Anche tu." Noel salutò Alec, quindi seguì Drew fuori.

"Ti dispiace camminare?" le chiese lui mentre le passava un braccio attorno alla vita, godendosi il vago profumo di agrumi che sembrava seguirla ovunque andasse.

"Certo che no." Noel si appoggiò a lui. "Mi piace vedere il paese illuminato per le feste. È molto… gioioso."

Gioioso. Era proprio come si sentiva lui, solo che Drew non era sicuro che la causa fossero le luminarie. Chiacchierarono mentre raggiungevano il ristorante. Drew aveva prenotato e, quando arrivarono, il loro tavolo li aspettava.

"Vino?" le chiese Drew.

Noel esitò per un istante prima di prodursi in una risata nervosa. "Non sono certa che il vino sia una buona idea, dopo ieri sera."

"Mattinata difficile?" chiese lui, piuttosto allegro.

"Lo è stata fino a quando non è arrivata Abby con la sua pozione magica contro le sbornie. Giuro che c'è più talento nel suo mignolino di quanto ce ne sia in tutto il paese."

"Cosa stai dicendo, Noel? Che nessun altro possiede capacità magiche in grado di stupirti?"

"Non esattamente," disse ridacchiando lei. "Dico solo che, ora che Abby ha preso il ritmo, spacca. Per cui, se vuoi fare colpo su di me con la tua magia, probabilmente dovrai sforzarti."

"Accetto la sfida," disse lui.

La cena fu un susseguirsi delizioso di bisque di aragosta, tartare di tonno e la bistecca più saporita che Drew avesse mai avuto il piacere di assaporare; e tuttavia, il cibo non era nulla rispetto al piacere che lui trasse dal trascorrere la serata con Noel. Quando pagò il conto – non poteva lasciare che facesse Noel al primo appuntamento, per quanto lei protestasse – si stava chiedendo cosa avesse aspettato. Perché aveva deciso che Noel era off limits?

Perché la sua famiglia gli ricordava un'altra persona che lui aveva amato. Solo che, adesso, il ricordo di Charlotte non era doloroso quanto lo era stato in passato. Quando pensava a lei, la mente di Drew non correva subito alla mattinata in cui Charlotte era stata trovata morta nel capanno di Abby, non vedeva più i suoi occhi ciechi. Ora ricordava che Charlotte era stata piena di vita e decisa a viverla al meglio.

Si acciglò, chiedendosi quando si fosse verificato quel cambiamento.

"Cosa c'è, Drew?" chiese Noel.

"Uh?"

"Per un momento, ti sei perso. È come se fossi andato in un'altra dimensione."

"Ci sono," disse lui. "Stavo riflettendo sulla magnifica cena che abbiamo condiviso."

L'espressione di Noel era scettica quando lei strinse gli occhi e disse: "Non so perché, ma non credo che sia tutto lì; ma la cena è stata davvero meravigliosa, per cui te la faccio passare."

Ridacchiando, Drew si alzò e le tese la mano. "Facciamo una passeggiata per digerire. Voglio mostrarti una cosa."

Noel parve subito interessata. "Oh, è una sorpresa?"

"Diciamo così."

Noel lo prese sottobraccio e Drew pensò che avere quella donna al suo fianco era la cosa più naturale al mondo. In quel momento, proprio allora, si rese conto che non sarebbe mai riuscito a lasciarla andare.

L'aria fresca lo travolse, ma lui la sentì a malapena mentre guidava la splendida donna con cui era braccetto lungo Main Street. Passeggiarono attraverso il paese, quello in cui erano cresciuti e quello in cui Drew era certo che entrambi avrebbero trascorso il resto delle loro vite. Si erano entrambi spesi completamente in quel paese incantato, lei con la sua locanda e lui con la sua dedizione a tenere il luogo al sicuro e il più libero possibile dal crimine. Drew non riusciva a immaginare due persone più adatte l'una all'altra.

"Riguardo a quegli incantesimi di protezione di cui parlavo," disse Noel, sottraendolo ai suoi pensieri.

"Incantesimi di protezione?" chiese lui, chiedendosi se si fosse perso parte della conversazione.

"Quelli per la festa dell'anno nuovo. Non ne abbiamo mai parlato."

Gli tornò in mente il giorno in cui Noel era intervenuta quando Shannon lo aveva intrappolato fuori da A Spoonful of Magic e aveva detto che il paese sarebbe stato invaso dai turisti per i festeggiamenti per l'anno nuovo. "Giusto. Avevamo discusso di rinforzare gli incantesimi di protezione. Che mi dici?"

"Hai bisogno di una mano, giusto? Pauly Putzner mi sembra a malapena in grado di bollire dell'acqua, figuriamoci di lanciare incantesimi. Fammi sapere quando vuoi cominciare e io sarò felice di aiutarti."

"Che ne dici di subito dopo Natale, prima che il paese cominci a riempirsi?"

"Perfetto." Noel sorrise.

"Non essere troppo dura con Pauly, Noel," scherzò Drew, molto divertito e lieto alla prospettiva di lavorare con lei, anche se solo per un giorno. "Riesci a immaginare come deve sentirsi a essere una strega dell'acqua e non saper nuotare? Deve essere imbarazzante."

Noel si produsse in una risata nasale. "Sai, mi dispiacerebbe per lui, se non fosse un tale rompiscatole. Sapevi che ha cercato di fare una multa alla signorina Maple, oggi, per aver parcheggiato in doppia fila di fronte alla stazione?"

Drew si acciglò. "No. Perché lei aveva parcheggiato in doppia fila?"

"Era venuta a lasciare i cesti natalizi alla stazione. Uno per te, uno per Clarissa e uno per Pauly. Non hai ricevuto il tuo?"

"Diamine, è davvero un rompiscatole." Drew avvertì una fitta di senso di colpa per non aver informato Noel che era stato assegnato al caso di Xavier. E ora che lo aveva visto, era giusto che lei sapesse che l'uomo era nei paraggi, vero? "No, non l'ho ancora ricevuto. Sono stato impegnato sul campo tutto il giorno."

"Ah, i misteri della legge," disse Noel con una luce negli occhi. "Hai inseguito i cattivi?"

"Può darsi." Drew prese Noel per mano e la condusse lungo la passeggiata che portava al fiume. "Ascolta, Noel, devo dirti una cosa."

L'espressione allegra della donna svanì. "Ahia. Sembra qualcosa di serio."

"Lo è." Drew accennò a una panchina vicino al bordo dell'acqua. "Possiamo sederci per qualche minuto?"

"Certo." Noel prese posto e si voltò verso di lui, tenendosi le mani in grembo. "Devo ammettere che mi stai spaventando un poco, Drew. Cosa c'è di tanto importante?"

Lui prese brevemente fiato e le prese le mani. "Un paio di giorni fa, lo sceriffo della contea è venuto a trovarmi. Mi ha detto che hanno carenza di personale e che non hanno abbastanza uomini per cercare Xavier."

Noel rimase di stucco. "Per cui, nessuno lo sta cercando per interrogarlo riguardo all'omicidio di quell'altro uomo? Nemmeno per vedere se Xavier lo conoscesse o se sapesse chi potrebbe avercela avuta con lui?"

"No." Drew scosse la testa. "*Qualcuno* lo sta cercando. Era questo ciò di cui voleva parlarmi lo sceriffo. Ha detto che voleva che qualcuno esterno al dipartimento desse un'occhiata a questa faccenda. Non mi ha detto il perché, esattamente, ma ho i miei sospetti. In ogni modo, per il futuro immediato, io sono l'uomo che ha l'incarico di trovare il tuo ex."

Noel allontanò le mani dalle sue e appoggiò la schiena allo schienale della panchina.

Drew si accigliò. Gli prudevano le mani per la voglia di prendere di nuovo quella di Noel, ma sapeva che non era il momento.

"Cosa sospetti?" L'espressione di lei era dura e chiusa, completamente diversa da quella della donna a cui Drew si era avvicinato nel corso dell'ultima settimana.

"Te lo dirò, ma prima devi farmi una promessa," disse lui.

"Quale promessa, Drew? Che continuerò a uscire con te, anche se lo sapevi da un paio di giorni e me l'hai detto solo adesso?"

Accidenti. Drew non si era aspettato una reazione del genere. Aveva appena cominciato a indagare. Eccetto che... loro due *avevano* limonato in veranda, la sera prima, e lui non aveva detto nulla. Ma del resto, stava solo facendo il suo lavoro.

"Se non ti avessi chiesto cosa hai fatto per tutto il giorno, me lo avresti detto?" aggiunse lei.

"Noel," disse Drew, colpito dall'accusa nel suo tono di voce. "Ma certo che te l'avrei detto. Volevo solo aspettare di avere qualcosa da dire. Perché sei così arrabbiata?"

Noel trasse un respiro profondo e lo esalò lentamente. Poi, incrociò il suo sguardo con un'occhiata gelida. "Nel caso tu non te ne fossi accorto, vicesceriffo Baker, io ho qualche problema di fiducia. Capita, quando tuo marito se ne va senza nemmeno lasciarti un messaggio e il tuo migliore amico smette di rivolgerti la parola senza che tu ne abbia colpa."

Per un attimo, Drew non disse nulla mentre assimilava ciò

che aveva detto Noel. "Parli di Abby? Di quando si è trasferita a New Orleans?"

Lacrime riempirono i grandi occhi azzurri di Noel mentre lo fulminava con lo sguardo. "No. Non di Abby. Lei non ha smesso di parlarmi; ha solo smesso di ascoltare. Anche se la sua partenza non è stata d'aiuto."

"Allora…" Drew si interruppe mentre ripensava a una conversazione risalente a molto tempo prima, alla fine dell'estate che loro due avevano trascorso praticamente appiccicati. Gli tornarono in mente le sue parole. *Non credo che funzionerebbe, Noel. È meglio se restiamo amici.*

Solo che non erano rimasti amici. Non davvero. Si vedevano ogni tanto in città e si comportavano cortesemente. Chiacchieravano del tempo, del birrificio, delle rispettive famiglie, ma nulla di troppo personale. Nulla di *reale*. Non come si erano comportati nel corso di quell'estate trascorsa a fare gli animatori al Camp-us Pocus, il campeggio per streghe preadolescenti. Al Camp-us Pocus, avevano parlato di tutto, compresa Charlotte e la sofferenza che ciascuno di loro aveva patito nel perderla; Drew perché aveva perso il suo primo amore e Noel perché aveva perso un'amica e una sorella, che non era riuscita ad affrontare il dolore e il senso di colpa.

E quando non affrontavano le conseguenze della morte di Charlotte, si erano sostenuti a vicenda in altri modi, come ad esempio aiutandosi a capire come avrebbero realizzato i loro sogni. Allora, Noel aveva condiviso con lui il progetto di aprire la locanda. Erano stati così vicini che ovunque si trovasse uno dei due, l'altro non era lontano. Ma poi Drew aveva commesso l'errore di baciarla e aveva immediatamente perso la testa, perché non era assolutamente pronto ad avere un'altra relazione, soprattutto non con la sorella di Abby Townsend. Aveva trascorso parecchio tempo a incolpare Abby di qualcosa della quale lei non aveva la minima responsabilità. Ma allora, Drew soffriva troppo per rendersene conto.

In seguito, per anni, lui aveva faticato ad avvicinarsi alla famiglia Townsend, solo perché i ricordi erano troppo difficili, non perché lui provasse risentimento o biasimo nei loro confronti. Solo da quando Abby era tornata in città e Drew era stato costretto a interagire con lei, si era reso conto che tutte quelle stronzate erano solo nella sua testa. Aveva smesso di portare il lutto per Charlotte. Avrebbe sempre amato lei e quello che c'era stato fra di loro, ma era tutto passato.

"Mi dispiace, Noel. Non meritavi che ti trattassi in quel modo," disse Drew, fissando negli occhi tormentati della donna. "La mia unica scusa è che ero giovane e stavo molto male. Forse credevo di aver tradito Charlotte. Invece di cercare di spiegare quello che stava succedendo, sono scappato. So di averti fatto del male e per questo ti chiedo sinceramente scusa."

"Grazie," disse Noel con voce flebile mentre fissava il fiume che scorreva rapido.

"Ancora una cosa."

Noel tornò a guardarlo, gli occhi ancora lucidi di lacrime non versate. "Sarebbe?"

"Devi sapere che non sono più quell'uomo. Ho smesso di scappare." Drew le premette il palmo della mano contro la guancia. "So quali sono le persone e le cose importanti nella mia vita. Non pensare nemmeno per un istante che me lo dimenticherò."

Noel aprì la bocca, la chiuse e deglutì visibilmente mentre i suoi occhi si schiarivano. "Chi sono le persone importanti per te, Drew?"

"Tu, Noel. Tu e Daisy. È per questo che sono deciso a trovare il tuo ex."

Noel aggrottò le sopracciglia mentre si accigliava. "Sei

deciso a trovarlo per… me e Daisy? Perché? Stai cercando una scusa per smettere di frequentarmi? Perché se è così–"

"Noel," mormorò Drew, con un sorrisetto divertito. "Ti assicuro che *non* sto cercando una scusa per non frequentarti. Anzi, sto perorando la mia causa per evitare che tu mi pianti."

Il cipiglio di Noel svanì e fu rimpiazzato da qualcosa di simile alla confusione. "D'accordo, allora perché stai cercando di trovare Xavier?"

"Perché tu e Daisy possiate trovare la pace. So che il suo abbandono ti ha lacerata. Non solo il fatto che se ne sia andato, ma *il modo* in cui lo ha fatto. Tu meriti delle risposte, ma soprattutto, le merita Daisy. Ha ancora gli incubi?"

Noel si acciglò. Non ricordava di aver discusso con Drew dell'ansia di Daisy. "Come fai a saperlo?"

"Per caso, ho sentito Abby e Clay che ne parlavano mentre lei preparava le sue pozioni. Non stavo cercando di origliare; è capitato basta. Mi dispiace se ciò ti infastidisce."

"Nessun problema, Drew," disse lei, dandogli un colpetto sul ginocchio.

Lo sguardo di Drew si posò sulla sua mano. Noel lo stava toccando di nuovo e il suo tono di voce si era ammorbidito. Entrambe le cose erano un buon segno. Ma lui aveva ancora qualcosa da dire.

"Riguardo a Xavier–" esordì.

"Hai trovato quell'infame?" chiese Noel.

"Oggi ci sono arrivato vicino."

Noel rimase a bocca aperta. "L'hai… trovato?"

"A Eureka. Soggiornava al Sunshine Hotel. Stavo seguendo una pista ed ero sul punto di entrare quando, all'improvviso, lui è uscito dall'albergo."

"Porco cane," bisbigliò Noel. "Cosa hai fatto?"

"Purtroppo, lui mi ha visto. Ero in abiti civili e lui deve

avermi riconosciuto, perché è corso via. È saltato sul suo SUV ed è fuggito a rotta di collo verso la statale 101. Ho cercato di seguirlo, ma sono dovuto tornare alla macchina. Il tempo di fare inversione a U, e lui se n'era già andato. Ho aspettato tutto il giorno per vedere se si fosse ripresentato, ma non ho avuto fortuna. Poi sono venuto qui e ho portato a cena la mia ragazza preferita."

Noel fece un sorrisetto. "Non cercare di usare il tuo fascino per distogliermi da... qualunque stato d'animo assurdo mi abbia appena preso."

"Funziona, però."

Il sorrisetto di Noel si trasformò in un sorriso vero e proprio mentre lo guardava.

"Ed ecco il sorriso che ho imparato ad amare." Drew le passò il pollice sulla mascella e si chinò, sfiorandole la guancia con un bacio. Quando si staccò, gesticolò verso il fiume.

Noel emise un piccolo verso di stupore. "Sei... sei tu, vero?"

Drew sollevò una spalla mentre si concentrava sul complesso gioco d'acqua che aveva creato con la mente. Spruzzi d'acqua si sollevarono nell'aria, formando uno stelo, mentre goccioline d'acqua danzavano a creare dei petali di margherita.

"Drew," bisbigliò Noel, la voce a malapena udibile. "Questa è forse la cosa più dolce che qualcuno abbia mai fatto per me."

Drew la prese per mano e disse: "Spero solo di avere l'occasione di battermi."

Lei abbassò lo sguardo sulle loro mani giunte. "Sei molto dolce. Ma anch'io devo dire qualcosa."

"Va bene. Spara."

"Ti ho già detto che ho problemi di fiducia," disse la donna.

"Sì, è vero." Drew incrociò il suo sguardo, guardandola fisso. "Sono un uomo paziente."

"Parrebbe che sia proprio così, Andrew Baker. Ma se vogliamo procedere, devo mettere in chiaro una cosa."

"Dimmi tutto, Noel," disse lui, pronto ad accettare qualunque affermazione le sarebbe uscita di bocca.

"Non credo che ci riuscirei se dovessi venire sempre dopo Charlotte."

Drew si ritrasse, per un attimo stupito dalle parole della donna.

"Drew–"

"Ti faccio sentire come se tu fossi una seconda scelta?" chiese lui, leggermente ferito e molto confuso. Era da tempo che non menzionava Charlotte.

Noel tacque per un paio di istanti, quindi disse: "No. Non ora. Ma è già successo, in passato."

"Noel… è stato tanto tempo fa."

Lei annuì. "Hai ragione. È vero. E probabilmente non mi sto comportando nel modo giusto, ma non riesco a non essere prudente." La donna fece una smorfia e distolse lo sguardo. "Mi dispiace. Non volevo che la serata andasse così."

Drew si portò le loro mani alle labbra e le baciò le dita. "Non è così."

"In che senso?"

"Scusa. La serata è andata esattamente come avevo sperato." Drew le rivolse un sorriso gentile. "Non ho alcun problema a rassicurarti che tu, Noel, non sei seconda a nessuna. Non ora. Né mai. Tanti anni fa, quando eravamo amici, avevo solo bisogno di guarire. Non nego di avere qualche cicatrice, ma chi non ne ha?"

Noel accentuò la presa delle dita attorno alle sue, ma non rispose.

"Se sei pronta ad andare avanti con questa cosa, se pensi di poterti fidare di me, prendo tutto il pacchetto."

"Tutto il pacchetto?" chiese lei.

Drew annuì. "Tutto il pacchetto. Tu. Io. Daisy. Buffy. E tutto il resto della tua enorme famiglia."

Noel si premette la sua mano sulla guancia, gli occhi che brillavano di qualcosa che somigliava molto all'amore, qualcosa che Drew non vedeva rivolto verso di sé da molto tempo. Poi, la donna disse: "Anch'io."

Drew esalò un respiro che non si era reso conto di aver trattenuto e coprì la bocca di Noel con la sua, riversando tutto il proprio cuore nel tentativo di assicurarsi che lei sapesse che lui era suo. Parlava sul serio quando aveva detto di voler prendere tutto il pacchetto e non si sarebbe tirato indietro ora.

"Wow," disse la donna quando, finalmente, si staccarono. "Che bacio."

"Ce n'è ancora," disse lui, tornando alla carica.

Noel rise mentre si alzava e lo faceva alzare dalla panchina. "Portami a casa, Drew."

La delusione lo travolse. Drew non era pronto a porre fine all'appuntamento, non ancora.

Il sorriso di Noel si allargò mentre lei scuoteva la testa. "Non guardarmi come se ti avessi rubato il cane. Voglio portarti a casa con me."

"Oh, capisco." Poi, Drew le sorrise e disse: "Non vedo l'ora di vedere cosa c'è sotto a quel vestito."

"Ci scommetto." Noel gli ammiccò e, dopo aver fatto qualche passo indietro, cominciò a condurlo verso casa.

CAPITOLO 21

oel si incamminò verso la casa di Abby con due
tazze di caffè e un sacchetto di dolci in mano. Non
aveva dormito molto la sera prima, ma nonostante ciò, aveva il
passo leggero. Non sapeva se la sua ritrovata energia fosse
conseguenza diretta della notte trascorsa con Drew o degli
integratori che prendeva, ma se avesse dovuto scommetterci
dei soldi, avrebbe detto che era elettrizzata a causa di Drew.
Aver fatto il passo successivo con lui ed essersi svegliata fra le
sue braccia l'aveva lasciata non solo felice, ma stranamente
tranquillizzata. Come se tutto, fra loro, andasse bene. Aveva
amato Xavier, quando stavano insieme, prima che lui
distruggesse le loro vite, ma persino con lui non si era mai
sentita tanto in pace.

Prima che Noel raggiungesse il gradino, Abby spalancò la
porta e disse: "Ti ringrazio, dolce dea dei cieli. Abbiamo finito
il caffè e io sto morendo dall'astinenza."

Noel rise e le diede una delle tazze. "Ho anche della torta al
caffè."

"Sei un angelo. Tienine un pezzo per Yvette. Sta arrivando.

Ora vieni dentro, che fa freddo." Abby la attirò nella casa calda. Olive e Daisy stavano giocando a carte in silenzio nel bel mezzo del salotto, con Buffy ed Endora accoccolate accanto a loro.

"Ehm, cosa hai fatto, hai dato loro una pozione calmante?" chiese Noel, rivolgendo un cenno di saluto a sua figlia. "Ciao, tesoro. Ti sei divertita?"

Daisy annuì e tornò alle carte, all'apparenza disinteressata al fatto che sua madre era appena arrivata.

"A quanto pare," disse Noel, seguendo Abby nella luminosa cucina in fondo alla casa.

"D'accordo, per cominciare, muoio dalla voglia di sapere com'è andato l'appuntamento."

Un enorme sorriso si allargò sul volto di Noel quando disse: "È andata bene."

"Quanto bene?" chiese Abby, guardandolo insospettita. "Per esempio, se fossi passata davanti alla tua locanda ieri sera, vi avrei visti limonare anche sotto quella veranda? Oppure, se fossi passata questa mattina, avrei trovato l'auto di Drew parcheggiata fuori?"

Noel avvampò e le sue viscere si trasformarono in pappetta mentre ripensava a come Drew l'avesse svegliata quella mattina, con baci bollenti e appassionati. "Ehm, la sua auto era parcheggiata di fuori."

"Sì! Era ora che tu ti divertissi un po'," disse Abby, una luce maliziosa negli splendenti occhi azzurri. Ma presto, il suo sorriso svanì e lei aggiunse: "Sono davvero felice per te, Noel, e non vorrei rovinare il tuo buonumore, ma devo darti qualche notizia."

Noel si sedette al piano della cucina di Abby e tirò fuori la torta al caffè, cercando di non cedere alla paura che l'aveva improvvisamente afferrata. "Si tratta di papà?"

Abby scosse la testa. "No. La caviglia gli fa ancora male, ma per il resto, sta bene."

Noel trasse un sospiro di sollievo. Qualunque altra cosa era gestibile. "D'accordo. Sono pronta."

"Ieri notte è stata un po' burrascosa," disse Abby, sedendosi accanto sua sorella. "Ho dato a Daisy la sua pozione calmante, come sempre, ma subito dopo mezzanotte, lei si è svegliata piangendo e chiamando suo padre."

Noel sospirò, frustrata. "Sì. Capita, a volte. Non spesso come un tempo, ma capita. Si è calmata?"

"Sì, ma lo stava chiamando per dirgli di non lasciarla *di nuovo*. Continuava a ripeterlo, come se lui fosse tornato. Penso che forse abbia sentito parlare te o qualcun altro del fatto che lui è nei paraggi, perché questa volta sembrava… diversa. Più intensa."

Da quando Abby era andata a vivere con Clay, Daisy e Olive erano diventate molto amiche e Daisy aveva dormito da loro due o tre volte nell'ultimo mese. Non era la prima volta che Abby aveva a che fare con gli incubi. Noel si morse il labbro inferiore. "È possibile, ma sto molto attenta a non parlare di lui davanti a Daisy. Credi che potrebbe averlo sentito da te e Clay?"

"Spero di no," disse Abby, accigliandosi. "Anche noi stiamo molto attenti. Non parliamo nemmeno di lui quando c'è Olive."

Noel annuì. "Immagino che, se lui è davvero a Eureka, sia molto probabile che non riusciremo a tenere segreta la sua presenza. Spero solo che stia alla larga. Daisy non ha bisogno di farsi spezzare di nuovo il cuore."

"E nemmeno tu," disse Abby, rivolgendole un sorriso di solidarietà.

Noel mosse una mano. "Lui non può farmi del male. Me lo

sono lasciato alle spalle. Sono solo preoccupata per Daisy. Come hai fatto a calmarla?"

"Le ho dato dell'altra pozione. Si è tranquillizzata, ma non ha voluto tornare a dormire e continuava a chiedere di Buffy. Alla fine, ho ceduto e le ho permesso di dormire con il cane. Si è addormentata dopo cinque minuti."

Noel sorrise. "Quelle due... Avrei dovuto ricordarmi di dirti che Buffy dorme nel letto di Daisy, ora. Se l'avessi fatto, forse non ti saresti svegliata in quel modo. Daisy non ha più incubi, a casa nostra, da quando abbiamo preso Buffy. Lei è diventata il suo animale da conforto. Ed è una cagnolina bravissima. Ce l'avevo con papà per averci costretto a prenderla, ma forse dovrei fargli un bel regalo per ringraziarlo."

"Un cagnolino, per esempio?" Abby rise.

"Gli starebbe bene."

"Abby? Noel?" Yvette entrò in cucina stringendo una grossa busta marrone. Aveva gli occhi asciutti, ma rossi e gonfi, come se avesse appena pianto a dirotto.

"Ehi," disse Noel, balzando in piedi per circondare la sorella maggiore con un braccio. "Che succede?"

Yvette trasse un respiro profondo. "Ho bisogno delle mie sorelle."

"Assolutamente," disse Abby. "Posso portarti qualcosa? Tè? Vino? Una vanga?"

Yvette rise sconcertata e si lasciò cadere su uno degli sgabelli. "Vada per la vanga e per qualunque cosa abbia dello zucchero."

"Arriva subito." Noel le mise di fronte una fetta di torta al caffè. "Alla vanga ci penserà Abby. Allora, che succede?"

Sua sorella lanciò la busta sul piano della cucina. "Isaac mi ha chiesto il divorzio. È stato così gentile da consegnarmi di persona i documenti, questa mattina." Le sue labbra si contrassero in una smorfia. "Ha detto che voleva spiegarmi tutto e che non avrebbe mai voluto farmi del male. Tutta colpa di quello stupido abbonamento in palestra che gli ho regalato."

Noel ed Abby si scambiarono un'occhiata di comprensione. Sapevano entrambe dove voleva andare a parare.

"Chi è?" chiese Abby. "L'istruttrice di yoga? O quella che tortura la gente con lo spin? Aspetta, lo so, è la segretaria. Ha il vizio di toccare un po' troppo la gente."

"Ne dubito," disse Noel. "Sta con una donna."

"Oh." Abby si accigliò. "Allora mi sa che non è lei."

"È il suo commercialista," disse Yvette, in tono di sconfitta totale. "Si sono conosciuti a lezione di spin."

"Un momento," disse Noel, confusa. "Pensavo che il suo commercialista fosse Jake Jackson."

"Proprio così," disse Yvette, gli occhi pieni di mestizia.

"Isaac ti ha lasciato per Jake?" disse di getto Abby. "Vuoi scherzare?"

"Isaac dice che non era sua intenzione che accadesse." Yvette strappò un pezzo di torta al caffè, ma non la mangiò. "Che vuol dire… che non era sua intenzione che accadesse? Un bel giorno ha perso conoscenza ed è finito a letto con un altro uomo? Io… Come ha potuto farmi una cosa del genere?"

Noel lisciò i capelli ribelli di Yvette e disse: "Mi dispiace tanto, Vette. Sono sicura che volesse dire che non era sua intenzione farti del male. Ma questo non lo scusa per averti tradita o per essersi innamorato di un'altra persona."

Seduta sullo sgabello, Yvette fissò il vuoto. "Come ho fatto a non accorgermene?"

"Di cosa?" chiese Noel. "Che gli piacevano gli uomini o che aveva una relazione?"

Yvette si voltò e la fissò negli occhi. "Tutti e due."

"Perché te l'ha tenuto nascosto," disse Abby. "Non è colpa tua. Tu non hai fatto nulla di male, d'accordo? Hai capito, Yvette? Magari Isaac ti amava davvero e forse ti ama ancora. So che non vuoi sentirlo, adesso, ma se preferisce gli uomini, ti ha fatto un favore. Un favore grosso. Meriti una persona che sia pazzamente innamorata di te e che voglia solo te."

"Ma io gli ho dato undici anni. Undici anni!" esclamò Yvette. "Non me lo merito. Sono stata una moglie fantastica. Spero che Jake gli spezzi il cuore."

"Oh, tesoro," disse Abby, circondandola con le braccia. Noel fece lo stesso ed entrambe strinsero Yvette, facendo del loro meglio per evitare che crollasse.

CAPITOLO 22

Drew sedeva alla sua scrivania, intento a consultare gli appunti. Aveva trascorso gli ultimi tre giorni cercando di rintracciare Xavier. La ricerca della targa parziale aveva dato riscontro e il dipartimento aveva emesso un'allerta per avvisare che la persona che aveva noleggiato la Honda era sospettata in un caso aperto. Avevano ricevuto quattro soffiate negli ultimi giorni e Drew aveva trascorso la maggior parte del suo tempo ad approfondire a Eureka.

Nonostante avesse controllato in un cinema, in una pescheria, in una lavanderia a gettoni e in una drogheria, fino a quel momento Drew non era riuscito a cavare un ragno dal buco. Stando al personale delle rispettive attività, Xavier non si era più ripresentato alla Moon River Inn, al Sunshine Hotel o da Pies, Pies and More Pies. Ora, Drew stava fissando una mappa, nel tentativo di individuare una possibile base nella quale Xavier poteva essersi nascosto. Fino a quel momento, non aveva avuto fortuna.

Si alzò e cominciò a camminare avanti e indietro. Il fatto che non riuscisse a togliersi Noel dalla testa non era d'aiuto. La

193

notte che avevano trascorso insieme lo aveva sconvolto profondamente. Le aveva detto di voler tutto il pacchetto ed era sincero, ma dopo che avevano trascorso la notte insieme, sapeva di essere perduto. Noel non avrebbe potuto liberarsi di lui nemmeno provandoci. Drew non aveva mai desiderato una donna come aveva desiderato lei. Nelle ultime serate, aveva trascorso un'ora o due con lei sul dondolo della veranda. In entrambe le occasioni, lui non avrebbe mai voluto andarsene. Ma Noel aveva Daisy e loro avevano appena cominciato a frequentarsi ufficialmente. Entrambi credevano che non fosse appropriato esporre la bambina a un cambiamento così grande.

Drew lanciò un'occhiata all'orologio. Mancava poco a mezzogiorno e lui aveva un appuntamento a pranzo. Avrebbe incontrato Noel al birrificio durante la pausa di lei. Ma proprio mentre si preparava a uscire, gli suonò il telefono. Era l'ufficio di Eureka. "Baker."

"Vicesceriffo, abbiamo un nuovo avvistamento di quel veicolo. È parcheggiato di fronte alla Pacific Cove Boat Rentals. Finora, non è stato individuato nessuno che corrisponda alla descrizione di Anderson."

"Grazie. Sto arrivando." Drew informò Clarissa che stava uscendo, quindi chiamò Noel. Quando la donna non rispose, lui le mandò rapidamente un messaggio e saltò nel SUV.

Venticinque minuti dopo, Drew entrò nel parcheggio della Pacific Cove Marina e individuò quasi subito la Honda. Era parcheggiata proprio accanto all'uscita. Drew aveva una fortuna sfacciata: Xavier era seduto al posto di guida e lo stava fissando. Drew ricambiò l'occhiata. Quando Xavier non partì, Drew avvicinò lentamente il SUV alla Honda, affiancandosi, premette il pulsante per abbassare il finestrino.

"Xavier," disse. "Ti stavo cercando."

L'altro uomo tacque, poi disse: "Sembrerebbe che tu mi abbia trovato." Inarcò un sopracciglio e aggiunse: "Riesci a starmi dietro?"

Dopodiché, la Honda uscì dal parcheggio, immettendosi in un traffico furioso.

"Porca miseria!" Drew premette l'acceleratore, facendo ruotare su se stesso il SUV, e fece del suo meglio per restare attaccato al paraurti di Xavier. La Honda partì, serpeggiando in mezzo al traffico, svoltando troppo rapidamente e tagliando incautamente la strada ad altre auto.

Drew tenne le mani strette sul volante, deciso a non perdere l'uomo, questa volta. Ma poi la Honda svoltò bruscamente a sinistra e Drew rimase bloccato ad aspettare quando mezza dozzina di camion percorse la strada nella direzione opposta, impedendogli l'accesso. Non appena i camion furono passati, Drew premette l'acceleratore a tavoletta, sapendo che probabilmente aveva perso Xavier. Ma con suo stupore, la Honda era a tre strade di distanza, ferma a un segnale di stop.

Fu allora che Drew si insospettì. Perché Xavier lo aveva aspettato nel parcheggio del lungomare? E perché si stava assicurando che Drew avesse ampie opportunità di seguirlo? L'uomo non stava davvero cercando di seminare il vicesceriffo. In caso contrario, si sarebbe allontanato subito dopo aver svoltato a sinistra.

Il suo sesto senso si attivò e Drew si rese conto che qualcuno era in pericolo. Non sapeva esattamente di chi si trattasse; sapeva solo che si trattava di una persona a lui cara. Era la stessa sensazione che aveva provato la sera in cui era morta Charlotte e la sera in cui sua madre aveva quasi perso la vita in un incidente d'auto.

Lanciò un'occhiata al suo telefono e disse: "Chiama Noel."

Il Bluetooth si attivò e il rumore della chiamata al telefono di Noel esplose dagli altoparlanti del veicolo. Noel rispose al secondo squillo. "Ehi, Drew. Pensavo che stessi seguendo una pista a Eureka. Hai scoperto qualcosa?"

Drew esitò. Non voleva metterle ansia, ma sapeva anche che Noel faticava a dare fiducia agli altri. "A dire il vero, lo sto seguendo proprio in questo momento."

Noel ebbe un sussulto. "A piedi?"

"No. Siamo sulla 101, diretti verso sud. Non so cosa stia succedendo, ma è come se lui volesse che lo seguissi. Sembra quasi una trappola. Se avesse voluto seminarmi, avrebbe potuto farlo."

"Drew, stai attento. Chiama rinforzi. Se lui è coinvolto in quell'omicidio—"

"Non preoccuparti. Starò attento. Voglio solo vedere dove va; poi, se necessario, chiamerò rinforzi."

"Drew—"

"Senti, Noel, ti ho chiamato perché ho la sensazione che qualcosa non vada a casa. Voglio essere sicuro che tu e Daisy stiate bene."

"Io sto benissimo. Daisy è ancora a scuola. Vado a prenderla fra venti minuti."

Il sollievo lo travolse, ma l'inquietudine era ancora presente. "D'accordo. Chiamami dopo che sei andata a prenderla, d'accordo?"

"D'accordo. Drew?"

"Sì?"

"Bada a non correre rischi. Non ho intenzione di tollerare che Xavier mi ribalti la vita un'altra volta."

"Certo, tesoro." Drew permette un pulsante, concludendo la chiamata, e continuò a seguire Xavier fuori dalla statale e lungo le strade secondarie della contea di Humboldt.

Alla fine, la Honda arrivò in città e, dopo quarantacinque minuti di guida, Xavier entrò nel parcheggio di Pies, Pies and More Pies.

Drew non sapeva come interpretare quello sviluppo. Parcheggiò il SUV accanto all'uscita e tenne il motore acceso mentre aspettava di vedere cosa avrebbe fatto Xavier. La portiera del passeggero si aprì e Drew si irrigidì. Se Xavier era armato, sarebbe potuto succedere di tutto.

Quando i piedi di Xavier toccarono l'asfalto, la mano sinistra di Drew accentuò la presa attorno alla maniglia della portiera mentre la destra afferrava la pistola stordente. Xavier sbatté la portiera nello stesso istante in cui Drew spalancò la sua. Drew balzò fuori dal SUV, puntando la pistola stordente contro Xavier mentre usava la portiera come scudo.

Era pronto a premere il grilletto. Quando sbirciò nella direzione di Xavier da dietro la portiera, rimase sconvolto nel constatare che il conducente dell'auto non era Xavier. L'uomo aveva la pelle decisamente più scura e i capelli nerissimi.

"Che diavolo?" Drew lanciò un'occhiata alla targa della Honda, confermò rapidamente che era quella di Xavier, quindi corse dall'uomo, fermandolo un attimo prima che entrasse nel ristorante. "Dove diavolo è Xavier?"

"Chi?" chiese confuso l'uomo.

"Xavier… voglio dire, Victor. Quello che avrebbe dovuto guidare quel veicolo." Drew indicò la Honda, pronto a staccare la testa a qualcuno. Lo stavano raggirando. Sapeva che era Xavier quello che aveva visto al lungomare. Si erano guardati negli occhi. Drew aveva visto il volto dell'uomo e lo avrebbe riconosciuto ovunque, dato che era praticamente identico a quello della figlia. Quell'uomo doveva essersi sostituito a Xavier, a un certo punto, il che significava che lo avevano preso per il naso.

"Non lo so. Quel tizio che si faceva chiamare Victor mi ha pagato cinquanta sacchi perché guidassi a vuoto per quarantacinque minuti. Mi ha detto di lasciare l'auto qui, dopo aver fatto."

"Uno sconosciuto ti ha pagato cinquanta sacchi per guidare e tu l'hai fatto senza fare domande?" chiese Drew, stringendo gli occhi insospettito.

"Senti, devo pagare la bolletta della luce. Cinquanta sacchi sono cinquanta sacchi."

"E tu non l'avevi mai visto?"

L'uomo scosse la testa. "Avevo appena finito di pescare quando lui mi ha chiesto se volevo guadagnare qualche soldo in più. È tutto quello che so."

Drew ribolliva di rabbia mentre l'uomo svaniva nel ristorante. Lo seguì, ma solo per dare un'occhiata in giro e vedere se Xavier fosse in attesa all'interno. Ma come si era aspettato, Xavier non si vedeva da nessuna parte. Drew batté in ritirata e corse alla Honda. Al suo interno, vide un berretto, una sciarpa, un paio di guanti e una giacca. Era certo di aver visto Xavier indossare la sciarpa il giorno in cui era uscito dal Sunshine Hotel. Se fosse riuscito a metterci le mani sopra, forse avrebbe potuto rintracciare Xavier. Ma le portiere erano chiuse a chiave.

"Porca miseria," borbottò Drew. Corse nel ristorante e costrinse l'uomo che Xavier aveva ingaggiato per guidare al suo posto ad accompagnarlo nel parcheggio.

"Ho dei diritti," disse l'uomo, guardandolo storto.

"E corri il rischio di essere arrestato e interrogato. Oppure puoi aprire quella portiera e consegnarmi la sciarpa." In realtà, Drew non aveva motivi per arrestare l'uomo. Nessuna legge proibiva di guidare in giro per la città. Drew non aveva acceso la sirena, né gli aveva chiesto di accostare. Ma avrebbe potuto portarlo in ufficio per interrogarlo e lo avrebbe fatto, se l'uomo avesse rifiutato di collaborare.

"Va bene. Diamine. D'accordo. Stai calmo." L'uomo tirò fuori un mazzo di chiavi e, un attimo dopo, aprì la portiera.

Drew si allungò a prendere gli indumenti. Ora aveva solo bisogno di uno specchio d'acqua. "Grazie," disse all'uomo, per poi correre di nuovo al suo SUV.

Il fiume Elk scorreva nelle vicinanze, ma l'oceano gli avrebbe fornito più energia. Prendendo una decisione rapida, Drew si recò a velocità smodata fino alla spiaggia più vicina. Era un grigio pomeriggio di martedì e, con sollievo di Drew, la spiaggia era deserta. Meno distrazioni c'erano, meglio era. Parcheggiò il SUV, afferrò la sciarpa e corse fino al bordo dell'acqua. Energia pura si riversò in lui dalle onde alte, colmandolo, facendolo vibrare per la sua intensità.

Drew cadde in ginocchio sulla sabbia, strinse la sciarpa con entrambe le mani e si concentrò su Xavier. Il volto dell'uomo gli apparve nella mente, chiaro come il giorno. Era di fronte alla scuola elementare di Keating Hollow. Nella visione, Drew era uno spettatore immobile, costretto a guardare mentre Xavier tendeva le braccia a Daisy, la sollevava da terra e, stringendola a sé in un abbraccio protettivo, si metteva a correre.

"No!" gridò Drew, tornando al suo veicolo.

CAPITOLO 23

*N*on appena Noel concluse la telefonata con Drew, cominciò a innervosirsi. Non era il genere di persona che ignorava i presentimenti. E il fatto che Drew fosse coinvolto in un'indagine sul suo ex la metteva a disagio al punto da spingerla a prendere le chiavi e dirigersi verso il suo veicolo. Potendo, sarebbe stata la prima della fila quando gli scolari sarebbero usciti da scuola. Si sarebbe rilassata una volta che avrebbe avuto Daisy al sicuro al suo fianco e Drew sarebbe tornato in città.

"Vado a prendere Daisy," disse ad Alec.

L'uomo sollevò lo sguardo da dietro il banco della reception. "Di già?"

"Sì. Non voglio fare troppa coda." Noel salutò e svanì dalla porta sul retro. Ma quando premette il pulsante sul portachiavi per sbloccare la portiera, non accadde nulla. "Diamine," borbottò, aggiungendo *comprare una batteria nuova* alla lista mentale delle cose da fare mentre usava la chiave per aprire la portiera.

Una volta allacciata la cintura, infilò la chiave nella toppa e… niente. "No. Non ci credo." Ritentò. Nulla. L'auto era morta e stramorta. "Dannazione."

In preda alla frustrazione, Noel saltò giù dal SUV, che aveva solo cinque anni, e corse di nuovo dentro la locanda. "Alec?"

"Ehi, pensavo che fosse uscita," disse l'uomo.

"Ho la batteria scarica. Puoi attaccare i cavi?"

"Certo." Alec posò la penna e la seguì di fuori. Mentre lui posizionava il furgone accanto al veicolo di Noel, lei tirò fuori i cavi della batteria. Ci volle qualche manovra, ma alla fine riuscirono a collegare i cavi e a mettere in moto il SUV.

"Grazie," disse Noel, sollevata mentre balzava di nuovo a bordo del SUV. "Sono in debito con te."

Alec la liquidò con un gesto. "Non si preoccupi. Alla fine, tutto si pareggia."

Noel gli sorrise e uscì dal piccolo parcheggio. Quando si fermò al semaforo, lanciò un'occhiata all'orologio e strinse i denti. Ricaricare la batteria aveva richiesto più tempo del previsto. La scuola era appena finita e Daisy, forse, la stava già aspettando. Mentre lei attendeva che il semaforo diventasse verde, controllò tutto per cercare di capire come mai le si era scaricata la batteria. Non le ci volle molto per rendersi conto che l'impostazione dei fari era stata cambiata da "automatico" ad "acceso". Cominciarono a sudarle le mani mentre stringeva il volante. Lei non cambiava mai le impostazioni. E dato che solo lei guidava quel veicolo, era stato qualcun altro a effettuare la modifica. Di proposito, forse?

Xavier era venuto in paese e aveva sabotato il suo veicolo in modo che Noel non potesse spostarsi? L'idea sembrava assurda, ma lo stesso valeva per il fatto che l'uomo era a Eureka e collegato con un cadavere non identificato. Cosa diavolo stava combinando il suo ex?

Noel accelerò un po' più di quanto avrebbe voluto per

arrivare a scuola e cercò di non perdere la testa quando si ritrovò in fondo alla fila delle auto. In quel momento, non desiderava altro che portare a casa sua figlia, dove avrebbe potuto tenerla d'occhio.

La coda sembrava muoversi più lenta della melassa, ma Noel sapeva che, in realtà, era più o meno veloce come sempre. Alla fine, girò l'angolo, e poté vedere i bambini che attendevano di essere presi.

E l'uomo che si avvicinava alla scuola con le braccia spalancate.

Xavier.

Noel abbassò il finestrino appena in tempo per udire la sua cara bambina esclamare: "Papi!"

"No!" gridò Noel, udendo la parola che le rieccheggiava nella mente mentre saltava giù dalla macchina.

Daisy si gettò fra le braccia di Xavier. Lui la sollevò da terra e la strinse forte.

"Metti subito giù mia figlia," ordinò Noel, il vento che si agitava attorno a lei come se avesse una volontà propria. Le foglie sugli alberi frusciavano rabbiosamente. Una pattumiera si rovesciò e rotolò. I bambini lanciarono grida sconcertate, stupiti dall'ondata di potere che si riversava da lei.

"Fermati, Noel!" ordinò Xavier mentre correva da lei, con Daisy fra le braccia. "Trattieni la tua magia. Nessuno vuole portare via Daisy."

Lei non gli credette. Per quale altro motivo Xavier poteva essere lì? "Dammela."

"No." Daisy tuffò il viso nella spalla dell'uomo, tenendosi stretta a lui con tutta la sua forza. "Non voglio lasciare papà."

Noel rimase immobile sul marciapiede di fronte alla scuola elementare, col cuore spezzato e decisamente incazzata. "Che ti salta in mente?" chiese a Xavier mentre staccava sua figlia dalle braccia dell'uomo. "Le stai spezzando il cuore. Lo sai, vero?"

"No, mamma, no. Voglio papà," piagnucolò Daisy, avvolgendo le gambe attorno a Noel mentre, al tempo stesso, cercava di allungarsi nuovamente verso Xavier.

"Noel, per favore," disse l'uomo. "Lascia che ti spieghi."

"Sei impazzito?" bisbigliò rabbiosamente lei. "Non riesco a credere che tu abbia fatto una cosa del genere. Dove pensavi di portarla?"

"Da nessuna parte," disse l'uomo, sollevando le mani e facendo un passo indietro. "Volevo solo vedervi."

"E così sei venuto qui? Sei fuori di testa?" Noel si incamminò a grandi passi verso uno degli insegnanti, che si era diretto verso di loro. Dopo aver chiesto scusa e aver spiegato brevemente la situazione, tornò alla macchina e mise Daisy sul sedile posteriore. Sua figlia non smise di piagnucolare e di allungarsi verso suo padre. Una volta che Daisy ebbe la cintura allacciata, Noel la baciò sulla guancia e cercò di tranquillizzarla con parole di conforto, ma nulla sarebbe riuscita a calmarla e lei lo sapeva benissimo.

Noel si voltò verso Xavier, che era ancora nelle vicinanze. "Sali in macchina. Se cerchi di fare o dire qualunque cosa possa turbare di nuovo mia figlia, io ti castro. Hai capito?"

L'uomo annuì una singola volta e si sbrigò a salire a bordo del veicolo prima che lei cambiasse idea. Cosa che per poco non accadde. Tutto, dentro di lei, avrebbe voluto tirarlo fuori dal SUV e prenderlo a calci. Come osava presentarsi in quel modo alla scuola di Daisy? Come osava cercare di vederla senza prima averne parlato con Noel? Che faccia tosta.

Noel ribollì durante tutto il tragitto di ritorno alla locanda. Una volta che furono scesi dall'auto, afferrò la mano di Daisy e rivolse un brusco cenno del capo a Xavier, per indicargli di seguirle. Ma invece di entrare, Noel fece strada fino al retro e si sedette su una delle sedie della veranda mentre l'uomo prendeva posto sul dondolo. Daisy corse da Xavier e si accoccolò contro di lui.

Era una scena quasi insopportabile per Noel. Lei voltò la testa e rabbrividì nella fredda aria pomeridiana. Se lei aveva freddo, sapeva che Daisy stava probabilmente gelando. Mosse una mano, riscaldando all'istante l'aria attorno a loro.

"La tua magia è più forte, ora," disse Xavier.

Noel si strinse nelle spalle. "È sempre così quando sono arrabbiata."

"Giusto… Non avevo cattive intenzioni," disse Xavier, passando un braccio attorno a sua figlia.

"È per questo che mi hai sabotato la macchina? Sei stato bravo a farlo sembrare un caso," disse lei, la voce che grondava sarcasmo.

"Che vuol dire che ti ho sabotato la macchina?" Xavier aveva la fronte aggrottata per la confusione. "Non sei venuta a scuola con quella?"

"La batteria era scarica, Xavier. Stai seriamente negando di aver acceso in qualche modo i fari?"

Xavier distolse lo sguardo e batté nervosamente il piede per terra mentre diceva: "Volevo solo un po' di tempo per dire addio."

"Sei incredibile, lo sai? Non potevi chiedermelo? O avevi troppa paura della mia risposta?" Noel avrebbe voluto prenderlo a pugni. Forse, se Xavier non avesse avuto Daisy in braccio, non si sarebbe trattenuta. "Scommetto che eri tu quello che continuava a chiamare la locanda e a mettere giù."

L'uomo prese fiato, ma non rispose. Lei lo prese per un sì. Noel detestava il fatto che Daisy era presente a una conversazione che lei non poteva rimandare. Lei e il suo ex avevano delle cose di cui parlare e la maggior parte di esse non erano adatte all'orecchio di Daisy. "Dove sei diretto questa volta, Xavier?"

"Verso sud, credo."

"Verso sud, credi?" Noel sospirò. "Daisy, tesoro?"

Sua figlia sollevò la testa e lanciò un'occhiata a sua madre.

"Ho bisogno che tu dia un'occhiata a Buffy. Puoi farlo per me?"

"Ma c'è papà. Non voglio andarmene," disse la bambina, trattenendo a stento un piagnucolio.

"Papà e io dobbiamo parlare di cose da adulti, tesoro. So che ti manca, ma abbiamo bisogno di qualche minuto. Ti prometto che lui non se ne andrà prima di aver trascorso un po' di tempo con te."

"Ma io non voglio che tu te ne vada," disse Daisy, guardando Xavier con le lacrime agli occhi.

"Lo so, tesorino. Non ho scelta, ma non me ne andrò senza salutare." L'espressione di Xavier era gentile e amorevole, ma ciò non fece che provocare ulteriormente Noel. Dov'era stato quell'uomo per tutto il tempo?

Con riluttanza, Daisy scese dal dondolo. Trascinò i piedi e guardò storto sua madre fino a quando non girò l'angolo e non svanì alla vista. Qualche istante dopo, si udì la porta sul retro aprirsi e chiudersi sbattendo.

Fra Noel e Xavier cadde il silenzio. Noel si limitò a fissare l'uomo, aspettando che lui dicesse quello che era venuto a dire.

Xavier si schiarì la voce. "Devo chiederti scusa."

"Sì, devi proprio," disse lei, incrociando le braccia. "Ma non a me. A tua figlia."

"A tutte e due," insistette lui.

Noel sbuffò. "È inutile che tu lo faccia con me, Xavier. Qualunque cosa tu dica, non sistemerà nulla."

Xavier fece una smorfia mentre annuiva. "Lo so. Ma mi dispiace comunque. Mi dispiace davvero tanto per come sono andate le cose."

Noel rimase di stucco. "Per come sono andate le cose? Non perché te ne sei andato?"

"Certo che mi dispiace per essermene andato. Ma non avevo scelta. Dovevo farlo. Altrimenti..." Xavier si passò una mano fra i capelli folti. Quando risollevò lo sguardo, nei suoi occhi c'era uno sguardo implorante. "Ci sono molte cose da spiegare. Non avrei voluto andarmene. Sono stato costretto. Ti prego, Noel, ascolta quello che ho da dire."

"Va bene, ti ascolto." Il tono di voce di Noel era brusco e pieno di scetticismo. Nulla di ciò che Xavier potesse dire avrebbe migliorato le cose, ma lei non poteva negare di essere molto curiosa. Dove diavolo era stato il suo ex e perché se n'era andato tanto bruscamente?

"Ci sono delle cose che ignori riguardo al mio passato," disse l'uomo.

"Palesemente."

"Intendo il mio passato prima che ci conoscessimo." Xavier si sporse in avanti e distolse di nuovo lo sguardo.

"Mi hai detto di essere cresciuto nell'Oregon," disse lei. "Eri figlio unico e i tuoi genitori sono morti in un incidente d'auto."

Xavier si voltò nuovamente verso di lei. "Nulla di tutto ciò è vero."

Noel non poteva dire di essere sorpresa. Il passato dell'uomo era inesistente. Doveva pur esserci una ragione per cui esso era svanito da ogni registrazione. "Ti ascolto."

Xavier la fissò dritto negli occhi e vuotò il sacco. "Sono cresciuto in una famiglia criminale."

Onestamente, era quello che lei si era aspettata di sentire. Come poteva essere altrimenti, quando il passato di Xavier era stato praticamente cancellato? Ma fu comunque un pugno nello stomaco, che le rese difficoltoso respirare. Alla fine, Noel si costrinse a dire: "Ci sei ancora coinvolto?"

"Non volontariamente."

Noel chiuse gli occhi; non era sicura di voler sentire altro. "In tal caso, probabilmente dovresti andartene. Non è sicuro per Daisy." E non lo era nemmeno per lui. Se lì fosse arrivato Drew, le cose non sarebbero andate bene per Xavier.

"Lo farò, ma ci sono delle cose che devo dirti, prima," disse l'uomo.

"Allora, è meglio che tu tiri fuori tutto."

E Xavier lo fece. Le spiegò di essere stato costretto a fare da corriere della droga per conto di suo zio da quando aveva otto anni. Da ragazzo, era stato presente quando suo zio aveva giustiziato tre spacciatori rivali e aveva costretto la figlia di uno dei capi a unirsi alla banda. Si era invaghito di lei e aveva cercato di costringerla a diventare la sua ragazza. Xavier l'aveva aiutata a scappare prima che la situazione potesse degenerare; era stato allora che se n'era andato, senza mai guardarsi alle spalle. Era riuscito a trovare una strega della terra abile a manipolare la tecnologia e gli aveva pagato una cifra oscena perché lo facesse sparire. Poco dopo, era arrivato a Keating Hollow, nella speranza di condurre una vita normale. Lì aveva conosciuto Noel.

"E così, hai imboccato la retta via. Buon per te. Senonché io avrei meritato di conoscere il tuo passato *prima* che ci sposassimo e ci facessimo una famiglia, non credi?"

Xavier annuì. "Sì. Ma volevo disperatamente lasciarmi il passato alle spalle. Non avevo la minima intenzione di tornare a quella vita."

"Eppure, l'hai fatto. Immagino di doverti ringraziare per non aver coinvolto me e Daisy."

Il dolore lampeggiò negli occhi verdi di Xavier, che sembrava distrutto. "È per questo che me ne sono andato, Noel. Mi avevano trovato."

Noel prese bruscamente fiato, mentre il dolore si irradiava dal profondo della sua anima. Xavier non le aveva lasciate perché aveva smesso di tenere a loro. Le aveva lasciate per proteggerle. "Perché non me lo hai detto?" bisbigliò.

"Non volevo che tu avessi nulla a che fare con quella gente, Noel. Perché mai avrei dovuto volere una cosa del genere per te e Daisy?

"Ma... noi ti amavamo."

Xavier scese dal dondolo e cadde in ginocchio di fronte a lei, afferrandole le mani. "Non ho mai smesso di amarvi. Mai."

Lei fissò le loro mani giunte e seppe di non poter dire lo stesso. L'amore che aveva provato per lui si era trasformato in risentimento e in qualcosa di simile all'odio. Noel non ne era orgogliosa, ma dopo aver visto sua figlia soffrire per tante notti perché sentiva la mancanza del padre, non era riuscita a perdonarlo. Forse, ora che aveva delle risposte, avrebbe potuto trovare un modo per andare avanti. "Dove sei stato per tutti questi anni?"

Xavier accentuò la presa sulle sue mani, chiuse gli occhi e disse: "Non lo so. Poco dopo che me ne sono andato da qui, mi hanno drogato, costringendomi a ingoiare una pozione che mi ha privato dei ricordi."

Porco mondo. La situazione non faceva che peggiorare. "E ora? Cos'è successo?"

Xavier scosse la testa. "Non lo so esattamente. Sto cominciando a ricordare qualcosa, ma è tutto molto confuso. Victor ha rubato la mia identità, perché io non avevo precedenti. Era lui a somministrarmi quella pozione. Poi è morto e io sono tornato in me. Quando ho cominciato a ritrovare i ricordi, sono finito qui. Dovresti sapere che... ho visto Daisy, la settimana scorsa."

"Cosa?" Noel ritrasse le mani, pronta a sputare fuoco.

"Ti prego, Noel. Non ero ancora in me. Non capivo. Sapevo solo che c'era qualcosa... qualcuno, qui, che avevo bisogno di vedere. Sono arrivato, l'ho vista e una valanga di ricordi si è riversata dentro di me. Pensavo che forse lei mi avesse visto, ma non ne ero sicuro. Ero molto confuso. Mi sono allontanato per cercare di capirci qualcosa."

All'improvviso, Noel cominciò a sentirsi sopraffatta. La storia di Xavier era assurda e quasi incredibile. Ma al tempo stesso, lei sapeva che l'uomo stava dicendo la verità. Se lo sentiva dentro. "Quella è stata l'unica volta in cui sei venuto in paese prima di oggi?"

Xavier scosse la testa. "Dopo aver ritrovato la memoria, sono tornato qui. Volevo vederti, parlare con te, spiegarti tutto. Ma..."

"Ma?" Il cuore le martellava contro la gabbia toracica.

"Ti ho vista con il poliziotto del paese." Xavier tornò al dondolo e fissò il terreno. "Sapevo che non avrei mai potuto parlare con te quando c'era lui, per cui ho aspettato che arrivasse il momento giusto."

"Il momento in cui avresti potuto mandarlo a menare il can per l'aia?" concluse Noel.

Xavier annuì. "Se il tuo ragazzo mi arresta, finirò sicuramente in carcere. Sono certo che tutti i crimini di Victor ricadranno su di me. Ho bisogno di tempo per sistemare le cose."

"E poi?"

"Ho già deciso di consegnarmi alle autorità. Non posso vivere così. Voglio quello che avevamo prima, Noel. Non ho mai voluto altro."

Noel lo fissò con il cuore spezzato. Quindi scosse la testa. "Non posso tornare indietro, Xavier. Non ora. Né mai, probabilmente. Tu mi hai mentito. Mi hai lasciata. Ma soprattutto, non ti sei fidato di me. E Daisy..." Un piccolo singhiozzo le si bloccò in gola. "Ha sofferto perché siamo state colte alla sprovvista. Mi dispiace, ma non posso tornare a tutto questo."

Xavier irradiava una profonda tristezza, ma si alzò e annuì. "Capisco. Posso dire addio a mia figlia?"

"Certo." Noel entrò nella locanda per andare a prendere Daisy.

Sua figlia era seduta contro la porta, le braccia attorno alle ginocchia mentre piangeva in silenzio.

"Vieni, tesoro. Il tuo papà ti aspetta," disse Noel.

Daisy corse fuori dalla porta e fra le braccia di suo padre.

CAPITOLO 24

*D*rew corse lungo la strada a due corsie che portava a Keating Hollow, prendendo le curve troppo in fretta e sorpassando chiunque avesse di fronte. Aveva provato a chiamare Noel non meno di sei volte. Ogni volta, era scattata la segreteria. Aveva persino provato a chiamare la locanda, ma aveva trovato la stessa cosa. La segreteria.

Dove diavolo erano tutti?

Poi, aveva chiamato Clay e gli aveva chiesto di dare un'occhiata alle sue ragazze. Sfortunatamente, Clay era andato a incontrare un fornitore a Eureka ed era ancora più lontano di lui.

Drew accentuò la presa sul volante e si diresse subito verso la scuola. Era deserta. Non si era davvero aspettato di trovare qualcuno e tirò dritto. Alla fine, entrò nel piccolo parcheggio dietro la locanda di Noel. Scese dall'auto e corse verso la porta, ma prima di entrare, udì un pianto provenire accanto all'edificio. Cambiò subito direzione e seguì i suoni emessi da una bambina agitata.

Svoltò l'angolo e vide Xavier, che gli dava le spalle, in

mezzo alla veranda. Daisy era fra le sue braccia e piangeva. "No, papi, no. No."

La rabbia lo colmò. Come osava Xavier venire a Keating Hollow dopo aver deliberatamente distratto Drew in modo da terrorizzare la sua bambina? Non avrebbe mai più fatto una cosa del genere. Non fin che c'era Drew. "Xavier Anderson, lascia andare Daisy, subito!"

Xavier posò Daisy e si voltò verso Drew.

"Daisy, piccola, vieni qui," disse Noel, afferrando la mano di sua figlia, attirandola fra le proprie braccia non appena l'ebbe afferrata.

"Porta dentro Daisy, Noel. Ci penso io qui," disse Drew.

"Drew—"

"Per favore, Noel. Vai," implorò lui, lanciando un'occhiata alla bambina. Se Xavier avesse fatto gesti inconsulti, lui non voleva che ciò accadesse di fronte a Daisy.

"D'accordo. Ma cerca di essere ragionevole, per favore," disse la donna, per poi girare attorno alla locanda e sparire.

"Hai commesso un errore a tornare qui, Anderson," disse Drew, impugnando la pistola stordente.

"Come mai, Baker?" chiese l'uomo, con un sogghigno. "È perché hai finalmente trovato le palle di provarci con la mia famiglia?"

"Parole grosse per l'uomo che le ha abbandonate."

"Tu non sai nulla di me," disse Xavier, guardandolo storto.

"Ne so abbastanza. Ora alza le mani. Sei in arresto."

"Un corno. Ero venuto solo per salutare. Ora me ne vado."

"Fai un passo e giuro che ti stendo. Hai capito?"

"Che succede, Baker? Sei furioso perché hai trascorso la giornata a guidare per tutta Eureka senza cavare un ragno dal buco?"

Drew fulminò Xavier con lo sguardo. Non aveva

intenzione di abboccare. "Conto fino a tre. Se non collabori, ti prendo a calci nel sedere. Hai capito?"

Xavier si produsse in una risata nasale. "Provaci. Vediamo cosa ne penserà *mia moglie*."

"*Ex*-moglie, lo corresse Drew.

Xavier fece spallucce, quindi si voltò e cominciò ad allontanarsi.

"Ultimo avvertimento, Anderson. Fermati o tiro il grilletto."

"Fai quello che devi, Baker," disse Xavier.

"L'hai voluto tu," disse Drew.

"Drew, non farlo," disse Noel da dietro di lui.

Ma era troppo tardi. Drew aveva già premuto il grilletto della pistola stordente. Xavier cadde in ginocchio, quindi riverso a terra.

"Drew! Cosa hai fatto?" chiese Noel in un brusco sussurro.

Drew si voltò a guardarla, vagamente stupito dalla rabbia che vide brillare nei suoi occhi.

"Il mio dovere, Noel. Cosa ti aspettavi che facessi?"

"Ti senti meglio, adesso?"

Drew la guardò. "Onestamente, sì."

La donna strinse gli occhi e scosse la testa. Aveva un'aria delusa e stanca. "Ci sono delle cose che non sai."

"Ne sono certo." Drew si recò al fianco di Xavier e lo fissò con aria spassionata. "Non farai mai più loro del male, capito?"

Xavier sbatté le palpebre una singola volta, come per prendere atto dell'affermazione di Drew. Dopodiché, Drew si mise al lavoro. Venti minuti dopo, aveva rinchiuso Xavier Anderson nell'unica cella del paese e aveva allertato lo sceriffo Barnes.

~

"Non capisci," disse Noel. Era in piedi nell'ufficio di Drew, con le mani sui fianchi, che lo guardava male.

"Credo di sì, invece," disse lui, cercando di suonare il più ragionevole possibile. "Mi hai appena detto che ha fatto parte per anni di una famiglia criminale, e tuttavia pensi che dovrei lasciarlo andare come se niente fosse."

"Non sto dicendo questo," insistette Noel. "Sto dicendo che non dovevi per forza colpirlo con quella pistola stordente."

"Se ne stava andando, Noel. Era la scelta più sicura per tutti."

"Non sono sicura di essere d'accordo," disse la donna, il tono accalorato. "Era qui solo per salutare Daisy. Non dovevi per forza colpirlo."

"Non puoi saperlo." Drew si alzò e premette le mani sulla la scrivania. "Anzi, non sai quasi nulla di lui. Può darsi che abbia mentito su tutto."

"Lo conosco, Drew. Non ha mentito. Ci amava e stava cercando di fare quello che era meglio per noi. Deve pur valere qualcosa."

Drew la fissò, chiedendosi da dove arrivasse quella persona. Davvero era bastata una conversazione con l'uomo che le aveva strappato il cuore e ci era passato sopra perché lei gli perdonasse tutto ciò che aveva passato? "Qual è il punto?"

"Come?" La donna aggrottò la fronte per la confusione. "Non capisco cosa vorresti dire."

"Lo ami ancora? Pensi che, ora che si è scusato, forse si può salvare qualcosa? Perché io non capisco."

Noel lo fissò a bocca aperta e Drew soppresse un sussulto. Palesemente, aveva detto la cosa sbagliata. "Non dirai sul serio," disse lei.

Drew strinse i denti. "Che devo pensare? Lui è un criminale reo confesso e tu sei incazzata perché non ho lasciato che se ne andasse via libero. Non capisco cosa volessi che facessi. Non posso *non* fare il mio lavoro."

Lei lo fissò, i begli occhi azzurri colmi di delusione. Poi si incamminò verso la porta chiusa. Si fermò, si guardò alle spalle e disse: "Volevo solo che tu mi ascoltassi."

Drew aprì la bocca per rispondere, ma Noel uscì e si chiuse silenziosamente la porta alle spalle.

CAPITOLO 25

*E*rano passati tre giorni da quando Drew aveva messo Xavier in cella. Erano trascorsi tre giorni dall'ultima volta in cui Noel aveva parlato con lui. Drew le aveva scritto per chiederle quando avrebbero potuto incontrarsi e lei gli aveva detto di aver bisogno di tempo. Voleva concentrarsi su Daisy.

Ciò che non si era aspettata era che Daisy sembrava cavarsela benissimo. Era come se aver visto Xavier e avergli sentito dire quanto le voleva bene e che non aveva voluto andarsene avesse tranquillizzato le sue paure. Certo, la bambina era rimasta turbata dall'abbandono paterno, ma Noel vedeva chiaramente che una specie di interruttore era scattato dentro sua figlia. Suo padre era tornato da lei e quello era tutto ciò di cui Daisy aveva bisogno.

Non guastava il fatto che avevano avuto modo di andare a trovarlo a Eureka. Noel non aveva preso quella decisione alla leggera. Non voleva fare nulla che arrecasse ulteriore male a Daisy, ma il terapista della bimba aveva detto che probabilmente le sarebbe stato utile sapere che Xavier non era semplicemente scomparso un'altra volta. Per cui, Noel si era fatta forza e aveva fatto il viaggio. Daisy era stata molto silenziosa all'andata, ma abbastanza contenta al ritorno. Per quanto Noel soffrisse per il fatto che Xavier non si fosse fidato di lei e avesse mentito per omissione, non le era parso giusto tenergli lontana Daisy. La bambina aveva il diritto di conoscere suo padre.

La verità era che a Noel dispiaceva per Xavier. Non era colpa sua se era cresciuto in una situazione familiare spaventosa. E aveva cercato di sfuggirvi. Per tutto il tempo in cui lei lo aveva conosciuto, l'uomo non le aveva dato il minimo segnale di essere altro che un cittadino rispettoso della legge.

"Cosa farai se Xavier troverà una via di uscita da questo disastro, Noel?" le chiese sua sorella minore, Faith, mentre le acconciava con abilità i capelli biondi in una treccia alla francese.

Le quattro sorelle erano sedute al tavolo della cucina di Yvette, intente a passare in rassegna il programma del matrimonio imminente di Abby.

Noel si strinse nelle spalle. "Dipende più che altro da lui. Io voglio che Daisy possa trascorrere del tempo con lui. Nonostante le sue colpe, è stato un buon padre."

Abby sollevò lo sguardo dai cataloghi nuziali. "Vuole dire, che cosa ha intenzione di fare con Drew?"

Noel si accigliò. "Cosa c'entra Drew con Xavier?"

"Voi due non state insieme?" chiese Faith.

Era così? Noel non sapeva quale fosse la loro situazione, al momento. Di certo non avevano rotto, ma non avevano nemmeno avuto l'occasione di parlare. "Penso di sì. Abbiamo avuto una piccola crisi; vedremo cosa succederà."

Abby scivolò verso di lei e le coprì la mano con la sua.

"Siamo solo preoccupate che tu sia tentata di tornare con Xavier."

Noel rimase di stucco. "Come ti è venuto in mente?"

"Perché lui è stato il tuo primo amore," disse schiettamente Abby.

"Ed è il padre di tua figlia," aggiunse Yvette.

"Siamo preoccupate per te," disse Faith.

"Il mio primo amore?" Noel fece una risatina sommessa. "È questo che pensate?"

"Non è così?" disse Faith.

Noel scosse la testa. "No. Il primo uomo di cui mi sono innamorata è stato Drew."

Tutte e tre le sorelle si ritrassero con espressione sbalordita. Alla fine, Abby si schiarì la voce. "Vuoi dire che non hai mai amato Xavier o che fra te e Drew, a un certo punto, c'è stato qualcosa di cui non sapeva niente nessuno?"

Noel sorrise con pazienza. "Vi ricordate quell'estate in cui ho fatto l'animatrice al campo estivo?"

Yvette e Faith annuirono.

"Io ero già a New Orleans?" chiese Abby.

"Sì. C'era anche Drew. Non ci siamo messi insieme, ma ci siamo arrivati vicini. Ed eravamo grandi amici. Quell'estate, io mi sono innamorata perdutamente di lui. Credo si possa dire che anche lui provava qualcosa per me, ma soffriva ancora così tanto per la morte di Charlotte che il momento era completamente sbagliato. Alla fine dell'estate, siamo andati ciascuno per la propria strada. Eravamo ancora in amicizia, ma Drew ha sempre mantenuto le distanze. Gli c'è voluto del tempo per lasciarsi alle spalle la morte di Charlotte. Non credo che provare qualcosa per una Townsend gli sia stato d'aiuto."

"Noel," disse Abby con voce fioca. "Mi dispiace tanto. Deve essere stata molto dura."

"Più che altro perché tu non c'eri," disse a bassa voce Noel mentre fissava la tazza.

Le dita di Abby accentuarono la presa sulle sue. Quando Noel, finalmente, la guardò, gli occhi di Abby traboccavano di lacrime. "Mi dispiace," disse sua sorella. "Sai che anche tu mi sei mancata. Più di quanto credo tu sappia. È solo che... ero molto simile a Drew. Intrappolata nel mio dolore. Non hai idea di quanto io sia felice di essere di nuovo qui con voi tre. Mi sono persa così tanto delle vostre vite."

"È acqua passata, ormai. Mi dispiace di non essere venuta a trovarti," disse Noel, assolutamente sincera. Se solo avesse teso una mano a Abby, invece di permettere alle sue mura di cementarsi, forse le cose sarebbero andate diversamente. "Abbiamo molto da recuperare."

Il sorriso di Abby vacillò mentre lei annuiva. Tutto il dolore e la frustrazione degli ultimi anni erano finalmente svaniti dopo il patto che avevano stretto nella camera di Abby. Ora dovevano solo rimettersi in carreggiata.

"D'accordo, basta parlare dei drammi di Noel." Yvette le rivolse un sorriso gentile. "Ieri ho parlato con Isaac."

Tutte e tre le sue sorelle si voltarono e le dedicarono la loro completa attenzione.

"E?" chiese Noel.

"Sono ancora arrabbiata, ma almeno non lo odio più," disse Yvette. "È venuto da me, si è scusato e mi ha chiesto di parlare, per cui l'ho fatto entrare. In poche parole, si è innamorato di Jake. Mi ha detto di aver saputo più o meno sempre di essere attratto dagli uomini, ma che mi amava tanto da essersi convinto di poterlo ignorare. Poi è arrivato Jake. Isaac mi ha detto che non avrebbe davvero voluto che succedesse, ma è successo comunque. Ragazze, mi ha detto che si vergogna di se stesso."

"Perché ti ha tradito?" chiese Abby. "Fa bene. Non si fa così."

"No. Cioè, sì, si vergogna per come si è comportato e perché non è stato onesto con me, ma quello che voleva dire è che si vergogna di provare dei sentimenti per un altro uomo."

"Che cosa hai detto tu?" chiese Noel.

Yvette sospirò. "Gli ho detto che deve essere se stesso. E poi gli ho detto che gli vorrò bene in qualunque caso e che non deve vergognarsi." Le lacrime luccicarono nei suoi occhi scuri. "Mi si spezza il cuore al pensiero che stia così."

"Sei una brava persona, Vette," disse Abby.

"Ha ragione," aggiunse Faith. "Deve essere stato difficile rassicurarlo, considerato quanto male ti ha fatto."

"Non l'ha fatto apposta. Io gli credo. Ho solo il cuore spezzato. Ma non voglio che lui viva una menzogna," disse Yvette.

Noel spinse un piatto di biscotti verso sua sorella. "Oggi possiamo consolarci mangiando. Domani, magari, troveremo un modo per essere amici dei nostri ex."

Yvette annuì. "Non voglio perderlo. Ma ho bisogno di tempo."

"Questo vuol dire che hai perdonato Xavier?" chiese Faith a Noel.

"Sì," disse lei, ed era sincera. "Ma non saremo mai più una coppia. A quanto pare, sono innamorata di un altro."

Abby si premette una mano sul cuore. "Davvero? Sei innamorata?"

"Già." Noel si mise a giocherellare con un biscotto. "Ma chissà cosa succederà."

"Devi solo parlare con lui," disse Faith. "Sono certa che troverete una soluzione."

"Assolutamente," aggiunse Abby. "Clay e io lo abbiamo visto ieri sera. Aveva un aspetto tremendo. Sii clemente con lui,

Noel. Stava solo cercando di proteggere te e Daisy. Vuole bene anche a lei, sai."

Noel annuì. Lo sapeva davvero. Non aveva dimenticato che Drew era tornato in paese guidando come un pazzo, le aveva lasciato mezza dozzina di messaggi che lei aveva ascoltato solo più tardi e aveva chiesto l'aiuto di Clay quando aveva creduto che Xavier stesse rapendo sua figlia. Avrebbe smosso mari e monti per tenerla sicuro. "Gli parlerò più tardi... dopo che avremo finito di preparare il matrimonio."

Abby esultò, quindi tutti risero. Poi, le chiese: "Che ne pensate se gli sposi arrivassero alla cerimonia a bordo di un'auto da golf truccata?"

CAPITOLO 26

*D*rew camminava avanti e indietro nel suo ufficio. Aveva appena finito di parlare al telefono con lo sceriffo a Eureka e aveva appreso che tutto ciò che Xavier aveva detto a Noel era vero. Dopo che avevano verificato la storia dell'uomo, avevano scoperto un complesso nascosto a nord di Crescent City, da dove la famiglia di Xavier trafficava droga da cinque anni, usando Lilies and More e la Moon River Inn per riciclare il denaro sporco. In precedenza, la famiglia aveva mantenuto una base a Fresno, prima che le attenzioni delle forze dell'ordine li costringessero a trasferirsi.

Ma soprattutto, era emerso che Victor Franks – l'uomo che aveva rubato l'identità di Xavier – era stato assassinato da uno spacciatore rivale. Xavier era del tutto estraneo ai fatti. Per gli ultimi tre anni, Xavier era stato una vittima e non gli sarebbe stato chiesto di rendere conto di eventuali crimini, purché consegnasse delle prove allo Stato. Era un colpo grosso e una grande vittoria per la giustizia.

Drew uscì dall'ufficio. "Esco per un po', Clarissa."

"Vicesceriffo Baker–" disse l'impiegata.

"Non adesso. Devo occuparmi di una faccenda importante." Drew fece per aprire la porta, ma si immobilizzò quando udì una voce.

"Drew?"

"Noel?" Drew si voltò e sbatté le palpebre per assicurarsi di non avere un'allucinazione. Noel era lì da tutto il tempo?

"Non voglio trattenerti, ma se più tardi dovessi avere tempo–"

"Ho tempo adesso." Drew la raggiunse, le mise una mano in fondo alla schiena e la condusse nel suo ufficio senza dire una parola a Clarissa.

"Guarda che non c'è problema se devi andare da un'altra parte," disse Noel nel momento in cui Drew chiuse la porta.

Lui scosse la testa e la condusse al divano contro la parete opposta all'ingresso. "Stavo venendo da te. Ho delle notizie."

Le sopracciglia di Noel scattarono verso l'alto. "Che tipo di notizie?"

"Ho appena sentito lo sceriffo a Eureka. Xavier è stato prosciolto dall'omicidio dello sconosciuto."

Noel annuì, ma non parve sorpresa. "Bene."

"E ha cominciato a collaborare con la giustizia. Non andrà in prigione per i suoi crimini passati e, se necessario, gli assegneranno persino una scorta. Ma dubito che lo sarà. Pensano di aver arrestato tutti i membri del gruppo criminale della sua famiglia."

"Sono lieta di saperlo," disse la donna, senza lasciar trapelare nulla.

Drew la guardò, cercando di capire quale fosse la sua posizione. Cosa pensasse di lui. C'era un solo modo per scoprirlo. "Ascolta, Noel. Credo di doverti delle scuse."

La donna si accigliò e aprì la bocca per rispondere, ma prima che potesse parlare, lui la interruppe.

"Il giorno in cui il tuo ex mi ha mandato a menare il can per l'aia, ero certo che volesse fare del male a Daisy. Ora mi rendo conto che stava solo cercando di tenermi impegnato in modo da poter parlare con voi due senza che io interferissi, ma allora non lo sapevo. E quando ho avuto quella visione di lui e Daisy, ho perso la testa. Sono certo che ciò abbia influenzato la mia reazione quando l'ho visto con voi due."

"Immagino di sì," disse Noel, osservandolo attentamente.

"È solo che…" Drew trasse un respiro profondo e si sedette sul divano accanto a lei, prendendole le mani. "Ti devo delle scuse. Ero molto nervoso, quel giorno, ma tu avevi ragione: avrei dovuto prendermi il tempo di ascoltarti. Mi dispiace di aver dato l'impressione che la tua opinione non fosse importante. È molto importante. E immagino di dover ammettere che è emersa un po' della mia insicurezza. Avevamo appena ritrovato la nostra strada insieme. Non volevo perdere te o Daisy."

Noel lo fissò per un istante. Poi, le lacrime le riempirono gli occhi e cominciarono a scorrerle silenziosamente lungo le guance.

"Noel– non piangere." Perdiana, cosa aveva fatto? Allungò le mani e le asciugò gentilmente le lacrime, non sapendo che altro dire.

"Dispiace anche a me," disse infine lei, sbattendo le palpebre per scacciare le lacrime. "So che stavi facendo solo il tuo dovere. Che ci stavi proteggendo. Era una giornata stressante. Daisy… beh, sai che ha avuto problemi di ansia dal giorno in cui suo padre se n'è andato per la prima volta. Non avevo idea dell'effetto che avrebbe avuto tutto questo su di lei."

"Non devi scusarti con me, Noel," disse gentilmente Drew. "Come sta Daisy?"

La donna emise una risatina nervosa. "Sorprendentemente,

meglio di tutti noi. È felicissima che Xavier sia tornato e sembra aver preso bene tutto. Ieri siamo andati a trovarlo a Eureka. Sono abbastanza sicura che rimarrà nei pressi di Keating Hollow, sempre che riesca a risolvere i suoi problemi con la giustizia."

"Cosa significa questo per voi?" chiese con cautela Drew. Aveva il cuore in gola. Se Noel avesse deciso che doveva cercare di rimettere in sesto la sua famiglia, per lui sarebbe finita. Sarebbe stato il terzo incomodo, e a ragione. La famiglia era troppo importante. Non avrebbe cercato di farle cambiare idea.

Noel si strinse nelle spalle. "Accordi di affidamento e calendari delle visite, immagino. Voglio che Daisy abbiamo un rapporto con suo padre."

Un piccolo seme di speranza mise radici nel petto di Drew. "E tu? Vuoi avere un rapporto con lui?"

Noel gli rivolse un sorriso gentile e premette una mano morbida contro la sua guancia ruvida di barba. "Solo riguardo a Daisy. Voglio essere un genitore responsabile, ma per quanto riguarda qualunque cosa potrebbe esserci fra me e Xavier... non è prevista. Il mio cuore appartiene a un altro."

"Ma un tempo apparteneva a lui," disse Drew, che non voleva lasciare nulla di non detto. "E voi tre eravate una famiglia. Non è troppo tardi per rimediare."

Noel lasciò cadere la mano e strinse gli occhi. "Stai cercando di dirmi che vuoi abbandonare la relazione che abbiamo cominciato, Drew? Perché se è così, basta che tu sia chiaro."

Era il turno di Drew di ridere. Ma non c'era buonumore nella sua risata. "Assolutamente no, Noel. Sono così preso da te che stata il mio unico pensiero dall'ultima volta in cui ci siamo visti. Sono di umore talmente pessimo che Clarissa ha minacciato di chiudermi in cella se non imparerò a comportarmi in maniera civile. Voglio solo mettere tutte le carte in tavola. Se credi che potresti voler fare un nuovo tentativo con Xavier, devo saperlo, perché non voglio – non posso – frappormi. Ma per favore, dimmelo subito e lasciami a piangere quello che avremmo potuto avere. Sarà più facile per tutti noi."

Noel si alzò in piedi e cominciò a camminare avanti e indietro, come se stesse riflettendo su ciò che lui aveva appena detto.

Drew si sporse in avanti e giunse le mani, aspettando che Noel dicesse qualcosa e ponesse fine al suo tormento.

Alla fine, la donna si fermò, si mise le mani sui fianchi e disse: "Sei proprio un bel tipo, sai?"

Non c'era ostilità nel suo tono di voce; ciononostante, Drew non sapeva se ciò fosse bene o male. Si limitò a stringersi nelle spalle.

"Drew," disse Noel, accovacciandosi di fronte a lui. "Devo chiarire alcune cose." Mise le mani sopra le sue. "Sai che mia madre se n'è andata quando io avevo dieci anni, vero? Un bel giorno, ha preso e non è più tornata."

"Sì, lo so," disse lui, annuendo.

"E sai che effetto ha avuto quel tradimento su di me, vero?"

"Certo."

Noel cambiò posizione e prese posto accanto a lui. "Ora immagina come mi sia sentita quando mio marito, che a sua volta conosceva quell'informazione e sapeva quanto profondamente ciò mi aveva ferito, ha fatto la stessa identica cosa. Se n'è andato e basta. Senza messaggi. Senza spiegazioni. Senza saluti. Aggiungi il fatto che ho dovuto guardare mia figlia piccola, che gli voleva un bene dell'anima, subirne le conseguenze. Credi che riuscirei a perdonarlo, quali che fossero le sue motivazioni?"

"Stava cercando di proteggerti. Lo sai, vero?" chiese Drew, chiedendosi perché stesse difendendo quell'uomo. Probabilmente, si disse, aveva bisogno di avere la certezza che Noel fosse sicura di aver chiuso con lui.

"Non sono un fragile pezzo di vetro, Drew. Xavier avrebbe potuto – no, avrebbe dovuto – dirmi del suo passato. Anche se andarsene fosse stata davvero la scelta migliore, io meritavo di sapere il perché."

Decisamente, non ha torto, pensò Drew. "Niente perdono, dunque?"

"Oh, posso perdonarlo. Quello che non posso fare è stare con qualcuno che non mi vede come sua pari e che non è onesto riguardo a chi e a cosa è. Capisco perché ha fatto quello che ha fatto, ma non posso tornare indietro. Il passato non si può cambiare. E io ho voltato pagina. Ho preso il pacchetto del vicesceriffo, a meno che tutto questo non sia un po' troppo per lui. In tal caso, lui deve farmelo sapere."

Il terrore che Drew si era portato dietro per gli ultimi tre giorni svanì mentre un sorriso, lentamente, prendeva possesso delle sue labbra. Sollevò una mano, la appoggiò sulla guancia di Noel e disse: "Non è assolutamente troppo per lui."

"Ottimo," disse Noel. "Ora baciami."

CAPITOLO 27

*N*oel era in piedi sulla sinistra della pergola, in attesa che sua sorella percorresse la navata. Era l'ultimo dell'anno e la maggior parte degli abitanti di Keating Hollow si era radunata nel frutteto di Lin per assistere alle nozze di Clay ed Abby.

Le sorelle Townsend avevano superato loro stesse a preparare il frutteto per i festeggiamenti. Yvette aveva creato centinaia di candele galleggianti che illuminavano la zona di una luce tenue. Faith, da brava strega dell'acqua, aveva creato mezza dozzina di ritratti semoventi di Abby, Clay e Olive, tutti fatti di acqua, che raffiguravano la loro vita felice insieme. Il dono di Noel era di natura più pratica. Essendo dicembre, lei aveva creato una gigantesca bolla protettiva per impedire al vento di rovinare l'evento all'aperto. Non era nulla di vistoso, ma aveva un valore inestimabile, considerato che avevano bocciato l'idea di tenere il matrimonio al chiuso. Abby e Clay erano entrambe strega della terra e volevano giurarsi eterno amore all'aperto, circondati dalla natura.

Tutto il resto era semplice e bellissimo. Mazzi di rose,

lavanda e timo decoravano la pergola, mentre lucine scintillanti illuminavano il frutteto vicino. Noel guardò oltre le spalle di Clay, che stava aspettando la sua sposa, e stabilì un contatto di sguardi con Drew. L'uomo la stava guardando con la meraviglia scritta sul bel viso. Lei gli sorrise e gli soffiò un bacio. Le ultime settimane erano state davvero magiche.

Xavier aveva promesso di collaborare con le autorità e si era trasferito a Keating Hollow. Aveva trovato casa e aveva cominciato a trascorrere parecchio tempo con Daisy. I due erano pappa e ciccia e avevano stabilito un rapporto disinvolto l'una con l'altro, come se il tempo non fosse passato minimamente. Daisy non aveva avuto un solo incubo da quando Xavier era tornato. Noel mandava ancora sua figlia dallo psicologo, ogni tanto, per stare sicura, ma persino il terapista aveva cominciato a insistere per interrompere le sedute, a meno che non succedesse qualcosa.

Quando Daisy passava la notte da Xavier, Noel trascorreva la sua con Drew. E, come bonus, Noel si sentiva meglio che mai. I suoi livelli energetici erano alti e lei sapeva che era merito di Drew. Quell'uomo la rendeva felice. Sospettava che fosse solo questione di tempo prima che toccasse a loro pianificare un matrimonio, ma dovevano dare a Daisy il tempo di adattarsi.

Noel stava facendo gli occhi di triglia a Drew quando udì Bruno Mars cantare *Marry You*. Sollevò lo sguardo e rise quando vide Wanda che trasportava Abby nell'auto da golf lungo la navata. Wanda arrestò il veicolo e spense la musica.

La vera canzone di nozze, *Lucky* di Jason Mraz, ebbe inizio. Olive e Daisy saltarono giù dall'auto da golf con dei cesti pieni di fiori in mano e insieme lanciarono petali di rosa mentre correvano lungo la navata. Era la cosa più adorabile che Noel avesse mai visto.

Poi, tutto parve fermarsi e gli occhi di tutti si concentrarono su Abby. Lei era accanto al loro padre, splendente e radiosa di amore, con lo sguardo che non abbandonava mai quello di Clay.

Il cuore di Noel si gonfiò e lei pensò che sarebbe scoppiato. Sua sorella meritava quella felicità e lo stesso valeva per Clay e Olive. Noel strinse il bouquet, lacrime silenziose le scorrevano lungo le guance mentre guardava sua sorella, la sua migliore amica, sposare l'uomo dei propri sogni.

"Vieni a sederti con noi," disse Drew, staccando Noel da uno dei cugini di secondo grado di Clay. A quanto pareva, l'uomo l'aveva presa in simpatia e non intendeva lasciarsi scoraggiare.

"Devo andare. Ti ricordi il ragazzo di cui parlavo?" disse Noel all'ubriaco. "È lui."

Boon, un cugino di Clay proveniente dal Nevada, squadrò Drew e disse: "Posso stenderlo."

Drew rise. "Mi piacerebbe che ci provassi, amico."

"A cuccia, Boon," disse Clay, raggiungendoli alle spalle. "Quello è il mio testimone e il ragazzo di Noel. È anche il poliziotto del paese, per cui attento a te."

Boon brontolò qualcosa riguardo alla necessità di trovare un'altra damigella da rimorchiare e se ne andò.

"Buona fortuna," disse ridendo Noel. Le altre due damigelle erano Yvette, troppo rigida per le avventure di una notte, e Faith, troppo dolce.

"Probabilmente, cadrà riverso sul tavolo prima di riuscire a dire un'altra parola," disse Drew, guardando come barcollava l'uomo.

Noel annuì. Quel tipo era un disastro.

"Vieni," disse Drew. "Daisy vuole chiederti una cosa."

Noel abbassò lo sguardo su sua figlia. "Davvero? Che cos'è?"

"Da questa parte, mamma." Daisy la prese per mano e la condusse a un tavolo in un angolo remoto, dove era un po' più tranquillo. Daisy indicò una sedia con una scatolina posata al centro di un vassoio da torte. "Siediti qui."

Noel le rivolse un'occhiata perplessa, ma obbedì.

"Drew, tu mettiti qui," disse Daisy, indicando la sedia accanto a quella di Noel. Una volta che Drew si fu seduto, lei gli salì in grembo. Drew le circondò la vita con un braccio per sostenerla e quel gesto parve così naturale da farle sembrare che si fossero seduti insieme da tutta una vita.

A Noel vennero le lacrime agli occhi mentre guardava le due persone che amava di più.

"Dai," bisbigliò Drew nell'orecchio di Daisy. "Chiediglielo."

Daisy rivolse a sua madre un sorriso timido prima di voltarsi. "Chiediglielo tu," disse a Drew.

"Eh no," rispose ridendo Drew. "Sei stata tu a cominciare. Forza. Chiediglielo."

Noel si accigliò, spostando lo sguardo fra i due e la scatolina. "Che succede?"

"Mamma," disse Daisy, "zia Abby non era bellissima?"

"Certo, piccolina. Gliel'hai detto?"

"Non ancora," disse Daisy.

"Non dimenticare di farlo prima che andiamo via, d'accordo?"

Daisy annuì, tacque, trasse un respiro profondo e disse: "Quand'è che vi sposate tu e Andrew?"

"Cosa?" Noel si ritrasse, stordita. Poi guardò Drew con gli occhi stretti e chiese: "Sei stato tu a metterle in testa questa idea?"

"Oh, no." Drew sollevò una mano come per giurare. "Mi ha fatto la stessa domanda venti minuti fa."

"E tu cos'hai detto?" domandò lei, al tempo stesso molto curiosa e vagamente inorridita dal fatto di essere messa sotto i riflettori da Drew e da sua figlia di sei anni.

"Le ho detto che lo faremo non appena tu sarai pronta." Le rivolse un sorriso soddisfatto e, se non avesse avuto in braccio sua figlia, Noel avrebbe seriamente preso in considerazione l'idea di dargli un pugno nello stomaco. O di baciarlo. Non sapeva esattamente quale delle due cose.

Rivolse la propria attenzione su sua figlia, decisa a capire da dove arrivasse quella domanda. Era dovuta semplicemente al fatto che erano al matrimonio di Abby, oppure veniva da qualcun altro? Qualcuno come Abby, la quale sembrava convinta che, dato che lei e Clay erano convolati a giuste nozze, anche tutti gli altri avrebbero dovuto farlo. "Perché vuoi che io sposi Drew?"

Daisy rivolse a sua madre un sorriso smagliante. "Staresti davvero bene con l'abito da sposa."

Noel ridacchiò. "Può darsi, se fosse quello giusto. Ma non è un motivo sufficiente per sposarsi."

Daisy lanciò un'occhiata a Olive, che se ne stava seduta fra Abby e Clay a un altro tavolo. L'altra bambina teneva le mani di entrambi e sorrideva come se avesse vinto alla lotteria. Noel cominciò a capire.

"Vorresti quello che ha Olive, tesoro?"

Daisy scosse la testa e, a voce bassissima, disse: "Olive ha due mamme. Io voglio due papà." Spostò lo sguardo su Drew. "Ma solo se il mio secondo papà è Drew."

A Drew vennero le lacrime agli occhi mentre si stringeva Daisy al petto e bisbigliava: "Dolcezza, nulla mi renderebbe più felice."

Il cuore di Noel si sciolse in quel momento, lì, a quel tavolo nel frutteto di suo padre. Cosa poteva fare? Incrociò lo sguardo di Drew e si rese conto, nonostante avesse la vista sfocata, che stavano piangendo entrambi. Tirò su col naso e si mise a ridere. "Sembra che entrambi abbiamo preso un pugno nello stomaco da una bambina di sei anni."

"Eh?" chiese Daisy, confusa.

"Lascia perdere, piccina," disse Noel, allungandosi verso sua figlia. "Non preoccuparti. Sono sicura che, quando verrà il momento, Drew e io ci sposeremo. Fino ad allora, non mettiamoci fretta. Va bene?"

Daisy si accigliò e fissò la scatolina che avevano di fronte. Poi riportò lo sguardo su sua madre e disse: "Quando lo farete, possiamo andare con l'auto da golf? È stato divertente!"

"Qualunque cosa tu voglia, piccola combinaguai. Ora vai a ballare con tua cugina." Noel indicò il punto in cui Olive stava saltellando sulla pista da ballo temporanea. "Drew e io arriviamo subito."

Gli occhi di Daisy si illuminarono quando vide Olive e, un istante dopo, stava agitando i fianchi e muovendo le braccia a ritmo con la sua nuova cugina.

Noel si voltò verso Drew con un sopracciglio inarcato. "L'hai aiutata a tendere questa piccola imboscata."

"Hai ragione. Sono colpevole. E non me ne pento minimamente," disse Drew, sorridendo.

Noel scosse la testa. "Hai una bella faccia di bronzo, lo sai?"

Drew si allungò a prendere la scatolina che entrambi avevano prudentemente ignorato. "Credo sia ora che tu la apra."

Noel abbassò lo sguardo, quindi lo riportò su di lui, la bocca improvvisamente asciutta. "È quello che penso?"

"Dovrai aprirla per scoprirlo."

"Drew–"

"Aprila e basta," insistette lui.

Scuotendo la testa, Drew sollevò il coperchio della scatolina bianca. All'interno, trovò un anello di zaffiro infilato in una catenella d'argento.

"È l'anello della promessa che mio padre diede a mia madre un mese dopo che si erano messi insieme," disse Drew, prendendo la catenella e legandola al collo di Noel. "Questa primavera hanno festeggiato il loro quarantesimo anniversario di matrimonio."

Noel allungò una mano a giocherellare con l'anello. "Sei sicuro di non aver suggerito tu a Daisy di avviare quella conversazione?"

Lui rise e scosse la testa. "Non mi passerebbe mai per la testa di convincerla a fare una cosa del genere. Avevo già intenzione di dartelo questa sera." Drew raddrizzò la schiena e la guardò in viso. "Voglio che tu sappia che ho intenzione di sposarti, quando sarai pronta... quando Daisy sarà pronta e non soltanto entusiasta per i matrimoni in generale. Questa è la mia promessa di non deludere mai più nessuna di voi."

Quelle dannate lacrime erano tornate e, questa volta, Noel non riuscì a fermarle.

"Ti amo, Noel Townsend. Un giorno, sarò laggiù all'altare e farò di te mia moglie."

"Anch'io ti amo, Andrew Baker," disse lei. "Non farmi aspettare troppo."

"Contaci." Drew si sporse a sfiorarle le labbra con le sue. "Che ne dici di San Valentino?"

Noel ridacchiò. "Probabilmente, dovrai chiederlo a Daisy."

Noel lanciò un'occhiata alla bambina, che era impegnata a mangiare un'altra fetta di torta nuziale. "Sono certo che, purché ci siano cioccolato e un bel vestito, lei sarà assolutamente d'accordo."

"Probabilmente, hai ragione," disse Noel, sorridendo mentre si alzava e gli tendeva la mano. "Come si dice: tale madre, tale figlia."

Drew le rivolse un'occhiata incuriosita.

Lei rise e lo fece alzare dalla sedia. "È ora di mangiare la torta."

CAPITOLO 28

$\mathcal{Y}$ vette Townsend prese un bicchiere di champagne e si recò a un tavolo vuoto. Clay ed Abby erano fuggiti per trascorrere la loro prima notte di nozze insieme. E ora, lei era con gli altri ospiti a festeggiare il Capodanno.

La serata era stata quasi eccessiva per lei. Aveva sorriso fino a quando non era stata sicura che le si sarebbe crepata la faccia. Appena qualche settimana prima, aveva atteso con ansia quelle nozze. Adorava i matrimoni... o almeno, li aveva adorati, fino a quando il suo matrimonio non era saltato a causa di un commercialista di nome Jake.

Ora, Yvette stava facendo del suo meglio per non rovinare la festa a sua sorella. Era felicissima per Abby, ma aveva il cuore ancora livido.

"Yvette?" disse una familiare voce maschile alle sue spalle.

Yvette chiuse gli occhi e cercò di fingere di non aver sentito il suo futuro ex-marito o il rammarico nel suo tono di voce. Perché Isaac era venuto? Abby e Clay le avevano chiesto se fosse il caso di invitarlo. In un momento di debolezza, Yvette aveva detto di sì. Non voleva che l'uomo venisse ostracizzato solo perché, negli ultimi vent'anni, aveva avuto troppa paura di affrontare la propria vera sessualità. Ma ora che lui era lì, tutto ciò che Yvette voleva fare era gridargli contro. O prenderlo a pugni. Magari tutt'e due le cose. Non era furiosa perché Isaac era gay. Era ferita perché lui era stato il suo migliore amico e l'aveva abbandonata.

"Vette?" ripeté con apprensione l'uomo.

Non volendo fare scene, Yvette si voltò verso di lui. Accidenti, quanto era bello. Aveva perso peso? E quello era un completo nuovo? E la sua dannatissima pelle brillava. Isaac aveva un aspetto migliore che mai e Yvette sapeva di avere la faccia di una a cui una settimana di spa non avrebbe fatto male. "Ciao, Isaac. Sei stato gentile a venire."

"Non sei arrabbiata perché sono qui?" chiese l'uomo, prendendo posto accanto a lei.

Sì. "No. Certo che no. Clay è tuo amico ed Abby è ancora tua cognata. È giusto che tu sia qui."

Isaac le coprì la mano con la propria e lei dovette fare uno sforzo per non ritrarre la sua. "Grazie per la comprensione."

La comprensione. Già. Yvette fece spallucce. "Eccomi qua: la ex comprensiva che è stata l'ultima a sapere."

Isaac si accigliò, uno sguardo turbato negli occhi scuri. "Sai che non è andata così."

Cacchio. Porca di quella... Yvette doveva porre immediatamente fine a quella conversazione. Rivivere nei dettagli la loro rottura non era il modo in cui lei aveva intenzione di trascorrere la vigilia di Capodanno. "Lasciamo perdere, d'accordo, Isaac?" Sollevò il bicchiere di champagne in un brindisi. "Siamo qui per festeggiare Abby e Clay."

Isaac fece tintinnare il bicchiere contro il suo e le rivolse un sorriso colmo di gratitudine. Dopo aver svuotato il bicchiere, l'uomo si alzò e tese la mano. "Balli con me? In nome dei vecchi tempi?"

Diceva sul serio?

L'uomo la fissò con la dolcezza negli occhi, proprio come la guardava un tempo. Un dolore sordo si formò nel petto di Yvette. Fisicamente incapace di rifiutare, gli prese la mano e si lasciò condurre sulla pista da ballo.

Isaac le mise le mani attorno alla vita mentre *At Last* di Etta James cominciava a risuonare e Yvette avrebbe voluto con tutto il cuore che il terreno si aprisse e la inghiottisse. Era la stessa canzone alle cui note loro avevano ballato al loro matrimonio, undici anni prima.

"Io ti amo davvero, sai?" disse Isaac.

La triste verità era che Yvette lo sapeva. Ma non sapeva cosa farsene. "Semplicemente, ami di più un'altra persona."

"Diversamente," la corresse lui. "Amo Jake diversamente."

Yvette rise sarcastica. "Con passione, vuoi dire."

Isaac non negò. Si limitò a stringerla più forte e a bisbigliare: "Mi dispiace tanto, Yvette. Spero che, un giorno, riuscirai a smettere di odiarmi."

Yvette si staccò da lui, lo fissò negli occhi e scosse la testa. "Io non ti odio. Odio questa situazione. Forse, un giorno, potremo tornare a essere amici, ma ora ho bisogno di tempo per guarire." Yvette si sporse e gli diede un dolce bacio sulla guancia. "Sii felice, Isaac."

Yvette si allontanò prima che l'uomo potesse rispondere e si incamminò direttamente verso l'open bar. Saltò su uno degli sgabelli e disse: "Tequila. Di quella buona."

"Matrimonio difficile?" chiese il barista, che già aveva allungato la mano verso la bottiglia di Don Julio.

"Non ne hai idea." Yvette lanciò un'occhiata al bell'uomo che aveva di fronte. Perdiana, dove lo aveva trovato sua sorella? Al supermercato dei bei maschioni? L'uomo aveva gli occhi più verdi che lei avesse mai visto, folti capelli neri e un'ombra di barba che avrebbe dovuto essere illegale.

Il barista le mise il bicchierino di fronte e le offrì un lime. Yvette scosse la testa e trangugiò la tequila. Fece una smorfia e annuì per farsene servire dell'altra.

"Era l'ex, quello?" chiese l'uomo, riempiendole il bicchiere.

"Sì. Proprio lui." Yvette lanciò un'occhiata nella direzione di Isaac e praticamente si mise a ringhiare quando vide Jake. "Ed ecco la sua nuova fiamma."

Il barista si accigliò, apparentemente confuso. "Stai parlando dell'uomo che– oh," disse, quando Jake baciò Isaac sulle labbra. "Brutta storia."

Yvette sollevò il bicchierino di tequila e lo trangugiò. Questa volta, filò tutto liscio come l'acqua. "La moglie è sempre l'ultima a sapere."

L'uomo inarcò un sopracciglio. "L'ultima? È stata una sorpresa?"

"Già. Abbiamo fatto sesso fino alla settimana prima che lui se ne andasse." Yvette avvampò. Non era stata sua intenzione spiattellare gli affari suoi, ma a quanto pareva, la tequila le scioglieva la lingua. "Oh. Mi sa che ho esagerato, eh?"

L'uomo ridacchiò, gli occhi che scintillavano sotto i faretti. "Non preoccuparti. Ma magari vacci piano con la tequila. Non vuoi spiaccicarti a terra ubriaca al matrimonio di tua sorella, vero?"

"A dire il vero, credo di sì." Yvette sorrise; si sentiva meglio di come si fosse sentita da settimane. "Ma siccome voglio bene a mia sorella, cercherò di limitarmi a essere leggermente ubriaca."

"Ottima idea." Il barista ammiccò, quindi si allontanò lungo il bancone per riempire il bicchiere di vino di Wanda.

"Ehi," disse Wanda, a voce troppo alta, mentre afferrava il bicipite del barista. "Da dove arrivi?"

L'uomo rivolse un sorriso paziente e disse: "California meridionale."

"Beh, signor California Meridionale, ce l'hai una ragazza?"

"Al momento, no."

Wanda inarcò le sopracciglia. "Un ragazzo?"

"Non fa per me," disse l'uomo.

"Grazie agli dèi," disse Yvette.

Il barista le lanciò un'occhiata, con quel sorrisetto di nuovo sulle labbra.

Wanda passò lo sguardo fra di loro, quindi emise uno sbuffo irritato. "Ti pareva. Piacere di averti conosciuto, signor California."

Yvette guardò Wanda recarsi alla pista da ballo, dove si unì a Hanna e Faith in un ballo indiavolato.

"Beh, signor California. Ce l'hai un vero nome?" chiese Yvette.

"Signor California suona bene." L'uomo accennò con il capo al bicchierino di Yvette. "Te lo riempio?"

Lei scosse la testa. "Credo di aver voglia di qualcosa di più… avventuroso."

"Tipo?"

Yvette passò lo sguardo su di lui, immaginando che aspetto avrebbe avuto senza la camicia. Se i suoi avambracci erano un'indicazione, l'uomo era bello robusto.

"Capisco," disse il barista.

"Eh?" Yvette sollevò lo sguardo e vide che l'uomo sogghignava. "Ah, cavolo." Rise nervosamente. "Colta sul fatto."

L'uomo sollevò un dito e disse: "Aspetta qui." Ciò detto, svanì per un istante. Al suo ritorno, indossava una giacca

243

formale e uscì da dietro il bancone. La raggiunse e si chinò su di lei. "Pronta ad andare?"

"Dove?"

"Ovunque tu voglia, bella signora. Ovunque tu voglia."

Yvette lo fissò, sconvolta. Sì, gli aveva praticamente sbavato addosso, si era chiesta come fosse sotto la camicia e forse aveva persino immaginato come sarebbe stato stare fra le sue braccia. Ma non aveva mai preso seriamente in considerazione l'idea di trascorrere la notte con lui.

L'uomo lanciò un'occhiata in lontananza, nella direzione di Isaac. "Guarda," le disse.

Yvette seguì il suo sguardo e vide che Isaac li stava fissando. Il suo ex aveva gli occhi stretti e le mani chiuse a pugno. "È geloso," disse, scuotendo la testa. "Ci credi? *Lui* è geloso."

"Esatto," disse il signor California Meridionale.

Yvette spostò lo sguardo da Isaac al barista e di nuovo a Isaac. Sì, sarebbe stato incredibilmente soddisfacente allontanarsi con lo splendido esemplare d'uomo di fronte a lei, se solo lei avesse saputo chi fosse. Lo fissò. "Come ti chiami?"

"Jacob."

Yvette scoppiò a ridere. "Dimmi che scherzi."

"Se ti dà fastidio, puoi chiamarmi come vuoi."

"No." Yvette saltò giù dallo sgabello, prese l'uomo sottobraccio e disse: "Se il mio ex può avere un Jake, io posso avere un Jacob. Andiamo."

Attraversarono il frutteto fino al parcheggio di fronte a casa Townsend. Jacob indicò una Mercedes argentata. "Quella è la mia auto."

"Davvero? I baristi guadagnano bene, di questi tempi," scherzò lei.

"Diciamo così." Con una mano in fondo alla schiena di

Yvette, l'uomo la condusse al lato del passeggero e fece colpo su di lei aprendole la portiera.

Yvette non esitò. Salì in auto come se non avesse conosciuto quell'uomo solo mezz'ora prima.

Jacob si sedette al posto di guida prima ancora che lei avesse il tempo di allacciare la cintura. Dopodiché, presero il volo lungo la strada che conduceva in città. "Dove abiti?"

"Andiamo a casa mia?" chiese lei.

Il barista la guardò con aria divertita. "Sì. Dove credevi che stessimo andando?"

"Ehm, non lo so. Tu soggiorni alla locanda?"

Il barista scosse la testa e ridacchiò. "No. Volevo solo offrirti un passaggio. Ma se avevi qualcos'altro in mente..."

Yvette lo fissò a bocca aperta. Quindi, scosse la testa. "Non è quello che pensavo e lo sai benissimo."

L'uomo le lanciò un'occhiata, l'espressione accalorata mentre le passava lo sguardo addosso. "È questo quello che vuoi?"

"Sì." Yvette aveva preso una decisione nel momento in cui aveva deciso di andarsene con lui. Una notte di vizio con un uomo che probabilmente non avrebbe mai più visto era proprio quello di cui aveva bisogno.

"Va bene." Jacob accelerò, improvvisamente ansioso di arrivare a destinazione.

"Svolta a sinistra alla prossima," disse lei. Meno di due minuti dopo, erano parcheggiati di fronte a casa sua.

L'uomo spense il motore e si voltò verso di lei. "Sei sicura?"

Yvette rispose scendendo dall'auto e facendogli cenno di seguirla. Un sorriso lento si impadronì delle sue labbra quando udì il rumore dei passi dell'uomo alle sue spalle. Jacob la seguiva tanto da vicino che lei riusciva a sentire il profumo di legno della sua colonia. E mentre lei apriva la porta, il fiato di lui le solleticava il collo. Si voltò, premette una mano contro il petto dell'uomo e disse: "Di solito non faccio così."

"Lo dicono tutte."

"Può darsi." Yvette gli sbottonò il primo bottone della camicia. "Ma nel mio caso, è vero. Non ho mai avuto avventure."

Il sorrisetto tornò quando Jacob chiese: "E dai per scontato che io ne abbia avute?"

"Non hai appena sottinteso che questa non fosse la tua prima volta?"

L'uomo annuì. "Sì, immagino di sì."

"Ottimo. Vuol dire che hai esperienza. Ti chiedo solo di far sì che ne valga la pena per me."

L'uomo premette entrambe le mani contro la porta di Yvette, si chinò e bisbigliò: "Non temere, splendore. Ho intenzione di fare l'amore con te fino a quando non sorgerà il sole."

Yvette inarcò le sopracciglia con aria incredula. "Sei così resistente?"

"Fammi entrare e lo scoprirai."

Ridendo, Yvette fece scattare la serratura. "Se sei bravo come pensi di essere, sono nei guai."

"Questo è vero," disse l'uomo, seguendola all'interno.

ERANO APPENA PASSATE le otto di mattina di lunedì quando Yvette entrò nella sua libreria. Aveva il sorriso sulla faccia e il passo leggero come non lo aveva da settimane. La notte trascorsa con Jacob era stata un toccasana. Si era svegliata rilassata, sazia e completamente soddisfatta.

E sola, grazie agli dèi. Non era sicura che sarebbe riuscita a guardare in faccia l'uomo dopo tutte le cose che avevano fatto insieme. Si sentì arrossire al solo pensare a lui e a quello che si era lasciata fare.

"Buongiorno," disse a Dannika, la sua assistente.

"Oh, eccoti, Yvette," disse Dannika, abbandonando lo scaffale che stava sistemando. "Lui è arrivato."

"Chi?" chiese Yvette, incamminandosi verso la macchinetta del caffè dietro alla cassa.

"Il nuovo investitore. Hai un appuntamento con lui, questa mattina. Ti aspetta nel tuo ufficio."

"Cacchio!" Yvette se n'era completamente dimenticata. Grazie a Isaac, al divorzio imminente e alla divisione dei beni, Yvette era stata costretta a cercare un investitore. Aveva avuto fortuna quando la signorina Maple le aveva accennato che suo nipote stava per trasferirsi in paese e poteva essere interessato. In breve tempo, erano stati firmati i documenti e quello era il giorno in cui avrebbe incontrato il suo socio silenzioso. Non era una situazione ideale, ma le avrebbe permesso di mantenere l'attività e il suo stile di vita.

Si appiccicò un sorriso sul volto e percorse il corridoio verso l'ufficio. Sentiva qualcuno parlare al telefono, elencando progetti per una ristrutturazione, una nuova offerta di libri e un bar. Premette l'orecchio contro la porta e dovette trattenere un sussulto quando l'uomo disse: "È carino, ma Hollow Books è un negozietto. Quando avrò finito, sarà un punto di riferimento per la comunità paranormale. Rinnoveremo tutto."

"Chiedo scusa," disse Yvette, spalancando la porta. "I documenti parlano di un socio *silenzioso*."

"Forse è il caso che tu li rilegga," disse l'uomo mentre voltava la testa per salutarla.

"Jacob?" disse lei.

"Cosa ci fai qui?" dissero entrambi nello stesso momento.

Poi, Jacob disse al telefono: "Devo andare. Ti richiamo."

"Sei *tu* il nuovo investitore?" Yvette si mise le mani chiuse a pugno sui fianchi, il viso che ardeva di un imbarazzo assoluto. *Dio, ti prego, fa' che non sia andata a letto con il mio nuovo socio.* Era impossibile, vero? *Ti prego, fa' che sia impossibile.* "Tu sei un barista."

Jacob scosse la testa. "Stavo solo dando una mano a un amico."

"Sui documenti c'è scritto Michael J. Burton."

L'uomo si schiarì la voce. "La J sta per Jacob. In famiglia, Michael è mio padre." Jacob si alzò dalla sedia, rosso proprio come lei. "Non mi hai detto il tuo cognome, ieri sera."

"Non me lo hai chiesto," ribatté lei.

"Ero un po' distratto." Jacob passò lo sguardo sul corpo di Yvette, quindi scosse la testa come per cercare di cancellarsi una certa immagine dalla mente.

"Porca miseria," disse lei, lasciandosi cadere contro la parete. Cosa aveva fatto?

L'AUTRICE

Autrice di bestseller per il *New York Times* e *USA Today*, Deanna Chase è una californiana di nascita, trapiantata nel più tranquillo stile di vita della Louisiana del sudest. Quando non scrive, se la spassa con suo marito a New Orleans o gioca con i suoi due shih tzu. Per ulteriori informazioni e aggiornamenti sulle ultime uscite, visitate il suo sito: deannachase.com

NOTE

CAPITOLO 14

1. Letteralmente "Torte, Torte e Ancora Torte" (ndt).

CAPITOLO 18

1. Letteralmente "Gigli e Altro" (ndt).

www.ingramcontent.com/pod-product-compliance
Lightning Source LLC
Chambersburg PA
CBHW020058180626
46812CB00006B/2377